文化中国丛书

中国诗歌艺术十五讲

王红　谢谦　著

商务印书馆国际有限公司
中国·北京

图书在版编目（CIP）数据

中国诗歌艺术十五讲 / 王红，谢谦著. -- 北京：商务印书馆国际有限公司，2025. 1. --（文化中国丛书）. -- ISBN 978-7-5176-1115-8

Ⅰ. I207.22

中国国家版本馆CIP数据核字第20249XJ768号

ZHONGGUO SHIGE YISHU SHIWU JIANG

中国诗歌艺术十五讲

著　　者　王　红　谢　谦
出版发行　商务印书馆国际有限公司
地　　址　北京市朝阳区吉庆里14号楼
　　　　　　佳汇国际中心A座12层
邮　　编　100020
电　　话　010–65592876（编校部）
　　　　　　010–65598498（市场营销部）
网　　址　www.cpi1993.com
印　　刷　北京新华印刷有限公司
开　　本　850mm × 1168mm　1/32
字　　数　258千字
印　　张　12
版　　次　2025年1月第1版第1次印刷
书　　号　ISBN 978-7-5176-1115-8
定　　价　49.80元

编写宗旨

早在二十世纪末，随着人才观念的更新，“通识教育”或曰“文化素质教育”就受到越来越多高校的重视，并付诸实践。四川大学是最早进行文化素质教育创新试验的重点院校之一，文史哲、艺术等文科各系与理工科各系都推出了面向非本专业的通识课，供学生自由选择。这些旨在拓展知识、开阔视野、提高人文科学素养的课程，不仅为各专业大学生提供了弥补中学文理分科造成的知识缺陷的机会，而且对他们的精神提升与人格塑造产生了积极影响。

我们作为从事古典文学教学与研究的专业教师，责无旁贷地为非中文专业的学生开设了这门“中国诗歌艺术”，旨在培养和提高他们的文学修养与人文素质。通过长期的教学实践，我们体会到，文化素质课不应是专业课内容的简单移植或通俗化，而应该考虑非专业大学生的知识结构与兴趣特点，甚至他们生活中的精神需求，辩证施教。所以，我们选择提炼出若干诗歌艺术话题，以这些话题为教学单元，讲解并欣赏古今诗歌的优秀作品。我们注重的既不是诗学理论体系的建构，也不是中国诗歌发展史的系统介绍，而是诗歌艺术本身，注重艺术感觉的激发与诗心的培养。我们非常自信的是，这样的内容设计与教学安排，不仅激发了选课学生对古今诗歌艺术的亲切感，而且让他们的精神得到了升华。因此，这门课受到了学生的热烈欢迎与高度评价，并于

2005年被评为国家级精品课程。2011年，主讲人王红教授录制的本课程授课视频被教育部确定为首批“精品视频公开课”，2016年入选教育部首批“国家级精品资源共享课”。2017年，本课程的慕课被教育部授予国家首批精品在线开放课程证书，后获评首批“国家级（线上）一流本科课程”。

本书即我们在这门国家级精品课程基础上编写而成的普及读本。古人云：“诗无达诂。”作为诗歌艺术的普及读物，本书只是一种文本参考，一种阅读引导，而不提供非此即彼的标准答案。全书体例是我们在长期教学实践中形成的。全书共分十五讲，每一讲都是完全独立的。除讲解内容外，我们还选录了不少古今诗歌，设计了若干思考题，以启迪读者思考。

本书因注重引导艺术欣赏，启发学习者体会、感悟中国诗歌的独特魅力，感受母语之美，提高诗歌阅读能力与审美能力，不仅适合大中院校师生参阅，也适合所有热爱中国诗歌的读者阅读。

本书曾以《中国诗歌艺术》为名于2004年由高等教育出版社出版印行，一直受到读者的欢迎。本次修订，我们在结构、内容上均做了调整，以更适合读者的需求。

本次修订分工如下：

第一、二、三、六、十、十四讲：谢谦

第四、五、七、八、九、十一、十二、十三、十五讲：王红

本书初版时陈莹、杨俭虹、刘婀三位女史参与编写第八、九、十四、十五讲，本次修订保留了她们的部分劳动成果，特致谢忱。

全书由王红统稿。

目　录

第一讲

古今诗歌定义

诗歌是最古老的文学形式，是人类精神生命的艺术结晶。虽然文学观念诗歌概念不断在发生变化，但古今中外，凡能被称为“诗”者，无不是用一种特殊的方式与特殊的语言，表达着诗人对人生与自然的所思所感所悟。它也许让你喜悦，也许让你痛苦；也许让你宁静，也许让你震撼；也许让你沉思，也许让你愤激。总之，这是一种心灵与心灵之间的碰撞，生命与生命之间的交流，是一种精神生活的方式。我们所面对的现实世界，既有阳光鲜花，也有风雨雷电，人生有春风得意，也有痛苦烦恼。诗歌虽然并非人类生存所必需，但人活在这个世界上，不仅追求肉体的温饱，还需要精神有所寄托，心灵有所安顿，而诗歌艺术正是人类精神寄托、心灵安顿的方式之一。人不听贝多芬照样活着，但听贝多芬的人活在这个世界上的感觉，就可能大不相同；同理，人要培养起一颗诗心，他的生活与生命也会更加有声有色。他的生命将与古今诗人的生命交流，与大千世界的生命交流，他的人生将因此而变得更加富丽。他将从单调的日常生活中解脱出来，从人生的种种算计种种烦恼中超脱出来，去发现去感受人生与自然的诗情画意，哪怕是一片绿叶一朵白云一点星光一声鸟鸣，都会引起他心灵的震颤和共鸣。这是一种非常美妙的感觉，人能活在这样的感觉之中，就是一种升华与超越。但是，选择这样一种精神生活方式，并非人人皆愿人人皆能，它不仅取决于你的人生追求，还需要文化底蕴（非指学历），更需要情趣与心境。

我们并非要将诗歌描绘成一种不食人间烟火的贵族艺术，但诗歌艺术不可能成为一种大众消费，古今中外概莫能外。精神生活的方式有多种选择，以文学艺术而言，小说、影视、流行歌曲等就是最普通的选择。能将诗歌艺术作为精神生活方式者，无疑是人类中的“精神贵族”。所谓“精神贵族”，并非指学历、职业、官爵、财富，而是指一种人生境界。追求心灵自由主观感觉，追求超凡脱俗诗意栖居，总之，精神世界超过物质世界，这样的人才可能将诗歌艺术作为精神生活的方式。

但是，并非所有被称为诗歌的东西都能成为艺术，都能成为人类精神生活的方式。应酬之作应景之作，假话空话套话古今皆有。那不过是假诗歌之名而炮制的文字垃圾，而非真正的艺术。我们所说的诗歌艺术，是古人所谓“真诗”，今人所谓“纯诗”。也许它们的语言风格、表现手法与价值取向都各不相同，但有一点是共通的：真与美。它们以真动人心弦，以美给人享受。不过，何为“真”何为“美”，古今也从来没有统一的标准。因为，这不是科学问题，而是一个感觉问题。至于艺术风格与艺术手法，那更是各异其趣。须知诗歌创作是非常个性化的精神活动，诗歌欣赏也是非常个性化的精神体验，难以强求一律。不同的人有不同的审美趣味，西谚曰：“趣味无争辩。”古今各种诗歌流派，各种艺术风格，主要都是由于审美趣味不同而形成的。

那么，作为一种文学形式的诗歌，从概念上应该怎样定义呢？中国诗歌传统源远流长，诗学理论也非常丰富，但古人却不喜欢给诗歌下定义。《尚书·尧典》说：“诗言志。”孔子说：“诗可以兴，可以观，可以群，可以怨。”《毛诗序》说：“诗者，志之所之也，在心为志，发言为诗。”这些被古人视为经典表述的诗歌概念，不过是对诗歌功能或特征的简单说明，今天看来，都不是严格意义上的诗歌定义。因为所有文学形式，散文小说戏剧等，也都可能具备这些功能或特征。而且在古人那里，诗与词曲有严格分界，后者并不被视为诗歌。将诗词曲乃至民歌民谣等量齐观，统称诗歌，是现代文学的新观念。而现代诗歌观念更加多元化，何为诗歌，见仁见智，莫衷一是。

现今比较流行的看法是：诗歌是语言的艺术，语言具有抒情性、音乐性、形象性。也有人从诗歌的形式因素，如分行、押韵等，从比较的角度，来描述诗歌不同于小说、散文等文体的特征。但只要稍具阅读经历，就会对这种描述性定义产生怀疑。首先，诗歌不一定分行。中国古典诗歌就从来不分行，甚至连标点符号也没有。古典诗词的分行、标点，是我们按照现代阅读习惯加上去的。其次，诗歌不一定押韵，这在现代白话新诗中表现得尤为突出。有人说，所以新诗不能像古典诗词那样广泛流传。这种观点不能成立。因为现代新诗也有不少是押韵的，它们还是未能广泛流传。其中的原因很复杂，并非仅仅取决于它们押韵与否。再次，所谓语言的“音乐性”，也就是抑扬顿挫的节奏感，也主要是基于古典诗歌的形式总结出来的特点。而在“诗”与“歌”日渐分离的现代，这种语言特征已经比较模糊。古典诗词读起来抑扬顿挫，朗朗上口，所谓“节奏感”是很容易感受到的，因为其中有不少名篇当时就是入乐可唱的声诗或依照曲谱填写的歌词；而读现代新诗，尤其是句式复杂、散文化的无韵诗，我们就很难把握所谓语言的“节奏感”。现代诗人艾青曾说，现代诗歌的节奏，是由口头语言的自然流动形成的。他甚至声称，他的诗歌追求的是“散文美”。这其实就是消解传统所谓“节奏感”的观念。最后，就是所谓“抒情性”，这被认为是古今诗歌的共同特征。中国古人已有“诗言志”和“诗缘情”之说，“志”与“情”有所不同，但诗人言志非同哲学家论理，他要带着个人情感的色彩。一般而言，这是不错的。但世界上的事情总有例外，而诗歌既不言志也不抒情的例子俯拾皆是。古今诗歌中有不少名篇，如果简单套用“抒情”的观念来欣赏的话，就可能大煞风景：

你站在桥上看风景，
看风景人在楼上看你。

明月装饰了你的窗子，
你装饰了别人的梦。　（卞之琳《断章》）

诗人想表现的也许是对平常人生的观照与联想，他在这里发现或感觉到某种趣味或诗意，于是传达出来与读者共享。这是一首写得很美也很有韵味的诗，但它言什么志，缘什么情呢？

鸟儿在疾风中
迅速转向

少年去捡拾
一枚分币

葡萄藤因幻想

而延伸的触丝

海浪因退缩
而耸起的背脊　　　　（顾城《弧线》）

这首诗由四个画面构成，给人以一种难以言传的阅读快感。所谓的“思想”几乎淡化到了零状态，而情感因素也朦胧得很，但它毫无疑问是一首绝妙好诗。其实，这类既非“言志”也非“缘情”的诗歌，古已有之：

日照香炉生紫烟，遥看瀑布挂前川。
飞流直下三千尺，疑是银河落九天。
（李白《望庐山瀑布》）

泉眼无声惜细流，树阴照水爱晴柔。
小荷才露尖尖角，早有蜻蜓立上头。
（杨万里《小池》）

这些当然非“言志”之诗，也很难说是“缘情”之词，只不过是诗人面对大自然的一时兴会。也许有人会说，它们蕴含着诗人对自然、人生的热爱之情，这难道不是一种情感？这实际上是“滥情主义”的解释，好像诗人随时都处在神经兮兮的状态中，闻鸟惊心，见花垂泪，这种情感也真是太廉价了。

总而言之，诗歌也许是不可定义的。至少，它不能像科学名词那样，能有一个古今通用、人皆认同的定义。文学教科书或词典上的诗歌定义，乃诗学家不得已而为之的权宜之计。如北京师范大学童庆炳教授主编的《文学理论教程》对诗歌的定义：

诗是一种语词凝练、结构跳跃、富有节奏和韵律、高度集中的反映生活和表达思想感情的文学体裁。诗可以分为抒情诗与叙事诗，格律诗与自由诗等。诗的基本特征是凝练性、跳跃性、节奏韵律性。

（童庆炳主编《文学理论教程》（修订版），第197页）

这只是聊胜于无的勉强定义，因为凝练性、跳跃性与节奏韵律性并非诗歌独具，如六朝骈文小赋、晚明清初的清言小品，佛教偈语与民间插科打诨的韵语等等，很多也具备这三大基本特征，但很难将其定性为诗歌。而当代很多毫无节奏韵律感形同分行散文的自由诗，难道不是诗歌？事实上，古今诗人谁也不会按照这种定义来写诗或理解诗歌。事实上，不同时代不同流派不同风格的诗人，对诗歌的理解也许南辕北辙、大相径庭。即使从形式上说，也难以归纳出诗人普遍认同的法则。例如，我们今日名为广义诗歌的诗词曲，在古人那里，就有明显的分别，诗不能为词，词亦不能为曲。而在当代尤其是所谓“先锋派”那里，诗人们不断在创造试验新的艺术形式，不但颠覆古典诗歌传统，也解构现代正统的艺术观念，诗与非诗的界定，更不可能有标准化的统一答案。因此，我们只能作一个概括性的模糊描述：所谓诗歌，是一种运用比散文语言更凝练、更富于想象与联想的语言，表现人类心灵感受或感悟的方式。但文学与科学不同，定义并不重要，要真正理解诗歌是什么，并不是靠诗歌定义或诗学理论，而是靠我们对古今诗歌的阅读与欣赏。

阅读与欣赏诗歌，当然有一些要求，也有一些方法。从诗艺的角度讲，古今诗歌艺术的要素，例如语言、文体、格律以及各种表现手法，是首先应该必备的常识。这如同欣赏音乐、绘画、书法等艺术一样，如果不具备这些方面的常识，所谓审美欣赏、艺术鉴赏就是一句空话。其次，应该有一种超功利的心态。艺术欣赏不是技能学习，它给人以精神享受，而不是追求实用价值。这就要求我们超越物质世界的种种欲求，让心灵自由遨游于艺术世界，并从中得到升华。关于诗歌的阅读与欣赏，中国古人曾总结出“知人论世”、“以意逆志”、“以史证诗”、“讽诵玩味”等，这对我们或多或少会有一些启示。但如上所述，诗歌创作是非常个性化的精神活动，诗歌欣赏同样也是非常个性化的审美体验。诗人总是生活在特定的时空世界，如果不了解其人其世，我们如何能体会他们所表现的思想情感？这就需要“知人论世”、“以史证诗”。但是，诗人心中的时空世界与现实的时空世界之间，并非完全相同，事实上，诗人呈现给我们的常常是他自己所感觉的世界，而非现实世界的复印本。这里有巨大的想象空间，不是靠历史知识或语文知识就可以填补的。这就需要我们“以意逆志”、“以心会心”。但人与人心不能完全相同，所感所悟之意亦不可能存在唯一的结果。所以古人曾有“诗无达诂”的说法。这涉及阐释学的诸多问题。按照现代接受美学的观念，文本原意也许并不重要，重要的是读者反应各不相同，所谓“一千个读者有一千个哈姆雷特”。所以，尽管诗歌欣赏离不开“文本细读”，离不开“知人论世”，但更重要的是读者自己的感觉与理解。“误读”是难以避免的。也许，正是历代有意或无意的“误读”，才赋予古典诗歌以经久不衰的艺术生命。从这个意义上说，诗歌欣赏也是创造性的精神活动。总之，诗歌欣赏不是学术研究，在这里，知识并不十分重要，它更需要读者有开放的心灵与自由的想象，更需要直觉感悟而不是理性思维。

【思考】

1. 你认为诗歌应该具备哪些要素？
2. 你为什么喜欢诗歌？
3. 阅读欣赏诗歌，破解诗人的原意很重要吗？

第二讲

诗歌的语言

无论对诗歌如何定义，诗歌是语言的艺术，这是无可争议的。因此，阅读欣赏诗歌，首先就应熟悉诗人所运用的语言，对词语的音调、色彩、修辞以及联想效果有一种迅速敏捷的感悟能力，这也就是我们常说的语感。而这种语感，又必须在一定的语境中含英咀华潜移默化而来。也许你掌握了上万单词，能阅读翻译英文原典，但读英文诗歌，哪怕是一首意义明朗的小诗，也不一定能读出诗的感觉。原因很简单：你缺乏语感，对原文的词采、声音及其联想效果没有感觉。而这些恰恰是诗歌语言的“神韵”，一经翻译便丧失泰半。如英诗汉译，我们读到的是翻译家的再创作，而非原汁原味的英诗。因翻译家语言风格、审美趣味等等的不同，汉语译文也可能大异其趣。我们以十八世纪苏格兰诗人罗伯特·彭斯的爱情名诗 *A Red，Red Rose* 为例。下面是该诗第一节原文：

O，my luve's like a red，red rose，
That's newly sprung in June.
O，my luve's like the melodie
That's sweetly play'd in tune.

彭斯自幼家境贫寒，从未受过正规教育，靠自学成才。他以苏格兰方言而不是标准英语创作，一反古典主义诗风，带有浓郁的乡土气息与鲜明的民歌色彩，给人质朴清新自然的感觉。请比较以下两种译文：

颎颎赤墙靡，首夏初发苞。
恻恻清商曲，眇音何远姚。（苏曼殊译）

呵，我的爱人像朵红红的玫瑰，
六月里迎风初开；
呵，我的爱人像支甜甜的曲子，
奏得和谐又合拍。（王佐良译）

第一译者苏曼殊，近代著名诗人与翻译家。他译以传统五言体，“颎颎”“墙靡”“远姚”等词语，即使放在唐诗宋词中，也显得古色古香，今人能读出原诗中民歌的韵味？据说，苏曼殊的翻译，经过章太炎等人加工润色，有意造成这种古色古香的风格，以符合当时读者的欣赏趣味。如果翻译为下里巴人明白如话的民歌体，就引不起读者的兴趣。第二译者王佐良，现代著名英语文学专家，他的译文清新自然、朗朗上口，更符合现代读者的审美趣味，但原诗的韵律与乡土气息却没能完全传达出来。换位思考，假设一位来自中国乡间而且以方言创作的草根诗人，把自己的妻子称作“爱人”，不是太矫情太别扭吗？但如果将苏格兰方言luve 译为某种汉语方言，又可能显得油腔滑调，损害了原诗中的抒情韵味。所以，有人认为，诗歌是不能翻译的。钱锺书《论林纾的翻译》中有一个妙喻，读翻译作品好像把绣花纺织品翻过去，从背面看，或隔雾赏花。这还只是就小说翻译而言。现代诗人何其芳曾谈到他读莎士比亚、雪莱、拜伦原文的感受，说翻译过来的英文诗如同走了气的葡萄酒。

其实，岂止外国语，我们今人读古典诗词，也常苦于找不到感觉。因为，古代诗人多采用文言写作，而文言是一种精致典雅的书面语言，需长期浸润其中方能领悟其遣词造句之妙与声调抑扬之美。也就是说，首先培养一种语感，才可能欣赏古典诗词。我们中学为应试而学习的文言，注重的是解读词语，分析思想感情，忽略了语感的培养。古典诗词的节奏韵律之美与修辞之妙，非具有这种相应的语感不能体会。即使古代的白话通俗诗歌，如汉魏乐府民歌宋词元曲等，因为往往有很多方言俗语，我们很陌生或不太熟悉，读起来有语言障碍，常常找不到感觉。相反，我们读现当代诗歌，则比较容易找到感觉，其中一个重要原因，就是我们熟悉诗人所运用的语言。

但是，诗歌语言又不等同于日常语言，也与小说、散文等文体的语言有别。它是一种特殊的艺术语言。特殊在什么地方？却很不容易回答。古今中外的诗学家曾经概括诗歌语言的特点，如抒情性、形象性、音乐性等等。一般而言，这没错。关键问题是，古今诗歌的语言风格千姿百态，我们很难归纳出古今通用的标准。如果说它是抒情的，我们可以举出很多并不抒情的反证；如果说它是形象的，我们可以举出很多并不形象的反证；如果说它富有音乐性，我们可以举出很多并不富有音乐性的反证。诗学家的概括，其实也是不得已而勉力为之。稍加追问，便不能自圆其说。但是，有一点是可以肯定的：诗歌语言是一种特殊的语言，一种非同寻常叙事的艺术语言，即使是民歌或现代口语化的自由诗，也与日常口语有相当的距离。近代黄遵宪倡导“诗界革命”，主张“我手写我口”，现代胡适等人鼓吹白话文学，主张

“言文一致”，但读他们的诗作，就很容易发现，这是不可能的。如果诗人写诗如同说话，何用诗为？事实上，古今诗人总是在苦心孤诣地寻找、试验或创造着风格独特的语言，一种源于生活而又高于生活的艺术语言。请读下面这首诗：

我曾正步走过广场
剃光脑袋
为了更好地寻找太阳
却在疯狂的季节
转了向，隔着栅栏
会见那些表情冷漠的山羊
直到从盐碱地的
白纸上看见理想
我弓起了脊背
自以为找到表达真理的
唯一方式，如同
烘烤着的鱼梦见海洋
万岁！我只他妈喊了一声
胡子就长出来
纠缠着，像无数个世纪
我不得不和历史作战
并用刀子与偶像们
结成亲眷，倒不是为了应付
那从蝇眼中分裂的世界

在争吵不休的书堆里
我们安然平分了
倒卖每一颗星星的小钱
一夜之间，我赌输了
腰带，又赤条条回到世上
点着无声的烟卷
是给这午夜致命的一枪
当天地翻转过来
我被倒挂在
一棵墩布似的老树上
眺望　　　　　　（北岛《履历》）

这是当代著名诗人北岛对“文革”的反思。诗人叙述“文革”十年的经历，疯狂与觉醒，尽管采用的是非常口语化的语言，但充满象征、隐喻、反讽，意义深藏含蓄，有时还很晦涩，匪夷所思。这就是诗歌语言，日常生活中人们一般不可能采用这样的表达方式，小说散文等文体也不可能采用这样的表现方式。当然，并非所有诗歌都采用北岛式的语言，这种语言也绝非诗歌语言的唯一范例，我们是想说明，诗歌语言本质上是一种非同寻常的表达方式。

诗歌之所以为诗歌，而不是小说或散文，并非在于它是否抒情、叙事或议论，而在于它的语言。事实上，作为一种文体，诗歌既能抒情，也能叙事与议论，关键在于它抒情、叙事、议论所采用的语言，非常独特。这当然是我们现代的观念。按照通常的观念，也是基于古典诗歌艺术的观念，诗歌语言不同于日常口语或散文式语言的一个显著特点，就是吟诵或朗读诗歌，你会有一种抑扬顿挫的感觉，即所谓的“节奏感”。

值得注意的是，中国古典诗歌中的诗、词、曲，不仅在语言、节奏、格律等外在条件上有不同的规定，而且在语感、情调等较内在的因素上也有不同的要求。古人常说的当行本色，就是要求词要写得像词，而不能让人感到像诗；曲则既不能像诗，也不能类似词，它的情调一定是一读就是“曲”才行。

关于诗、词的区别，古人已多有探讨，如“诗庄词媚”，如词“别是一家”（李清照《词论》），王国维论词体的特征说：“词之为体，要眇（美好之意）宜修，能言诗之所不能言，而不能尽言诗之所能言；诗之境阔，词之言长。”（《人间词话》）诗的取材范围广，表现生活与情感的功能强，也就是说诗的天地较为阔大，所以词“不能尽言诗之所能言”。而词原是为了歌唱的需要而产生，演唱者多为少年歌女，内容多男女间闲情幽怨，风格绮丽，天然具有一种女性美。由于音节谐美，音乐性强，言简意丰，浑融蕴藉，词可向境界幽深细密处开拓，独具悠长的韵味，这些诗却不易做到。因此词“能言诗之所不能言”。前人论词，往往以婉约为正宗。苏轼、辛弃疾等人虽尽力开拓词境，扩展题材，但因作词不宜浅露、粗犷，故二人于豪放之中，仍不失深美蕴藉特点。比之于诗，还是“要眇宜修”的。

当代学者缪钺先生认为，词之所言为人生情思意境之尤细美者，故其表现方法，如命篇、造境、选声、配色，亦必求精美细致，始能与内容相称。缪先生在《诗词散论·论词》一文中精警地归纳词的特质为四：其文小，其质轻，其径狭，其境隐。缪先生对此作了十分精彩的析论，大有益于我们对诗词的欣赏：

一曰其文小。诗词贵用比兴，以具体之法表现情思，故不得不铸景于天地山川，借资于鸟兽草木，而词中所用，尤必取其轻灵细巧者。是以言天象，则“微雨”“断云”，“疏星”“淡月”；言地理，则“远峰”“曲岸”，“烟渚”“渔汀”；言鸟兽，则“海燕”“流萤”，“凉蝉”“新雁”；言草木，则“残红”“飞絮”，“芳草”“垂杨”；言居室，则“藻井”“画堂”，“绮疏”“雕槛”；言器物，则“银釭”“金鸭”，“凤屏”“玉钟”；言衣饰，则“彩袖”“罗衣”，“瑶簪”“翠钿”；言情绪，则“闲愁”“芳思”，“俊赏”“幽怀”。即形况之词，亦取精美细巧者，譬如亭榭，恒物也，而曰“风亭月榭”（柳永词）则有一种清美之境界矣；花柳，恒物也，而曰“柳昏花暝”（史达祖词），则有一种幽约之景象矣。此种铸辞炼句之法，非但在文中不宜，即在诗中多用之，犹嫌纤巧，而在词中则为出色当行，体各有所宜也。因此，词中言悲壮雄伟之情，亦取资于微物。姜夔过扬州，感金主亮南侵之祸，作《扬州慢》曰：“自胡马窥江去后，废池乔木，犹厌言兵。”又曰：“二十四桥仍在，波心荡，冷月无声。”“废池乔木”、“波心”、“冷月”，均微物也。姜夔痛南宋国势之日衰，曰：“最可惜一片江山，总付与啼鴂。”（《八归》）“啼鴂”亦微物也。……盖词取资微物，造成一种特殊之境，借以表达情思，言近旨远，以小喻大，使读者骤遇之如在耳目之前，久诵之而得隽永之趣也。

二曰其质轻。……所谓质轻者，非谓其意浮浅也，极沉挚之思，表达于词，亦出之以轻灵，盖其体然也。……杜甫《羌村》诗叙乱后归家之情曰：“妻孥怪我在，惊定还拭泪。世乱遭飘荡，生还偶然遂。邻人满墙头，感叹亦歔欷。”结句云：“夜阑更秉烛，相对如梦寐。”意沉痛而量极重，读之如危石下坠。至如晏几道《鹧鸪天》词，叙与所欢女子久别重逢，则曰：“从别后，忆相逢，几回魂梦与君同。今宵剩把银釭照，犹恐相逢是梦中。”其情与杜甫《羌村》诗中所写者相似，而表达于词，较杜之诗，质量轻灵多矣。惟其轻灵，故回环宕折，如蜻蜓点水，空际回翔，如平湖受风，微波荡漾，反更多妍美之致，此又词之特长。故凝重有力，词不如诗；而摇曳生姿，则诗不如词。

三曰其径狭。文能说理叙事，言情写景；诗则言情写景多，有时仍可说理叙事；至于词，则惟能言情写景，而说理叙事绝非所宜。……盖词为中国文学体裁中之最精美者，幽约怨悱之思，非此不能达，然亦有许多材料及辞句不宜入词。其体精，故其径狭，王国维所谓词能言诗之所不能言而不能尽言诗之所能言也。

四曰其境隐。周济谓吴文英词如“天光云影，摇荡绿波，抚玩无斁，追寻已远”，言其境界之隐约凄迷也。实则不但吴文英词如是，凡佳词无不如是。若论“寄兴深微”，在中国文学体制中，殆以词为极则。诗虽贵比兴，多寄托，然其意绪犹可寻绎，……若夫词人，率皆灵心善感，酒边花下，一往情深，其感触于中者，往往凄迷怅惘，哀乐交融，于是借此要眇宜修之体，发其幽约难言之思，临渊窥鱼，若隐若显，泛海望山，时远时近，作者既非专为一人一事而发，读者又安能凿实以求，亦惟有就己见之所能及者，高下深浅，各有体会。……故词境如雾中之山，月下之花，妙处正在迷离隐约，必求明显，反伤浅露，非词体之所宜也。

而盛于元代的“曲”，与诗词相比，除了形式上更自由些（如押韵平仄通用，不忌重韵，可加衬字等），在情调韵味上也有极大的差异。若将诗词的情调概括为“诗庄词媚”，那曲就称得上一个“放”字。所谓“放”，指的是“曲”这一类诗要写得豪辣、宏放、直露。一事一情，一定要表达得淋漓尽致，不留余地。因此，诙谐、俚俗，正话反说，嬉笑怒骂，皆可成曲中佳作。王季思、洪柏昭先生在《元散曲选注·前言》中以几首作品作了一个有意思的比较：同样咏闺情，唐金昌绪《春怨》诗说：

打起黄莺儿，莫教枝上啼。
啼时惊妾梦，不得到辽西。

宋晏殊《采桑子》词说：

时光只解催人老，不信多情，长恨离亭。泪滴春衫酒易醒。　　梧桐昨夜西风急，淡月胧明，好梦频惊。何处高楼雁一声？

元张可久《山坡羊·闺思》曲则这样写：

云松螺髻，香温鸳被，掩春闺一觉伤春睡。柳花飞，小琼姬，一声“雪下呈祥瑞”，团圆梦儿生唤起。谁，不做美？呸，却是你！

王、洪二先生据此总结：“同是好梦惊回，在诗则含情脉脉，留有余地；在词则低回婉转，情余言外；在曲则穷形尽相，刻露无余。”我们从中也可大略体会诗、词、曲的差异。

当我们大致懂得了诗、词、曲这种情调、韵味的不同以后，在阅读时便可凭语感判断某种诗体的“像”与“不像”。晏殊的名句“无可奈何花落去，似曾相识燕归来”曾分别被作者用于他的诗和词中（见【阅读】）。同样的语言，用于词中显得细腻、轻灵，引人遐想；而用于诗中则难以给读者留下印象。正因为这种轻细、隐约的情调是属于词的。秦观《浣溪沙》词“自在飞花轻似梦，无边丝雨细如愁”取材运意，极尽幽细精美之能事，是堪称典范的婉约词杰作，但他的诗如“有情芍药含春泪，无力蔷薇卧晚枝”（《春日五首》其二）之类却被人们认为“诗似小词”，是“女郎诗”，原因也正在其语感像词而不像诗。

【阅读】

忆秦娥　［唐］李白

箫声咽，秦娥梦断秦楼月。秦楼月，年年柳色，灞陵伤别。　　乐游原上清秋节，咸阳古道音尘绝。音尘绝，西风残照，汉家陵阙。

采莲曲 ［唐］李康成

采莲去，月没春江曙。
翠钿红袖水中央，青荷莲子杂衣香。
云起风生归路长。
归路长，哪得久？
各回船，两摇手。

浣溪沙 ［宋］晏殊

一曲新词酒一杯，去年天气旧亭台。夕阳西下几时回。
无可奈何花落去，似曾相识燕归来。小园香径独徘徊。

假中示判官张寺丞王校勘 ［宋］晏殊

元巳清明假未开，小园幽径独徘徊。
春寒不定斑斑雨，宿醉难禁滟滟杯。
无可奈何花落去，似曾相识燕归来。
游梁赋客多风味，莫惜青钱万选才。

蝶恋花 ［宋］苏轼

花褪残红青杏小。燕子飞时，绿水人家绕。枝上柳绵吹又少。天涯何处无芳草！　　墙里秋千墙外道，墙外行人，墙里佳人笑。笑渐不闻声渐消，多情却被无情恼。

浣溪沙 ［宋］秦观

漠漠轻寒上小楼，晓阴无赖似穷秋，淡烟流水画屏幽。

自在飞花轻似梦，无边丝雨细如愁，宝帘闲挂小银钩。

春日五首（其二）［宋］秦观

一夕轻雷落万丝，霁光浮瓦碧参差。

有情芍药含春泪，无力蔷薇卧晚枝。

剑门道中遇微雨　［宋］陆游

衣上征尘杂酒痕，远游无处不销魂。

此身合是诗人未？细雨骑驴入剑门。

【双调·得胜乐】［元］白朴

红日晚，残霞在，秋水共长天一色。

寒雁儿呀呀的天外，怎生不捎带个字儿来？

【越调·凭阑人】寄征衣　［元］姚燧

欲寄君衣君不还，不寄君衣君又寒。

寄与不寄间，妾身千万难。

【中吕·十二月过尧民歌】别情　［元］王实甫

自别后遥山隐隐，更那堪远水粼粼；见杨柳飞绵滚滚，对桃花醉脸醺醺；透内阁香风阵阵，掩重门暮雨纷纷。　　怕黄昏不觉又黄昏，不销魂怎地不销魂。新啼痕压旧啼痕，断肠人忆断肠人。今春，香肌瘦几分，裙带宽三寸。

【双调·雁儿落兼得胜令】退隐 ［元］张养浩

云来山更佳，云去山如画，
山因云晦明，云共山高下。
倚杖立云沙，回首见山家。
野鹿眠山草，山猿戏野花。
云霞，我爱山无价。
看时行踏，云山也爱咱。

采莲曲 朱湘

小船呀轻飘，
杨柳呀风里颠摇；
荷叶呀翠盖，
荷花呀人样娇娆。
日落，
微波，
金丝闪动过小河。
左行，
右撑，
莲舟上扬起歌声。

菡萏呀半开，
蜂蝶呀不许轻来，
绿水呀相伴，
清静呀不染尘埃。

溪间，
采莲，
水珠滑走过荷钱。
拍紧，
拍轻，
桨声应答着歌声。

藕心呀丝长，
羞涩呀水底深藏；
不见呀蚕茧，
丝多呀蛹裹中央？
溪头，
采藕，
女郎要采又夷犹。
波沉，
波升，
波上抑扬着歌声。

莲蓬呀子多，
两岸呀榴树婆娑，
喜鹊呀喧噪，
榴花呀落上新罗。
溪中，
采蓬，

耳鬓边晕着微红。
风定，
风生，
风飔荡漾着歌声。

升了呀月钩，
明了呀织女牵牛；
薄雾呀拂水，
凉风呀飘去莲舟。
花香，
衣香，
消溶入一片苍茫；
时静，
时闻，
虚空里袅着歌音。

北方 艾青

那个科尔沁草原上的诗人
对我说：
“北方是悲哀的。”

不错，
北方是悲哀的。

从塞外吹来的
沙漠风，
已卷去
北方的生命的绿色
与时日的光辉，
——一片暗淡的灰黄，
蒙上一层揭不开的沙雾；
那天边疾奔而至的呼啸，
带来了恐怖，
疯狂地
扫荡过大地
荒漠的原野
冻结在十月的寒风里；
村庄呀，
古城呀，
山坡呀，
河岸呀，
颓垣与荒冢呀，
都披上了土色的忧郁……
孤单的行人，
上身俯前
用手遮住了脸颊，
在风沙里
困苦了呼吸，

一步一步地
挣扎着前进……
几只驴子
——那有悲哀的眼
和疲乏的耳朵的畜生，
载负了土地的
痛苦的重压，
它们厌倦的脚步，
徐缓地踏过
北国的
修长而又寂寞的道路……

那些小河早已枯干了
河底已画满了车辙，
北方的土地和人民
在渴求着
那滋润生命的流泉啊！
枯死的林木
与低矮的住房，
稀疏地
阴郁地
散布在
灰暗的天幕下；
天上，

看不见太阳，
只有那结成大队的雁群
惶乱的雁群，
击着黑色的翅膀，
叫出它们的不安与悲苦，
从这荒凉的地域逃亡，
逃亡到
绿荫蔽天的南方去了……

北方是悲哀的；
而万里的黄河
汹涌着浑浊的波涛，
给广大的北方
倾泻着灾难与不幸；
而年代的风霜，
刻画着
广大的北方的
贫穷与饥饿啊。

而我
——这来自南方的旅客，
却爱这悲哀的北国啊。
扑面的风沙
与入骨的冷气，

决不曾使我咒诅；
我爱这悲哀的国土，
一片无垠的荒漠，
也引起了我的崇敬：
——我看见
我们的祖先
带领了羊群，
吹着笳笛，
沉浸在这大漠的黄昏里……
我们踏着的
古老的
松软的黄土层里，
埋有我们祖先的骸骨啊，
——这土地是他们所开垦，
几千年了
他们曾在这里
和带给他们以打击的自然相搏斗，
他们为保卫土地
从不曾屈辱过一次，
他们死了
把土地遗留给我们——
我爱这悲哀的国土，
它的广大而瘦瘠的土地，
带给我们以淳朴的言语

与宽阔的姿态，
我相信：这言语与姿态
坚强地生活在大地上，
永远不会灭亡；
我爱这悲哀的国土
古老的国土呀，
这国土养育了
那为我所爱的
世界上最艰苦
与最古老的种族。

孩子，快抓紧妈妈的手

——为地震死去的孩子们而作

无名氏

孩子，快
抓紧妈妈的手
去天堂的路
太黑了
妈妈怕你
碰了头
快
抓紧妈妈的手

让妈妈陪你走

妈妈
我怕天堂的路
太黑
我看不见你的手
自从
倒塌的墙
把阳光夺走
我再也看不见
你柔情的眸

孩子
你走吧
前面的路
再也没有忧愁
没有读不完的课本
和爸爸的拳头
你要记住
我和爸爸的模样
来生还要一起走

妈妈
别担忧

天堂的路有些挤
有很多同学朋友
我们说
不哭
哪一个人的妈妈都是我们的妈妈
哪一个孩子都是妈妈的孩子
没有我的日子
你把爱给活的孩子吧

妈妈
你别哭
泪光照亮不了
我们的路
让我们自己
慢慢的走

妈妈
我会记住你和爸爸的模样
记住我们的约定
来生一起走！

【思考】

1．外国诗是翻译家的再创造，找几首欧美名诗的不同译文试作比较。

2．唐代诗人李康成的《采莲曲》与现代诗人朱湘的《采莲曲》，语言各有什么特点？

3．试比较分析题为李白所作的《忆秦娥》与苏轼《蝶恋花》的句式特点。

4．选取几首诗、词、曲细读，领会其不同的情调特征。

第三讲

格律诗与自由诗

中国古今诗歌，如从纯形式上分，可简单地分为格律诗与自由诗。所谓格律，即诗歌的格式与音律，对字数、句式、平仄、押韵等方面的规则要求。很多人认为，古诗讲格律，现代诗不讲格律，因此将古典诗词统统视为格律诗，而将现代人创作的五言和七言律诗绝句统统称为“古体诗”或“旧体诗”。这是极大的误解。

格律诗并非古已有之，也并非中国独有，西方也有格律诗，如“十四行诗”等。中国诗歌形成格律，是南朝齐梁之后。因为翻译梵文佛经，发现汉字有平上去入四声，这一古代语音学上的重大发现，而不是发明，促成了诗歌形式划时代的革新。诗人注意到平上去入按照一定的规律交错互用，会产生一种特别悦耳的音调效果，于是反复试验，结果就形成了字数、句式、音韵等皆有严格要求的新体诗——格律诗，唐人称之为“近体”或“近体诗”，而将不讲格律的诗称为“古体”或“古体诗”。我们应该有这样的诗歌常识，即“近体”格律诗只是古典诗歌形式的一种，唐宋以后，并非格律诗的一统天下，如李白、杜甫、白居易、苏轼、陆游等大诗人，既写格律诗，也写不讲究格律的“古体诗”。清人蘅塘退士为初学者编选的唐诗普及读本《唐诗三百首》，即以“五言古诗”“七言古诗”“五言律诗”“七言律诗”“五言绝句”“七言绝句”分类，“五古”“七古”不讲平仄，律诗绝句则有严格的平仄要求。

常见的格律诗有五言律诗、七言律诗、五言绝句与七言绝句等。其中关键是平仄。所谓平仄，是古人对汉字四声的归纳，与现代汉语的四声不尽相同。一般而言，平声相当于现代汉语的一声和二声，仄声是上、去、入三声的总称，其中上声相当于三声，去声相当于四声，而入声字在现代汉语（普通话）中已经消失，转入到其他各声调中去了。再加上古今语音的演变，古四声与今四声并不能一一对应，平仄交错互用产生的音韵之美，我们不一定能有古人的那种美妙感觉。

五言或七言格律诗的句式与古体诗节奏句式基本相同，如：

君自——故乡——来，应知——故乡——事。
来日——绮窗——前，寒梅——著花——未？

（王维《杂诗》此诗为古体诗，不押韵）

昔人——已乘——黄鹤——去，
此地——空余——黄鹤——楼。
黄鹤——一去——不复——返，
白云——千载——空——悠悠。
晴川——历历——汉阳——树，
芳草——萋萋——鹦鹉——洲。
日暮——乡关——何处——是，
烟波——江上——使人——愁。

（崔颢《黄鹤楼》此诗为七言律诗，讲究平仄与押韵）

但为保持意义单位的完整，句式不一定这样细分，而可以采取比较粗略的方式，即五言为二三句式，七言为四三或二五句式，如：

嫁得——瞿塘贾，朝朝——误妾期。
早知——潮有信，嫁与——弄潮儿。

（李益《江南曲》）

回乐峰前——沙似雪，受降城下——月如霜。
不知——何处吹芦管，一夜——征人尽望乡。

（李益《夜上受降城闻笛》）

昨夜星辰——昨夜风，画楼西畔——桂堂东。
身无——彩凤双飞翼，心有——灵犀一点通。
隔座送钩——春酒暖，分曹射覆——蜡灯红。
嗟余——听鼓应官去，走马兰台——类转蓬。

（李商隐《无题》）

格律诗与古体诗的最大区别，是要求词语平仄交错，以造成音调抑扬顿挫之美。所以，格律诗的节奏不仅来自顿数的安排，更来自平仄的交替互用。简言之，平仄格式是格律诗的要素。五言律诗的平仄格式有四种基本句型：

第一种句型：仄仄仄平平；

第二种句型：仄仄平平仄；

第三种句型：平平仄仄平；

第四种句型：平平平仄仄。

七言律诗不过是五言律诗的扩展，它也有四种基本句型：

第一种句型：平平仄仄仄平平；

第二种句型：平平仄仄平平仄；

第三种句型：仄仄平平仄仄平；

第四种句型：仄仄平平平仄仄。

诗人创作五言或七言律诗，就是以上句型的交替互用。这种平仄交替互用的基本原则是：在本句中交错，在对句中对立。例如陆游《书愤》的三、四两句：

楼船夜雪瓜州渡，铁马秋风大散关。

这两句的平仄是：

平平/仄仄/平平/仄，

仄仄/平平/仄仄/平。

如果是五律或七律，还要求中间两联即“颔联”和“颈联”用对仗，押韵也有诸多限制。这很类似英语中的“十四行诗”。在今人看来，格律无疑限制了诗人表达的自由，闻一多曾喻之为“戴着镣铐跳舞”。但在古人那里，这是一种语言艺术的竞技，也是一种挑战，所以唐宋以来不甘示弱的诗人们，无不以格律诗来展示他们炉火纯青的诗艺；而读者往往也是由吟味节奏入手而逐渐领略诗意。

词与曲也是一种格律诗。词曲原来是配乐可唱的歌曲，不过是先有固定的曲调，而后依声填词。一个词牌或曲牌就是一个曲调，不仅音调唱法不同，而且平仄句式韵律也不同。后来音乐失传，而词曲之歌词却作为文本形式流传下来，人们根据这些歌词文本总结出词曲的平仄句式韵律，也就是所谓“词律”与“曲律”，然后再根据这些格律去填词作曲，在这种意义上，词曲实际上就是“长短不葺之新体格律诗”（龙榆生语）。词曲因句式长短参差，少则一字，多则十字以上，所以更具抑扬顿挫之美。但词曲的句式与格律比五七言律诗要复杂得多，五七言律诗只有四种基本的平仄句式，而一个词牌或曲牌就有一种平仄句式。如宋词：

> 对潇潇暮雨洒江天，一番洗清秋。渐霜风凄紧，关河冷落，残照当楼。是处红衰翠减，苒苒物华休。惟有长江水，无语东流。　　不忍登高临远，望故乡渺邈，归思难收。叹年来踪迹，何事苦淹留？想佳人、妆楼颙望，误几回、天际识归舟。争知我、倚阑干处，正恁凝愁。
>
> （柳永《八声甘州》）

> 明月别枝惊鹊，清风半夜鸣蝉。稻花香里说丰年，听取蛙声一片。　　七八个星天外，两三点雨山前。旧时茅店社林边，路转溪桥忽见。　　（辛弃疾《西江月》）

两首词，词牌一为《八声甘州》，一为《西江月》，这就决定了它们的字数、句式、平仄、韵律等各不相同。又如元曲：

> 峰峦如聚，波涛如怒，山河表里潼关路。望西都，意踌躇，伤心秦汉经行处，宫阙万间都做了土。兴，百姓

苦；亡，百姓苦。 （张养浩《山坡羊·潼关怀古》）

美人自刎乌江岸，战火曾烧赤壁山，将军空老玉门关。
伤心秦汉，生民涂炭，读书人一声长叹。
（张可久《卖花声·怀古》）

这样句式参差的诗歌形式，并非始于词曲，而是古已有之，称为“杂言体”。这类句式参差的杂言体，不讲究所谓平仄格律，形式上比较自由，如：

有所思，乃在大海南。
何用问遗君？双珠玳瑁簪。用玉绍缭之。
闻君有他心，拉杂摧烧之。
摧烧之，当风扬其灰。
从今以往，勿复相思！相思与君绝。
鸡鸣狗吠，兄嫂当知之。
妃呼豨，秋风肃肃晨风飔，东方须臾高知之。
（无名氏《有所思》）

尽管如此，它的句式还是有一定规律，是三言、四言、五言、七言的混合体。这些格律或非格律诗，都遵循汉语音节与音调的特点，形成抑扬顿挫的节奏与句式。

无论是讲究格律的“近体”或词曲，还是不讲究非格律的“古体”，作为中国诗歌的体裁形式，即今人通常所谓“旧体诗词”者，至今仍然具有很强的生命力，并非是死去的古老形式。鲁迅、郁达夫、郭沫若等现代新文学代表作家、诗人以及很多教授学者，都以古典诗词的形式，创作过不少表现现代生活与现代感情的优秀诗篇。直到今天，古典格律诗仍然是不少学者知识分子乃至大学生情有独钟的表现形式。因为这些经过千锤百炼的艺术形式，除了其符合汉语特点的声律之美，还在于其凝练节制、亦庄亦谐的表达，很符合他们的文化品位与审美趣味。

自由诗也称白话新诗，则没有任何格律限制，是古典诗体的彻底解放。“自由诗”的观念来自欧美，最早创作“自由诗”的是十九世纪美国诗人惠特曼。当这种观念被移植到中国后，中国数千年的诗歌传统为之一变，变为一种更难界定的艺术形式。传统的形式，如节奏、韵律等，已经不能成为诗歌的要素。如新文学运动领袖之一胡适的《新婚》：

十三年没见面的相思，于今完结。
把一桩桩伤心旧事，从头细说。
你莫说你对不住我，
我也不说对不住你。
且牢牢记取这十二月三十日夜中天明月！

再如大诗人艾青的名诗《雪落在中国的土地上》：

雪落在中国的土地上，
寒冷在封锁着中国呀……

风，
像一个太悲哀了的老妇，
紧紧地跟随着
伸出寒冷的指爪
拉扯着行人的衣襟，
用着像土地一样古老的话
一刻也不停地絮聒着……

那从林间出现的
赶着马车的
你中国的农夫
戴着皮帽
冒着大雪
你要到哪儿去呢？

又如当代诗人于坚的《四月之城》：

四月之城在高蓝的天空下嚼着黄黄嫩嫩的阳光
四月之城裸露古铜色的手臂打着阳伞在暖风中散步
门开了 窗开了 阳台开了 孩子们开了 所有年纪都开放了
梧桐树上停满大群大群的新叶它们交头接耳叽叽喳喳
小翅膀们呼呼呼抖啊抖把风扇遍了四月之城
洒水车也开放了像一朵白菊花有凉爽爽的香味
一群民族少女穿裙子来到城里像一群山区飞来的蝴蝶

她们小小心心东张西望怕四月之城嘲笑她们晒黑了的双腿

…………

这样高度散文化的诗句，按照艾青的说法，它的节奏就是“自然语言的节奏”，完全是凭着情感的起伏而自然形成的，而不是刻意建立在汉字四声交错互用的基础之上。艾青曾提倡诗歌的“散文美”，追求情感与思想表达的自由，追求一种“纯诗”，不愿受任何形式上的束缚，甚至韵脚也不考虑。这样无拘无束的自由体，很容易写，但却很难写好。而且即使是写得很好的名篇，也难于记诵。现代诗人如徐志摩、闻一多、戴望舒等则进行了另一种尝试，追求诗歌的节奏与韵律之美，如：

假如我是一朵雪花，
翩翩的在半空里潇洒。
我一定认清我的方向——
飞飏，飞飏，飞飏，——
这地面上有我的方向。

不去那冷寞的幽谷，
不去那凄清的山麓，
也不上荒街去惆怅——
飞飏，飞飏，飞飏，——
你看，我有我的方向！

（徐志摩《雪花的快乐》）

有一句话说出就是祸，
有一句话能点得着火。
别看五千年没有说破，
你猜得透火山的缄默？
说不定是突然着了魔，
突然青天里一个霹雳
爆一声：
“咱们的中国！”　（闻一多《一句话》）

诗人利用汉字的语音特点，每一行字数大致相等，因而顿数也大致相同，这样便形成比较明显的节奏感，朗诵起来抑扬起伏、音韵铿锵。这一类白话新诗，被人称为“现代格律诗”或“新格律诗”。它的特点就是每一诗节的行数相等，每一诗行的字数也大致相等，并按照现代口语押韵。也有人不同意“现代格律诗”的概念，认为现代白话新诗根本就无所谓“格律”，至少并未形成诗人普遍认同并严格遵守的所谓“格律”。但与句式高度散文化而且不押韵的自由诗相比，它们的音乐性与节奏感要明显得多。这种特点在当代诗歌中也不乏其例，如：

留你留不得，
藏你藏不住。
今宵送你进火炉，
永别了，契诃夫！

夹鼻眼镜山羊胡，
你在笑，我在哭。
灰飞烟灭光明尽，
永别了，契诃夫！ （流沙河《焚书》）

由此可以看出，从节奏韵律等形式因素上，似乎很难概括古今诗歌艺术的共同特点。事实上，不同时代不同流派富有创造精神的诗人，总是力图冲破诗歌的既有传统，改变着读者的欣赏习惯。我们甚至可以这样认为，诗歌艺术永远在试验创造之中。

【阅读】

望月怀远 ［唐］张九龄

海上生明月，天涯共此时。
情人怨遥夜，竟夕起相思。
灭烛怜光满，披衣觉露滋。
不堪盈手赠，还寝梦佳期。

杂诗三首（其三） ［唐］沈佺期

闻道黄龙戍，频年不解兵。
可怜闺里月，长在汉家营。
少妇今春意，良人昨夜情。
谁能将旗鼓，一为取龙城。

赠孟浩然 ［唐］李白

吾爱孟夫子，风流天下闻。
红颜弃轩冕，白首卧松云。
醉月频中圣，迷花不事君。
高山安可仰，徒此揖清芬。

咏怀古迹五首（其二） ［唐］杜甫

摇落深知宋玉悲，风流儒雅亦吾师。
怅望千秋一洒泪，萧条异代不同时。
江山故宅空文藻，云雨荒台岂梦思。
最是楚宫俱泯灭，舟人指点到今疑。

秋兴八首（其三，其七） ［唐］杜甫

千家山郭静朝晖，日日江楼坐翠微。
信宿渔人还泛泛，清秋燕子故飞飞。
匡衡抗疏功名薄，刘向传经心事违。
同学少年多不贱，五陵裘马自轻肥。

昆明池水汉时功，武帝旌旗在眼中。
织女机丝虚夜月，石鲸鳞甲动秋风。
波漂菰米沉云黑，露冷莲房坠粉红。
关塞极天惟鸟道，江湖满地一渔翁。

与诸子登岘山 ［唐］孟浩然

人事有代谢，往来成古今。
江山留胜迹，我辈复登临。
水落鱼梁浅，天寒梦泽深。
羊公碑尚在，读罢泪沾襟。

山居秋暝 ［唐］王维

空山新雨后，天气晚来秋。
明月松间照，清泉石上流。
竹喧归浣女，莲动下渔舟。
随意春芳歇，王孙自可留。

遣悲怀（之二）［唐］元稹

昔日戏言身后意，今朝都到眼前来。
衣裳已施行看尽，针线犹存未忍开。
尚想旧情怜婢仆，也曾因梦送钱财。
诚知此恨人人有，贫贱夫妻百事哀。

蜀先主庙 ［唐］刘禹锡

天下英雄气，千秋尚凛然。
势分三足鼎，业复五铢钱。
得相能开国，生儿不象贤。
凄凉蜀故妓，来舞魏宫前。

游金山寺　［宋］苏轼

我家江水初发源，宦游直送江入海。
闻道潮头一丈高，天寒尚有沙痕在。
中泠南畔石盘陀，古来出没随涛波。
试登绝顶望乡国，江南江北青山多。
羁愁畏晚寻归楫，山僧苦留看落日。
微风万顷靴纹细，断霞半空鱼尾赤。
是时江月初生魄，二更月落天深黑。
江中似有炬火明，飞焰照山栖乌惊。
怅然归卧心莫识，非鬼非人竟何物？
江山如此不归山，江神见怪警我顽。
我谢江神岂得已，有田不归如江水。

临安春雨初霁　［宋］陆游

世味年来薄似纱，谁令骑马客京华？
小楼一夜听春雨，深巷明朝卖杏花。
矮纸斜行闲作草，晴窗细乳戏分茶。
素衣莫起风尘叹，犹及清明可到家。

小舟游近村　［宋］陆游

斜阳古柳赵家庄，
负鼓盲翁正作场。
身后是非谁管得，
满村听说蔡中郎。

京师得家书 ［明］袁凯

江水三千里，家书十五行。
行行无别语，只道早还乡。

虎丘题壁 ［清］陈恭尹

虎迹苍茫霸业沉，古时山色尚阴阴。
半楼月影千家笛，万里天涯一夜砧。
南国干戈征士泪，西风刀剪美人心。
市中亦有吹篪客，乞食吴门秋又深。

真州绝句五首（其四） ［清］王士祯

江干多是钓人居，柳陌菱塘一带疏。
好是日斜风定后，半江红树卖鲈鱼。

投宋于庭翔凤 ［清］龚自珍

游山五岳东道主，拥书百城南面王。
万人丛中一握手，使我衣袖三年香。

卜算子·黄州定惠院寓居作 ［宋］苏轼

缺月挂疏桐，漏断人初静。时见幽人独往来，缥缈孤鸿影。惊起却回头，有恨无人省。拣尽寒枝不肯栖，寂寞沙洲冷。

贺新郎 ［宋］辛弃疾

邑中园亭，仆皆为赋此词。一日，独坐停云，水声山色，竞来相娱。意溪山欲援例者，遂作数语，庶几仿佛渊明思亲友之意云。

甚矣我衰矣！怅平生、交游零落，只今余几？白发空垂三千丈，一笑人间万事。问何物、能令公喜？我见青山多妩媚，料青山、见我应如是。情与貌，略相似。　　一尊搔首东窗里。想渊明、停云诗就，此时风味。江左沉酣求名者，岂识浊醪妙理！回首叫、云飞风起。不恨古人吾不见，恨古人、不见吾狂耳。知我者，二三子。

【南吕·四块玉】别情 ［元］关汉卿

自送别，心难舍，一点相思几时绝。
凭阑袖拂杨花雪。溪又斜，山又遮，人去也。

【双调·夜行船】秋思 ［元］马致远

【夜行船】百岁光阴一梦蝶，重回首往事堪嗟。今日春来，明朝花谢，急罚盏夜阑灯灭。

【乔木查】想秦宫汉阙，都做了衰草牛羊野。不恁么渔樵没话说。纵荒坟横断碑，不辨龙蛇。

【庆宣和】投至狐踪与兔穴，多少豪杰！鼎足虽坚半腰里折，魏耶？晋耶？

【落梅风】天教你富，莫太奢。没多时好天良夜。看钱奴硬将心似铁，争辜负锦堂风月。

【风入松】眼前红日又西斜，疾似下坡车。晓来清镜添白雪，上床与鞋履相别。休笑鸠巢计拙，葫芦提一向装呆。

【拨不断】利名竭，是非绝。红尘不向门前惹，绿树偏宜屋角遮。青山正补墙头缺，更那堪竹篱茅舍。

【离亭宴煞】蛩吟罢一觉才宁贴，鸡鸣时万事无休歇，争名利何年是彻？看密匝匝蚁排兵，乱纷纷蜂酿蜜，急攘攘蝇争血！裴公绿野堂，陶令白莲社，爱秋来时那些：和露摘黄花，带霜烹紫蟹，煮酒烧红叶。想人生有限杯，浑几个重阳节？嘱咐我顽童记者：便北海探吾来，道东篱醉了也！

湘灵歌　鲁迅

昔闻湘水碧如染，今闻湘水胭脂痕。
湘灵妆成照湘水，皎如皓月窥彤云。
高丘寂寞竦中夜，芳荃零落无余春。
鼓完瑶瑟人不闻，太平成象盈秋门。

答客诮　鲁迅

无情未必真豪杰，怜子如何不丈夫。
知否兴风狂啸者，回眸时看小於菟。

钓台题壁　郁达夫

不是尊前爱惜身，佯狂难免假成真，
曾因酒醉鞭名马，生怕情多累美人。
劫数东南天作孽，鸡鸣风雨海扬尘，
悲歌痛哭终何补，义士纷纷说帝秦。

梦醒枕上作　郁达夫

床前凉月夜三更，帘外新霜雁一声。
梦到阑珊才惜别，秋到我辈独无情。
私家礼乐麟毛少，乱世文章马骨轻。
惆怅此生闲里过，洛桥愁听杜鹃鸣。

挽王静安先生　陈寅恪

敢将私谊哭斯人，文化神州丧一身。
越甲未应公独耻，湘累宁与俗同尘。
吾侪所学关天意，并世相知妒道真。
赢得大清干净水，年年呜咽说灵均。

别蒙自　陈寅恪

我昔来时春水荒，我今去时秋草长。
来去匆匆数月耳，湖山一角已沧桑。

阅报戏作　陈寅恪

弦箭文章苦未休，权门奔走喘吴牛。

自由共道文人笔，最是文人不自由。

满江红·西南联大校歌　冯友兰

万里长征，辞却了、五朝宫阙。暂驻足，衡山湘水，又成离别。绝徼移栽桢干质，九州遍洒黎元血。尽笳吹、弦诵在山城，情弥切。　千秋耻，终当雪。中兴业，须人杰。便一成三户，壮怀难折。多难殷忧新国运，动心忍性希前哲。待驱除仇寇、复神京，还燕碣。

削土豆伤手　聂绀弩

豆上无坑无有芽，手忙刀快眼昏花。
两三点血红谁见，六十岁人白自夸。
欲把相思栽北国，难凭赤手建中华。
狂言在口终羞说：以此微红献国家。

拾穗同祖光其二　聂绀弩

乱风吹草草萧萧，卷起沟边穗几条。
如笑一双天下士，都无十五女儿腰。
鞠躬金殿三呼起，仰首名山百拜朝。
寄语完山尹弥勒，尔来休当妇人描。

推磨　聂绀弩

百事输人我老牛，惟馀转磨稍风流。
春雷隐隐全中国，玉雪霏霏一小楼。

把坏心思磨粉碎，到新天地作环游。
连朝齐步三千里，不在雷池更外头。

清厕同枚子其一　聂绀弩

君自舀来仆自挑，燕昭台畔雨潇潇。
高低深浅两双手，香臭稠稀一把瓢。
阳春白雪同掩鼻，苍蝇盛夏共弯腰。
澄清天下吾曹事，污秽成坑便肯饶？

爱之神　鲁迅

一个小娃子，展开翅子在空中，
一手搭箭，一手张弓，
不知怎么一下，一箭射着前胸。
“小娃子先生，谢你胡乱栽培！
但得告诉我：我应该爱谁？”
娃子着慌，摇头说，“唉！
你是还有心胸的人，竟也说这宗话。
你应该爱谁，我怎么知道。
总之我的箭是放过了！
你要是爱谁，便没命的去爱他；
你要是谁也不爱，也可以没命的去自己死掉。”

病中得冬秀书　胡适

病中得他书，不满八行纸。全无要紧话，颇使我欢喜！

我不认得他，他不认得我，我总常念他，这是为什么？

岂不因我们，分定长相亲，由分生情意，所以非路人？

海外“土生子”，生不识故里，终有故乡情，其理亦如此。

岂不爱自由？此意无人晓。情愿不自由，也是自由了！

天狗　郭沫若

一

我是一条天狗呀！

我把月来吞了，

我把日来吞了，

我把一切的星球来吞了，

我把全宇宙来吞了。

我便是我了！

二

我是月底光，

我是日底光，

我是一切星球底光，

我是X光线底光，

我是全宇宙底Energy底总量！

三

我飞奔，

我狂叫，

我燃烧。

我如烈火一样地燃烧！

我如大海一样地狂叫！

我如电气一样地飞跑！

我飞跑，

我飞跑，

我飞跑，

我剥我的皮，

我食我的肉，

我嚼我的血，

我啮我的心肝，

我在我神经上飞跑，

我在我脊髓上飞跑，

我在我脑筋上飞跑。

四

我便是我呀！

我的我要爆了！

夜步十里松原　郭沫若

海已安眠了。
远望去，只看见白茫茫一片幽光，
听不出丝毫的涛声波语。
哦，太空！怎么那样地高超，自由，雄浑，清寥！
无数的明星正圆睁着他们的眼儿，
在眺望这美丽的夜景。
十里松原中无数的古松，
都高擎着他们的手儿沉默着在赞美天宇。
他们一枝枝的手儿在空中战栗，
我的一枝枝的神经纤维在身中战栗。

太阳礼赞　郭沫若

青沉沉的大海，波涛汹涌着，潮向东方。
光芒万丈地，将要出现了哟——新生的太阳！

天海中的云岛都已笑得像火一样地鲜明！
我恨不得，把我眼前的障碍一概划平！

出现了哟！出现了哟！耿晶晶地白灼的圆光！
从我两眸中有无限道的金丝向着太阳飞放。

太阳哟！我背立在大海边头紧觑着你。

太阳哟！你不把我照得个通明，我不回去！

太阳哟！你请永远照在我的面前，不使退转！
太阳哟！我眼光背开了你时，四面都是黑暗！

太阳哟！你请把我全部的生命照成道鲜红的血流！
太阳哟！你请把我全部的诗歌照成些金色的浮沤！

太阳哟！我心海中的云岛也已笑得来火一样地鲜明了！
太阳哟！你请永远倾听着，倾听着，我心海中的怒涛！

洗衣歌　闻一多

洗衣是美国华侨最普通的职业，因此留学生常被人问道："你爸爸是洗衣裳的吗？"许多人忍受不了这侮辱，然而洗衣的职业确乎含着一点神秘的意义，至少我曾经这样的想过，作洗衣歌。

（一件，两件，三件，）
洗衣要洗干净！
（四件，五件，六件，）
熨衣要熨得平！

我洗得净悲哀的湿手帕，
我洗得白罪恶的黑汗衣，

贪心的油腻和欲火的灰，……
你们家里一切的脏东西，
交给我洗，交给我洗。

铜是那样臭，血是那样腥，
脏了的东西你不能不洗，
洗过了的东西还是得脏，
你忍耐的人们理它不理？
替他们洗！替他们洗！

你说洗衣的买卖太下贱，
肯下贱的只有唐人不成？
你们的牧师他告诉我说：
耶稣的爸爸做木匠出身，
你信不信？你信不信？

胰子白水耍不出花头来，
洗衣裳原比不上造兵舰。
我也说这有什么大出息——
流一身血汗洗别人的汗？
你们肯干？你们肯干？

年去年来一滴思乡的泪，
半夜三更一盏洗衣的灯……

下贱不下贱你们不要管，
看哪里不干净哪里不平，
问支那人，问支那人！

我洗得净悲哀的湿手帕，
我洗得白罪恶的黑汗衣，
贪心的油腻和欲火的灰，……
你们家里一切的脏东西，
交给我——洗，交给我——洗。

（一件，两件，三件，）
洗衣要洗干净！
（四件，五件，六件，）
熨衣要熨得平！

你是人间的四月天

——一句爱的赞颂

林徽因

我说你是人间的四月天；
笑响点亮了四面风；轻灵
在春的光艳中交舞着变。

你是四月早天里的云烟，

黄昏吹着风的软，星子在
无意中闪，细雨点洒在花前。

那轻，那娉婷你是，鲜妍
百花的冠冕你戴着，你是
天真，庄严，你是夜夜的月圆。

雪化后那片鹅黄，你像；新鲜
初放芽的绿，你是；柔嫩喜悦
水光浮动着你梦期待中的白莲。

你是一树一树的花开，是燕
在梁间呢喃，——你是爱，是暖，
是希望，你是人间的四月天！

一切 北岛

一切都是命运
一切都是烟云
一切都是没有结局的开始
一切都是稍纵即逝的追寻
一切欢乐都没有微笑
一切苦难都没有泪痕
一切语言都是重复

一切交往都是初逢
一切爱情都在心里
一切往事都在梦中
一切希望都带着注释
一切信仰都带着呻吟
一切爆发都有片刻的宁静
一切死亡都有冗长的回声

这也是一切

——答一位青年朋友

舒婷

不是一切大树，
都被暴风折断；
不是一切种子，
都找不到生根的土壤；
不是一切真情，
都流失在人心的沙漠里；
不是一切梦想，
都甘愿被折掉翅膀。
不，不是一切
都像你说的那样！

不是一切火焰，

都只燃烧自己
而不把别人照亮；
不是一切星星，
都仅指示黑夜
而不报告曙光；
不是一切歌声，
都只掠过耳旁
而不留在心上。
不，不是一切
都像你说的那样！

不是一切呼吁都没有回响；
不是一切损失都无法补偿；
不是一切深渊都是灭亡；
不是一切灭亡都覆盖在弱者头上；
不是一切心灵
都可以踩在脚下，烂在泥里；
不是一切后果
都是眼泪血印，而不展现欢容。

一切的现在都孕育着未来，
未来的一切都生长于它的昨天。
希望，而且为它斗争，
请把这一切放在你的肩上。

神女峰　舒婷

在向你挥舞的各色花帕中
是谁的手突然收回
紧紧捂住了自己的眼睛
当人们四散离去，谁
还站在船尾
衣裙漫飞，如翻涌不息的云
江涛
高一声
低一声

美丽的梦留下美丽的忧伤
人间天上，代代相传
但是，心
真能变成石头吗
为盼望远天的杳鹤
而错过无数次春江月明
沿着江岸
金光菊和女贞子的洪流
正煽动新的背叛
与其在悬崖上展览千年
不如在爱人肩头痛哭一晚

【思考】

1．为什么并非所有古代诗歌都是格律诗？

2．朗读闻一多的《洗衣歌》，领会其节奏感是如何形成的，它与古典诗词的节奏有何不同？

3．为何现代不少人仍然喜欢写“旧体诗词”？

第四讲

抒情与叙事

“诗者，志之所之也。在心为志，发言为诗。情动于中而形于言，言之不足故嗟叹之，嗟叹之不足故永歌（引声长歌）之。”（《毛诗序》）在中国诗歌长河中，抒情传统源远流长，以抒情为主的诗作占据着最主要与最重要的位置。

法国雕塑家罗丹说：“艺术就是感情。”就诗歌说，真挚的“情”是血液，是生命。纵览中国传统诗歌，一首诗感人的力量和程度，往往就取决于诗的情感因素及其表达方式。

中国诗歌抒情最常见的方式是“感物生情”，此处的“物”为泛指，即诗人被自身以外的事物触发情思并将其表现出来。诗人是对世间万事万物的变化最敏感的人，“诗人感物，联类不穷”，“物色之动，心亦摇焉”（《文心雕龙·物色》），因而“悲落叶于劲秋，喜柔条于芳春”（陆机《文赋》），情绪随着四时景物的变化而变。远在战国时代的楚国诗人宋玉笔下就有“悲哉秋之为气也！萧瑟兮草木摇落而变衰。憭栗（凄凉之意）兮若在远行，登山临水兮送将归。……惨凄增欷兮薄寒之中（读去声，侵袭之意）人，怆怳懭悢兮去故而就新。坎廪兮贫士失职而志不平，廓落兮羁旅而无友生（朋友），惆怅兮而私自怜”（《九辩》）。触景生情，因秋兴感，由草木摇落的物象，薄寒中人、萧瑟凄凉的感受，写到人的远行送别、贫士不遇、羁旅孤况。伤春悲秋的主题由此发端，面对春秋更迭而感士不遇也成为抒情诗中习见的范式。初唐诗人刘希夷的《代悲白头翁》更由抒情中透现哲理：

洛阳城东桃李花，飞来飞去落谁家？
洛阳女儿惜颜色，坐见落花长叹息。

今年花落颜色改，明年花开复谁在？
已见松柏摧为薪，更闻桑田变成海。
古人无复洛城东，今人还对落花风。
年年岁岁花相似，岁岁年年人不同。
寄言全盛红颜子，应怜半死白头翁。
此翁头白真可怜，伊昔红颜美少年。
公子王孙芳树下，清歌妙舞落花前。
光禄池台文锦绣，将军楼阁画神仙。
一朝卧病无相识，三春行乐在谁边？
宛转蛾眉能几时，须臾鹤发乱如丝。
但看古来歌舞地，惟有黄昏鸟雀悲。

由暮春时节落花飘零的自然现象引发对人生岁月流逝的慨叹。我们只见漫天飞舞的落花中如花的少女芳华暗换，翩翩少年转瞬即成龙钟老翁，花即人，人即花，美好的事物总是横遭摧残，“大都好物不坚牢，彩云易散琉璃脆”（白居易《简简吟》）。然而人又不是花，“年年岁岁花相似，岁岁年年人不同”，比之于生生不息的大自然，短促的人生显得十分无奈。此诗的意境与情调，被曹雪芹创造性地用于《红楼梦》的黛玉《葬花辞》中，加上“葬花”的情节，成功塑造了女主人公林黛玉“质本洁来还洁去”的艺术形象：“花谢花飞飞满天，红消香断有谁怜？”“桃李明春能再发，明年闺中知有谁？”“一年三百六十日，风刀霜剑严相逼。明媚鲜妍能几时，一朝漂泊难寻觅。”“侬今葬花人笑痴，他年葬侬知是谁？试看春残花渐落，便是红颜老死时。一朝春尽红颜老，花落人亡两不知。”虽无刘希夷原诗的哲思（闻一多先生称为“宇宙意识”），但情调却更为悲楚凄厉，非常切合林黛玉多愁多病、孤洁善感的个性，在小说中起着黛玉主题音乐似的作用。

同样感伤人生无奈，好景不常，李煜的《乌夜啼》（林花谢了春红）情绪更为强烈，诗人融入自身的痛苦经历与情感体验，物我一体，已超越一般意义上的惜红伤春。我们在欣赏这些作品的时候，不仅感知着作品所描写的景物形象，而且感受着体现于这景物形象中的诗人的情绪波动，受到诗情的感染。

除了为具体景物所感，诗人的情思还往往由某一特定空间（如古迹、边塞）、某一特殊时间（如佳节）或某一事件（如送别、还乡）诱发。如陈子昂《登幽州台歌》就是由特定空间所触发。幽州台为战国时燕国遗迹，燕昭王礼贤下士，广延人才，君臣遇合，形成燕国的强盛局面。陈子昂随建安王武攸宜北征契丹至此，却被嫉贤妒能的武攸宜降职。登台远眺，独立苍茫，思古人而不得见，对天地无穷，感人生短促，悲志不获骋，一腔豪宕而孤独的情思，发为一曲慷慨悲歌，流传千古。

以特定时间为诱因的如王维《九月九日忆山东兄弟》，“独在异乡为异客，每逢佳节倍思亲。遥知兄弟登高处，遍插茱萸（一种有香气的植物，古人于重九佩之登高）少一人”，是因重阳节而兴思乡思亲之情。

由事件诱发者如欧阳修《玉楼春》，“尊前拟把归期说，未语春容先惨咽。人生自是有情痴，此恨不关风与月”，因离别而伤情，又由伤离伤别上升到对人生多情的概括。魏晋名士王戎说："圣人忘情，最下不及情，情之所钟，正在我辈。"（《世说新语·伤逝》）正因钟情，自然的明月清风、人间的聚散悲欢只不过是引子，是媒介，一经引发则情不可自抑。"吾听风雨，吾览江山，常觉风雨江山之外有万不得已者在。此万不得已者，即词心也。"（况周颐《蕙风词话》）这就是欧阳修所说的"情痴"了。而下片"直须看尽洛城花，始共春风容易别"，也是从缠结的离情中跳出，由珍惜儿女之情推广到珍惜、爱赏世间一切美好的事物。让人动情的，不仅是美，更是美的短暂，唯其短暂，弥显珍贵。花易落，人易别，说"容易别"正是不忍别，不甘别，可见"痴"得深，"痴"得执着！

与"感物生情"同样重要的表达方式是"移情于物"，即推己及物，把诗人的情思加到景物上去，心理学上称之为"移情作用"。《庄子·秋水篇》有一个故事：

庄子与惠子游于濠梁（濠水的桥）之上。

庄子曰："儵鱼（白鱼）出游从容，是鱼之乐也。"

惠子曰："子非鱼，安知鱼之乐？"

庄子曰："子非我，安知我不知鱼之乐？"

排除二人的论辩特色不论，这个故事写出了庄子观赏事物的艺术心态和惠子分析事物的认知心态。庄子认为鱼"乐"，其实是将自己"乐"的心境投射到鱼的身上。这就是"移情"了。美学家朱光潜先生将移情称为"宇宙的人情化"："'移情作用'是把自己的情感移到外物身上去，仿佛觉得外物也有同样的情感。

这是一个极普遍的经验。自己在欢喜时，大地山河都在扬眉带笑；自己在悲伤时，风云花鸟都在叹气凝愁。惜别时蜡烛可以垂泪，兴到时青山亦觉点头。柳絮有时‘轻狂’，晚峰有时‘清苦’。陶渊明何以爱菊呢？因为他在傲霜残枝中见出孤臣的劲节；林和靖何以爱梅呢？因为他在暗香疏影中见出隐者的高标。”(《谈美》）可见诗人观赏外物就像持镜自照，外在的“境”中常有诗人自己的影子。

诗人抒情时，“移情”推动情感活动自由扩展和抒发，“登山则情满于山，观海则意溢于海”(《文心雕龙·神思》)，一片自然风景就是一种心情，花、鸟本无所谓悲欢，身遭战乱的杜甫却说“感时花溅泪，恨别鸟惊心”(《春望》)。虽可解作诗人因感时、恨别而见花落泪、闻鸟惊心，更可以理解为诗人的伤感之情投射到自然物上，所见的花儿也似含泪绽放，所闻的鸟鸣也是悲楚之音。由于诗人的性格、情趣、具体心境的千差万别，他们心中、笔下的风景也就千姿百态了。宋玉悲秋，刘禹锡则说：“自古逢秋悲寂寥，我言秋日胜春朝。晴空一鹤排云上，便引诗情到碧霄。”(《秋词二首》其一）同一枫叶，王实甫《西厢记》中的莺莺看是离别者的眼泪染红：“晓来谁染霜林醉？总是离人泪。”杜牧却说：“停车坐爱枫林晚，霜叶红于二月花。”(《山行》)陈毅元帅则豪迈地歌唱：“西山红叶好，霜重色愈浓。革命亦如此，斗争见英雄。”(《题西山红叶》)

由于“持镜自照”式的观物，移情实际上是一种双向作用，即由“我”及物，同时也由物及“我”，诗人把自己的性格和情感投射、灌注于外物，同时又汲取物的精神气韵于自己，物与

“我”的情趣往复回流，浑然一体。李白有绝句《独坐敬亭山》：

众鸟高飞尽，孤云独去闲。
相看两不厌，只有敬亭山。

厌，意为餍足、满足。在诗人眼中，山是有生命、有情趣的。人与山久久对视，精神交通，似乎永无厌足。这种情境，被辛弃疾具体化为“我见青山多妩媚，料青山见我应如是”（《贺新郎》）。辛词虽别具趣味，但在情景浑融上，却逊李诗一筹。

除了“感物生情”、“移情于物”等常见表达方式，抒情也可不凭借外物，直抒胸臆，歌哭无端。这种写法在现当代诗歌中尤为常见。如诗人北岛的《回答》：

卑鄙是卑鄙者的通行证，
高尚是高尚者的墓志铭。
看吧，在那镀金的天空中，
飘满了死者的倒影。

冰川纪过去了，
为什么到处都是冰凌？
好望角发现了，
为什么死海里千帆相竞？

我来到这个世界上，

只带着纸、绳索和身影，
为了在审判之前，
宣读那些被判决的声音：

告诉你吧，世界
我——不——相——信！
纵使你脚下有一千名挑战者，
那就把我算做第一千零一名。

这是一代青年长期郁积于心而猛然爆发出来的痛苦呼号。经历过真理被割断喉管的灾难时代（“镀金的天空中飘满了死者的倒影”这一超现实画面正是那一时代留在诗人心中的阴影），诗人以挑战者的身份喊出“我不相信!”怀疑，悲愤，决绝，火山爆发似的喷薄而出。然而全诗在冷峻的风格中依然洋溢着一代人追求真理与正义的激情。

抒情，是诗人内心情感潮汐的自然涨落。早在南朝，刘勰就提出“情者文之经”、“为情而造文”（《文心雕龙·情采》）的重要观念。所谓“为情而造文”，就是为了表现情志的需要而敷设文采。同时刘勰还坚决反对“为文而造情”，即缺乏真情实感而片面追求文采。他举例说：“夫铅黛所以饰容，而盼倩生于淑姿；文采所以饰言，而辩丽本于情性。”女子的美来自天生丽质，美人未必不施粉黛，但只施粉黛而无美质的绝非美人；文学作品的美本于情性，好的作品需要修饰文采，但一味涂饰文采而欠真情的绝非好作品。有了情性再加上文采，才是美。因此，“情者文之经，辞者理之纬”，写作时情理与文辞结合，必须以情理为主，切不可本末倒置。《诗经》中有一首怀念父母的诗《小雅·蓼莪》：

蓼蓼者莪，匪莪伊蒿。
哀哀父母，生我劬劳。

蓼蓼者莪，匪莪伊蔚。
哀哀父母，生我劳瘁。

缾之罄矣，维罍之耻。
鲜民之生，不如死之久矣！
无父何怙？无母何恃？
出则衔恤，入则靡至。

父兮生我，母兮鞠我。
拊我畜我，长我育我。
顾我复我，出入腹我。
欲报之德，昊天罔极。

南山烈烈，飘风发发。
民莫不穀，我独何害。

南山律律，飘风弗弗。

民莫不穀，我独不卒。

蓼蓼，是又长又大的样子。莪，是一种蒿类植物，又名萝蒿、抱娘蒿。全诗借此起兴，表达诗人在父母逝去后对他们勤苦养育之恩的感念、由于无法终养父母而产生的深切哀痛。陈子展《诗经直解》将此诗译为：

又长又大的可是抱娘蒿？
不是抱娘蒿、是一般的蒿。
哀哀父母！
生我痛苦勤劳。

又长又大的可是抱娘蒿？
不是抱娘蒿、叫角蒿的蔚。
哀哀父母！
生我勤劳憔悴。

小瓶子的空空呀，
是大酒樽的耻辱。
这孤苦少福人的生存呀，
还不如老早老早的去死！
没有父哪有依？
没有母哪有靠？
出门就含着深忧，

入门就像还没到！

父啊生我，
母啊养我，
抚我、爱我，
成长我、培育我，
照顾我、殷勤我，
出入提携保抱我。
想要报答这个恩德，
昊天哟可靠你不得！

南山烈烈、山路的坏，
飘风发发、风刮的快。
他人莫不养好父母，
我独何故要遭这害？

南山律律、石路难极，
飘风拂拂、灰尘刮起。
他人莫不养好父母，
我独不能供养到底！

这支古老的歌抒情十分朴实，几无修饰（相比之下，孟郊的“谁言寸草心，报得三春晖”艺术上要考究得多），然而真情流泻，感人至深。我们不由得想起，二十世纪八十年代，一曲普通的流行歌曲《酒干倘卖无》唱得海峡两岸无数听众回肠荡气，大约就是因为它表达的是“哀哀父母，生我（育我）劬劳”这一至朴、至诚、至痛的情感吧！

须注意的是，诗歌抒情，华丽是文采，朴淡也是文采。人类情感的丰富性决定了情感表现的多样化。请看宋代诗人陆游的两组作品：

红酥手，黄縢酒，满城春色宫墙柳。东风恶，欢情薄，一怀愁绪，几年离索。错！错！错！　　春如旧，人空瘦。泪痕红浥鲛绡透。桃花落，闲池阁。山盟虽在，锦书难托。莫！莫！莫！

（《钗头凤》）

城上斜阳画角哀，沈园非复旧池台。
伤心桥下春波绿，曾是惊鸿照影来。

（《沈园》其一）

梦断香消四十年，沈园柳老不吹绵。
此身行作稽山土，犹吊遗踪一泫然。

（《沈园》其二）

诗、词的“本事”是人们熟悉的爱情悲剧：陆游初娶表妹唐婉，伉俪相得，十分恩爱。然而陆母不满意儿媳，竟强迫陆游休妻。以后陆游另娶，唐婉也改嫁同郡赵士程。过了几年，在1155

年春天，陆游独游绍兴沈园，恰遇唐婉夫妻也来游园，唐婉在得到丈夫同意后派人送酒肴给陆游。陆游满腹辛酸，借酒浇愁，乘醉挥毫，在沈园壁上题下了这首《钗头凤》词。词由沈园重逢、唐婉送酒写起，将被迫离异之痛、无力抗争之悔、挚爱成空物是人非之绝望和着血泪一气吐出。这让人痛绝的情感又都是以景色如画的春天为背景的，景愈丽，情愈悲。据说唐婉见到陆游的题壁词后伤心欲绝，和词一首，不久便抑郁而死。沈园之会四十四年后（1199年），七十五岁的陆游又来到沈园，写下了两首《沈园》诗。沈园是诗人心中永远的痛，岁月可以改变一切，却淹没不了回忆，失去的爱情如一杯苦酒愈酿愈浓，时愈久，痛愈深。沈园已被岁月变了模样，但当年那个曾在水边照影的光彩夺目的女子的影子却永留在诗人心中。曹植《洛神赋》描绘洛神“翩若惊鸿，婉若游龙”，陆诗“惊鸿”一语就出于此，可见唐婉在诗人心中是一种短暂而永恒的美。刻骨铭心的伤痛已过去四十多年（“四十年”是举其成数），沈园的柳老了，不再飞舞漫天柳絮，柳树下的人也老了，将要回归家乡的稽山下成为一抔土。然而形如槁木却不能心如死灰，此恨绵绵无绝期啊。与四十四年前那首凄美伤心的词相比，诗显得醇厚平淡，然而其中生死不渝、愈久愈浓的挚情长恨却更动人；诗写得克制，但“不说”却比“说”更耐人寻味。无怪近代同光体诗人陈衍要说：“无此绝等伤心之事，亦无此绝等伤心之诗。就百年论，谁愿有此事；就千秋论，不可无此诗。”（《宋诗精华录》）

上列陆游诗词，词秾，诗淡；词文采考究，诗则显得朴素，但都是写真性情，称得上中国爱情诗中的杰作。可见，“为情造文”而不“为文造情”是十分重要的。

中国诗歌的各类题材，如咏怀、咏史、咏物，山水、田园、边塞，爱情、亲情、友情，思乡、愤世、酬答，甚至题画、听乐、观剧，每每都归结到抒写个人情怀上来。抒情，是诗人发自内心的真诚歌唱，无论是直抒还是通过对象化的方式借有形写无形、化无形为有形，最终都是作者所体验过的感情感染、打动了读者。尤须注意的是，不少诗歌往往是敏感诗人的一时感兴，自然触发，自然倾吐，如“夜来风雨声，花落知多少？”“知否？知否？应是绿肥红瘦。”我们若一定要去探究这些诗中“情”的深度、背景等等，不仅机械，而且会陷入一种欣赏上的唯情主义，这与创作上的滥情是同样不可取的。

在抒情特质浓郁的中国诗歌中，“叙事”也是一个引人注目的话题。限于篇幅，我们暂时忽略各类诗歌中的叙事成分，主要讨论有人物、情节等要素，有故事进行的叙事诗。

中国和西方的叙事诗发展形态很不一致。西方诗体很早就一分为三：史诗、剧诗和抒情诗，其中属于叙事诗体的史诗和剧诗早于抒情诗得到了长足的发展。公元前九世纪至前八世纪，希腊盲诗人荷马弹唱的史诗《伊利亚特》和《奥德赛》已在地中海沿岸到处流传；公元前五世纪左右，希腊戏剧，特别是悲剧艺术已达到了顶峰。而在早于荷马史诗的公元前十一世纪，到约公元前六世纪，在中国大地上，从田间、里巷到朝廷庙堂，正广为流传着“诗三百”一类的歌谣短章。虽说《诗经·大雅》中已有被称为“周民族史诗”的《生民》《公刘》等有较多叙事成分的作品，“风”诗中有记四时农事的《豳风·七月》、粗具故事梗概的《卫风·氓》等，然而，它们的实质都是一般乐歌或祭歌，并没有发展为成熟的叙事体诗，只是简略地叙述一段故事，甚至是不完整的故事片断，规模、结构、形象、故事情节，都较简单。诗经时代，毫无疑问是抒情诗占绝对优势的时代，这事实上从一开始就规定了中国诗歌以言志、抒情为主的走向。中国剧诗的出现则远远晚于古希腊，而且在中国的戏曲中，表现事件进程的道白一般不是诗体，唱段则接近于抒情诗（详见第十四讲“诗与音乐”）。西方界限清晰的史诗、剧诗、抒情诗的概念很难用以界定中国诗歌，而恰好是这种浑然难分的状态使中国叙事诗呈现出迥异于西方的美的形态。

《诗经·卫风·氓》是一首弃妇诗：

氓之蚩蚩，抱布贸丝，
匪来贸丝，来即我谋。
送子涉淇，至于顿丘。
匪我愆期，子无良媒。
将子无怒，秋以为期。

乘彼垝垣，以望复关。
不见复关，泣涕涟涟。
既见复关，载笑载言。
尔卜尔筮，体无咎言。
以尔车来，以我贿迁。

桑之未落，其叶沃若。
于嗟鸠兮，无食桑葚！
于嗟女兮，无与士耽！
士之耽兮，犹可说也；
女之耽兮，不可说也。

桑之落矣，其黄而陨。
自我徂尔，三岁食贫。
淇水汤汤，渐车帷裳。
女也不爽，士贰其行。
士也罔极，二三其德。

三岁为妇，靡室劳矣，
夙兴夜寐，靡有朝矣。
言既遂矣，至于暴矣。
兄弟不知，咥其笑矣。
静言思之，躬自悼矣。

及尔偕老，老使我怨。
淇则有岸，隰则有泮。
总角之宴，言笑晏晏，
信誓旦旦，不思其反。
反是不思，亦已焉哉！

诗共六章，全为女主人公自述口吻，倾诉她无端被丈夫抛弃的不幸遭遇和悲痛心情。诗用倒叙，从追忆丈夫求婚开始。首章说一个笑嘻嘻的小伙子，抱着布来我家换丝。换丝只是个借口，他是来和我商量婚事。这章中，男子求婚的急切、姑娘的重情守礼都表现得十分生动。二章先以热恋中的姑娘的情态、动作揭示她内心的情感。“复关”应是男子所居之处，“不见”、“既见”两种忧喜不同的情态写活了一个痴情女子的形象，也暗自呼应着下文“女之耽（指陷溺于爱情中）兮，不可说（脱）也”的悔恨。当卜筮等婚前的礼仪完成后，姑娘终于带着嫁妆（贿）坐着男方迎娶的车出嫁了。这样喜气洋洋的开端却迅速迎来了悲剧性的结局，三、四章情调一变，由“桑之未落，其叶沃若”的新婚跌落到“桑之落矣，其黄而陨”的被弃，“女也不爽”，女子无丝毫过失，被弃的原因完全是因为“士贰其行”、“二三其德”，男子见异思迁，辜负了痴情的女主人公。这两章在叙述中充满了女子的悔恨、怨愤。最后两章是女子被弃回到娘家后对这场不幸婚姻的回忆、反思。五章追叙了婚后克尽妇职、辛勤操劳的往事，补足“女也不爽”，更见“氓”以怨报德的无情；而回到娘家后所遭的冷遇，更加深了女主人公的伤痛。六章补叙女主人公与“氓”自小相识、青梅竹马的情节，与首章遥相呼应。我们不由得叹服作者艺术上的精妙细致，若无此，首章的求婚就显得非常突兀。

《氓》为后代文学提供了一个“痴心女子负心郎”的模式，它的故事情节简单却生动，叙述方式多变，结构也前后照应，首尾圆合。更重要的是，它寓情于事，前两章以叙事为主，后四章则重在抒情，边抒情边追忆往事，补足故事的发展过程。可见在中国早期诗歌中，这种以抒情手法叙事的特点已现端倪。

“感于哀乐，缘事而发”的汉乐府民歌标志着中国叙事诗体的正式成立。现存汉乐府民歌中，约有三分之一为叙事性作品。它们虽不足以动摇抒情诗的主流地位，但叙事艺术已十分成熟。如《陌上桑》（又名《艳歌罗敷行》《日出东南隅》）就是一首极富喜剧效果的叙事诗。它写一个美丽聪明的采桑女拒斥太守引诱的故事。这位名叫秦罗敷的姑娘一出场就非同凡响：

日出东南隅，照我秦氏楼。
秦氏有好女，自名为罗敷。
罗敷喜蚕桑，采桑城南隅。
青丝为笼系，桂枝为笼钩。
头上倭堕髻，耳中明月珠。
缃绮为下裙，紫绮为上襦。

初升的太阳照着朝阳般明艳美丽的女子出场，多年后，诗人曹植写洛神在洛水上出现，“远而望之，皎若太阳升朝霞”（《洛神赋》）也是这种效果。有趣的是，这位喜爱采桑养蚕的姑娘的装束和劳动工具华贵非凡，累得后世读者为了罗敷是民女还是象征性参加采桑活动的贵族妇女争论不休。先不论罗敷的身份，这种过度夸张、渲染的描写就是来自民间的、典型的民歌手法，想一想我们熟悉的《木兰诗》，农家女木兰从军何须要“东市买骏马，西市买鞍鞯，南市买辔头，北市买长鞭”呢？若不明白这种夸张、渲染，不是会觉得太奢侈、太烦琐吗？

这位美女的出现造成了一连串戏剧性效果：

行者见罗敷，下担捋髭须。
少年见罗敷，脱帽著帩头。
耕者忘其犁，锄者忘其锄。
来归相怨怒，但坐观罗敷。

挑担的过路人大约是沉稳的中年人，被罗敷吸引而放下担子；少年人心气浮躁，乍遇美人，手足无措，脱下帽子整理发巾，可能是因为在美女面前须注意仪表，也可能是借机炫示一下自己以引起对方注意；憨厚的农夫们贪看罗敷耽误了农活以致相互抱怨（一说归家后招致妻子的怨怒）。句句都在描写罗敷的美艳绝伦，但无一字直接言及，全用烘云托月的手法，巧妙无比。叙事诗中这种表现手法也并非中国独有，在荷马史诗《伊利亚特》中，特洛伊城为希腊美人海伦打了许多年仗，当敌人兵临城下时，海伦应特洛伊元老们的召唤来到城墙上与老人们见面，作者未费一字描写海伦的容貌，只说："这些老者们看见海伦来到城堡，都低语道：'特洛伊人和希腊人这许多年来都为着这样一个女人尝尽了苦楚，也无足怪；看起来她是一位不朽的仙子。'"这与《陌上桑》同样都是以美的影响力暗示美。

以上为此诗的"一解"（解是乐歌的段落，即章），"二解"中，另一个重要人物出场了：

使君从南来，五马立踟蹰。
使君遣吏往，问是谁家姝？
“秦氏有好女，自名为罗敷。”
“罗敷年几何？”
“二十尚不足，十五颇有余。”
使君谢罗敷：“宁可共载不？”
罗敷前置词：“使君一何愚！
使君自有妇，罗敷自有夫。”

使君是汉代对太守、刺史的称呼。这位过路的五马太守也和“行者”们一样被罗敷的美吸引住了，在派人一番探问后竟然向罗敷提出“共载”（与我同车回去）的要求（“谢”在此是“问”的意思）。在罗敷严斥“使君一何愚”后开始了更富喜剧色彩的“三解”——“罗敷夸夫”：

“东方千余骑，夫婿居上头。
何用识夫婿？白马从骊驹。
青丝系马尾，黄金络马头，
腰中鹿卢剑，可值千万余。
十五府小吏，二十朝大夫，
三十侍中郎，四十专城居。
为人洁白皙，鬑鬑颇有须，
盈盈公府步，冉冉府中趋。
坐中数千人，皆言夫婿殊。”

罗敷真是聪明之极！这一番滔滔不绝的夸耀，从“丈夫”身份的高贵说到装束的豪华，从相貌堂堂说到风度翩翩。“使君”以富贵骄人，本以为一场艳遇唾手可得，罗敷却以其人之道还治其身，搬出个子虚乌有的丈夫，嘲弄得“使君”狼狈不堪，只有落荒而逃了。

本篇以浪漫始，以诙谐终，充满喜剧况味，在吟唱人生艰辛居多的汉乐府民歌中十分难得。全诗情节生动，人物形象鲜明有个性，从结构上还约略可见这首民歌当时的歌唱方式可能是表演唱一类活泼的形式。

汉乐府民歌中最长的叙事诗是《古诗为焦仲卿妻作》（又名《孔雀东南飞》，见【阅读】）。与《陌上桑》的喜剧色彩不同，它叙述的是一个凄楚缠绵的爱情悲剧。该诗最早见于南朝陈徐陵所编的诗歌总集《玉台新咏》，诗有小序说：

汉末建安中，庐江府小吏焦仲卿妻刘氏，为仲卿母所遣。自誓不嫁，其家逼之，乃没水而死。仲卿闻之，亦自缢于庭树。时人伤之，为诗云尔。

序为后人口吻，此诗可能是汉末民间作品，经过后来文人的加工润饰，作序人可能就是加工者。全诗357句，1785字，是中国古代罕见的长篇叙事诗。该诗在塑造人物形象方面达到了前所未有的艺术高度。刘兰芝、焦仲卿、焦母、刘兄、刘母，个个形神生动，性格鲜明，即使一些次要人物如媒人、太守也都各有特点。作者使用了叙事文学的各种手段，人物的语言、动作、神态生动逼真，使人如闻其声，如见其形。尤其是人物语言做到了高度个性化，在古代叙事诗中罕有出其右者。清人沈德潜称赞说："淋淋漓漓，反反复复，杂述十数人口中语，而各肖其声音面目，岂非化工之笔！"（《古诗源》）此诗的心理刻画也非常细致，使人物性格十分饱满。如"殉情"部分，兰芝自被哥哥逼嫁时就死志已决，因此允婚、做嫁衣、别仲卿，直到"举身赴清池"，每一环节都做得冷静、果决、无所牵挂，有泪只于背人处落。作者对这一女子的钟情、聪敏、外和内刚的个性把握十分准确。焦仲卿忠于爱情、爱恋兰芝，又牵挂老母，殉情前的心理活动比兰芝激烈、复杂得多，从"上堂拜阿母"、"长叹空房中"、"徘徊庭树下"，到终究"自挂东南枝"，凸现出焦仲卿性格中较柔弱的一面。然而，在经过内心"徘徊"后终于选择和所爱的人生死与共，使得这一出悲剧更加真实可信，感人至深。此诗富于浪漫色彩的结尾，凄美迷人，余音不绝，对后代类似的故事有很大启发，如韩凭夫妇的传说以及梁祝故事的结尾，都受到此诗影响。

汉乐府叙事类民歌奠定了中国古代叙事诗的基础，后世叙事诗由此发展起来。中国古代叙事诗，无论用不用乐府旧题，在分类上一般都归属于乐府体，如杜甫的"三吏""三别"被称为新题乐府；后代的许多叙事名篇，直接以"歌""行""曲"为名，以表示对乐府民歌传统的继承。如白居易的《长恨歌》《琵琶行》，清代吴梅村的《圆圆曲》等。

汉末女诗人蔡琰的五言《悲愤诗》也是一首优秀的长篇叙事诗。与汉乐府叙事诗不同的是，后者以第三人称口吻叙他人事，前者则是以第一人称写作的自传体诗；后者基本为民间创作，活泼天然而稍显粗糙，前者的作者是艺术素养极高的诗人，写作意图在“情”不在“文”，艺术上非常卓越。蔡琰，字文姬，是著名文学家蔡邕的女儿，她一生极其不幸，在汉末大乱中，她被董卓军队掳走，流落南匈奴，生二子。后被曹操用重金赎回。《悲愤诗》以汉末大乱、人命如草的时代和百姓的苦难为背景，记述自己的惨痛经历，似一幅以血泪描绘的历史画卷，如写董卓军队杀掠平民：

马边悬男头，马后载妇女。
长驱西入关，迥路险且阻。
还顾邈冥冥，肝脾为烂腐。
所略有万计，不得令屯聚。
或有骨肉俱，欲言不敢语。
失意几微间，辄言“毙降虏。
要当以亭刃，我曹不活汝！”
岂复惜性命，不堪其詈骂。
或便加棰杖，毒痛参并下。
旦则号泣行，夜则悲吟坐。
欲死不能得，欲生无一可。
彼苍者何辜，乃遭此厄祸！

这一大段触目惊心的描写来自诗人的亲历，有高度概括（“马边悬男头，马后载妇女”），也有细节的描写（亲人同时被掠不敢说话，贼兵的辱骂），求生不得，求死不成，因而痛极呼天：苍天啊，我们究竟犯了什么罪过，要遭受这样的灾祸！

诗人在边地思亲及归汉前与儿子永别的一节更加伤惨动人：

边荒与华异，人俗少义理。
处所多霜雪，胡风春夏起。
翩翩吹我衣，肃肃入我耳。
感时念父母，哀叹无穷已。
有客从外来，闻之常欢喜。
迎问其消息，辄复非乡里。
邂逅徼时愿，骨肉来迎已。
己得自解免，当复弃儿子。
天属缀人心，念别无会期。
存亡永乖隔，不忍与之辞。
儿前抱我颈，问母“欲何之？
人言母当去，岂复有还时！
阿母常仁恻，今何更不慈？
我尚未成人，奈何不顾思！”
见此崩五内，恍惚生狂痴。
号泣手抚摩，当发复回疑。
兼有同时辈，相送告离别。
慕我独得归，哀叫声摧裂。
马为立踟蹰，车为不转辙。
观者皆歔欷，行路亦呜咽。

胡地景物映衬出无尽乡思，当还乡的愿望意外实现时，诗人却面临肝肠寸断的选择：一边是魂牵梦萦的故土，一边是亲生的骨肉，去住两难。“别子”的描写是全诗最为动人的部分，儿子抱颈质问，句句刺心；母亲号泣抚摩，恍惚若狂，让人不忍卒读，这样的人间惨痛若非亲身经历者如何写得出！“兼有同时辈”以下，镜头拉开：一同被掠的女子们不能还乡，送别时哭声震天；马不前行，车不转辙，路人见此也歔欷下泪，更突出了女主人公的悲伤欲绝。

此诗将叙事、写景、抒情、议论融为一体，真实的笔触，强烈的感情，艺术上具有极强的震撼力。唐代大诗人杜甫的长诗《自京赴奉先县咏怀五百字》《北征》中大段情感深挚的纪事明显受到此诗的影响。

由《悲愤诗》可以看出，在诗歌以抒情为主流的中国，优秀的叙事诗往往是以情驭事。在叙事中每每运用抒情艺术、抒情手法，甚至会变成以叙事手法抒情。在文人创作的叙事诗中，这种倾向更表现为一种自觉的艺术追求。

唐代也是产生了许多优秀叙事诗的时代。唐代叙事诗在突出诗歌的抒情本质方面积累了丰富的艺术经验，白居易的两篇歌行体叙事长诗《长恨歌》与《琵琶行》正是这方面的代表。

《长恨歌》（见【阅读】）写当时流传已久的唐玄宗、杨贵妃悲剧故事，问世不久就风行海内，以至长安歌妓因“我诵得白学士《长恨歌》”而自高身价（见白居易《与元九书》）。尽管历代读者对《长恨歌》的认识往往游移于历史真实与艺术真实之间，对白居易写作此诗究竟有无讽喻之意也存在理解上的分歧，但

“一篇《长恨》有风情”（白居易《编集拙诗成一十五卷因题卷末戏赠元九李二十》）大约是从作者到读者的共识。诗人用优美的抒情笔调，将唐玄宗专宠杨妃这段“开元天宝遗事”写成了一个缠绵凄恻、生死不渝的爱情故事。诗的第一部分由杨妃的“回眸一笑百媚生”（“点睛”式的描写，出色的语言艺术）、“三千宠爱在一身”直写到“宛转蛾眉马前死”，铺陈叙事，不可谓不高明。然而，全诗最富艺术魅力的部分是杨妃死后玄宗的思念和杨妃成仙后与玄宗天上人间的绵绵长恨。如“蜀江水碧蜀山青”四句的触景伤情，“归来池苑皆依旧”十句的时过境迁、物在人亡之感，都是抒情的笔调，抒情的手法。而海上仙山的神话境界，既多少满足了一点读者不愿美与爱被彻底毁灭的心理，也更有力地表现了生死不渝的情。同时，还暗示着一种凄迷与阻隔：它让我们想到《诗经·秦风·蒹葭》中“所谓伊人，在水一方”那缥缈的境界、难以达到目的的寻觅；想到《洛神赋》中人神相恋、终于越不过洛水的阻隔，——这才真是“此恨绵绵无绝期”啊！

如果说《长恨歌》是以抒情手法叙事，《琵琶行》倒更像是用叙事手法抒情。作者对“老大嫁作商人妇”的琵琶女的形象塑造是以她所弹奏的一支琵琶曲完成的，无须语言，她的无限心事皆在曲子中倾诉，诗中关于音乐的描写呈现的全是情感形态。当琵琶女自述生平后，身处贬谪之地的诗人发出了“同是天涯沦落人，相逢何必曾相识”的感慨，这才是全诗的抒情主题！“古诗十九首”时代的诗人已经感叹“不惜歌者苦，但伤知音稀”（《西北有高楼》），白居易所表达的感情简直是惺惺相惜，同病相怜，人与乐，诗人与琵琶女，一而二，二而一，无法判分。因此，前人早就怀疑《琵琶行》未必是纪实，其人物、情节可能出于虚构，目的在于借此抒发诗人自己的天涯贬谪之恨。

看来，优秀的叙事诗，都不会忽略诗歌的抒情特质。而抒情艺术恰到好处的运用，也使叙事诗更加婉转动人，更能引起读者的共鸣。

【阅读】

赠卫八处士 ［唐］杜甫

人生不相见，动如参与商。
今夕复何夕，共此灯烛光？
少壮能几时，鬓发各已苍。
访旧半为鬼，惊呼热中肠。
焉知二十载，重上君子堂。
昔别君未婚，儿女忽成行。
怡然敬父执，问我来何方。
问答未及已，驱儿罗酒浆。
夜雨剪春韭，新炊间黄粱。
主称会面难，一举累十觞。
十觞亦不醉，感子故意长。
明日隔山岳，世事两茫茫！

月夜忆舍弟 ［唐］杜甫

戍鼓断人行，边秋一雁声。
露从今夜白，月是故乡明。

有弟皆分散，无家问死生。
寄书长不达，况乃未休兵。

赠别 ［唐］杜牧

多情却似总无情，惟觉尊前笑不成。
蜡烛有心还惜别，替人垂泪到天明。

清平乐 ［五代］李煜

别来春半，触目柔肠断。砌下落梅如雪乱，拂了一身还满。　　雁来音信无凭，路遥归梦难成。离恨恰如春草，更行更远还生。

乌夜啼 ［五代］李煜

无言独上西楼，月如钩。寂寞梧桐深院，锁清秋。
剪不断，理还乱，是离愁。别是一般滋味，在心头。

玉楼春 ［宋］欧阳修

尊前拟把归期说，未语春容先惨咽。人生自是有情痴，此恨不关风与月。　　离歌且莫翻新阕，一曲能教肠寸结。直须看尽洛城花，始共春风容易别。

定风波 ［宋］苏轼

莫听穿林打叶声，何妨吟啸且徐行。竹杖芒鞋轻胜马，谁怕？一蓑烟雨任平生。　　料峭春风吹酒醒，微冷，山头斜照却相迎。回首向来萧瑟处，归去，也无风雨也无晴。

八六子　［宋］秦观

倚危亭，恨如芳草，萋萋刬尽还生。念柳外青骢别后，水边红袂分时，怆然暗惊。　无端天与娉婷，夜月一帘幽梦，春风十里柔情。怎奈向、欢娱渐随流水，素弦声断，翠绡香减，那堪片片飞花弄晚，濛濛残雨笼晴。正销凝，黄鹂又啼数声。

一剪梅　［宋］李清照

红藕香残玉簟秋，轻解罗裳，独上兰舟。云中谁寄锦书来？雁字回时，月满西楼。　花自飘零水自流，一种相思，两处闲愁。此情无计可消除，才下眉头，却上心头。

点绛唇（丁未冬过吴松作）［宋］姜夔

燕雁无心，太湖西畔随云去。数峰清苦，商略黄昏雨。第四桥边，拟共天随住。今何许？凭栏怀古，残柳参差舞。

迈陂塘　［金］元好问

问世间、情是何物？直教生死相许。天南地北双飞客，老翅几回寒暑。欢乐趣，离别苦，就中更有痴儿女。君应有语，渺万里层云，千山暮雪，只影向谁去？　　横汾路，寂寞当年箫鼓，荒烟依旧平楚。招魂楚些何嗟及，山鬼暗啼风雨。天也妒，未信与，莺儿燕子俱黄土。千秋万古，为留待骚人，狂歌痛饮，来访雁丘处。

蕙的风　汪静之

是那里吹来
这蕙花的风——
温馨的蕙花的风？

蕙花深锁在园里，
伊满怀着幽怨。
伊底幽香潜出园外，
去招伊所爱的蝶儿。

雅洁的蝶儿，
熏在蕙风里：
他陶醉了，
想去寻着伊呢。

他怎寻得到被禁锢的伊呢？
他只迷在伊的风里，

隐忍着这悲惨然而甜蜜的伤心，
醺醺地翩翩地飞着。

再别康桥　徐志摩

轻轻的我走了，
正如我轻轻的来；
我轻轻的招手，
作别西天的云彩。

那河畔的金柳，
是夕阳中的新娘；
波光里的艳影，
在我的心头荡漾。

软泥上的青荇，
油油的在水底招摇；
在康河的柔波里，
我甘心做一条水草！

那榆荫下的一潭，
不是清泉，是天上虹；
揉碎在浮藻间，
沉淀着彩虹似的梦。

寻梦？撑一支长篙，
向青草更青处漫溯；
满载一船星辉，
在星辉斑斓里放歌。

但我不能放歌，
悄悄是别离的笙箫；
夏虫也为我沉默，
沉默是今晚的康桥！

悄悄的我走了，
正如我悄悄的来；
我挥一挥衣袖，
不带走一片云彩。

太阳 艾青

从远古的墓茔
从黑暗的年代
从人类死亡之流的那边
震惊沉睡的山脉
若火轮飞旋于沙丘之上
太阳向我滚来……

它以难遮掩的光芒

使生命呼吸
使高树繁枝向它舞蹈
使河流带着狂歌奔向它去

当它来时，我听见
冬蛰的虫蛹转动于地下
群众在旷场上高声说话
城市从远方
用电力与钢铁召唤它

于是我的心胸
被火焰之手撕开
陈腐的灵魂
搁弃在河畔
我乃有对于人类再生之确信

我用残损的手掌　戴望舒

我用残损的手掌
摸索这广大的土地：
这一角已变成灰烬，
那一角只是血和泥；
这一片湖该是我的家乡，
（春天，堤上繁花如锦幛，
嫩柳枝折断有奇异的芬芳）

我触到荇藻和水的微凉；
这长白山的雪峰冷到彻骨，
这黄河的水夹泥沙在指间滑出；
江南的水田，你当年新生的禾草
是那么细，那么软……现在只有蓬蒿；
岭南的荔枝花寂寞地憔悴，
尽那边，我蘸着南海没有渔船的苦水……
无形的手掌掠过无限的江山，
手指沾了血和灰，手掌沾了阴暗，
只有那辽远的一角依然完整，
温暖，明朗，坚固而蓬勃生春。
在那上面，我用残损的手掌轻抚，
像恋人的柔发，婴孩手中乳。
我把全部的力量运在手掌
贴在上面，寄与爱和一切希望，
因为只有那里是太阳，是春，
将驱逐阴暗，带来苏生，
因为只有那里我们不像牲口一样活，
蝼蚁一样死……
那里，永恒的中国！

上山采蘼芜 ［汉］无名氏

上山采蘼芜，下山逢故夫。长跪问故夫："新人复何如？"
"新人虽言好，未若故人姝。颜色类相似，手爪不相如。"

“新人从门入，故人从阁去。”“新人工织缣，故人工织素。织缣日一匹，织素五丈余。将缣来比素，新人不如故。”

古诗为焦仲卿妻作 ［汉］无名氏

孔雀东南飞，五里一徘徊。

“十三能织素，十四学裁衣。十五弹箜篌，十六诵诗书。十七为君妇，心中常苦悲。君既为府吏，守节情不移。鸡鸣入机织，夜夜不得息。三日断五匹，大人故嫌迟。非为织作迟，君家妇难为。妾不堪驱使，徒留无所施。便可白公姥，及时相遣归。”

府吏得闻之，堂上启阿母：“儿已薄禄相，幸复得此妇。结发同枕席，黄泉共为友。共事二三年，始尔未为久。女行无偏斜，何意致不厚？”

阿母谓府吏：“何乃太区区！此妇无礼节，举动自专由。吾意久怀忿，汝岂得自由！东家有贤女，自名秦罗敷。可怜体无比，阿母为汝求。便可速遣之，遣之慎莫留！”

府吏长跪告，伏惟启阿母：“今若遣此妇，终老不复取！”

阿母得闻之，槌床便大怒：“小子无所畏，何敢助妇语！吾已失恩义，会不相从许！”

府吏默无声，再拜还入户。举言谓新妇，哽咽不能语：“我自不驱卿，逼迫有阿母。卿但暂还家，吾今且报府。不久当归还，还必相迎取。以此下心意，慎勿违吾语。”

新妇谓府吏：“勿复重纷纭！往昔初阳岁，谢家来贵门。奉事循公姥，进止敢自专？昼夜勤作息，伶俜萦苦辛。谓言无罪过，供养卒大恩。仍更被驱遣，何言复来还？妾有绣腰襦，葳蕤自生光；红罗复斗帐，四角垂香囊；箱帘六七十，绿碧青丝绳。物物各自异，种种在其中。人贱物亦鄙，不足迎后人。留待作遗施，于今无会因。时时为安慰，久久莫相忘！”

鸡鸣外欲曙，新妇起严妆。着我绣夹裙，事事四五通。足下蹑丝履，头上玳瑁光。腰若流纨素，耳着明月珰。指如削葱根，口如含朱丹。纤纤作细步，精妙世无双。

上堂拜阿母，阿母怒不止。“昔作女儿时，生小出野里。本自无教训，兼愧贵家子。受母钱帛多，不堪母驱使。今日还家去，念母劳家里。”却与小姑别，泪落连珠子。“新妇初来时，小姑始扶床。今日被驱遣，小姑如我长。勤心养公姥，好自相扶将，初七及下九，嬉戏莫相忘！”出门登车去，涕落百余行。

府吏马在前，新妇车在后。隐隐何甸甸，俱会大道口。下马入车中，低头共耳语：“誓不相隔卿！且暂还家去，吾今且赴府。不久当还归，誓天不相负！”

新妇谓府吏：“感君区区怀。君既若见录，不久望君来。君当作磐石，妾当作蒲苇，蒲苇纫如丝，磐石无转移。我有亲父兄，性行暴如雷。恐不任我意，逆以煎我怀。”举手长劳劳，二情同依依。

入门上家堂，进退无颜仪。阿母大拊掌：“不图子自归！十三教汝织，十四能裁衣。十五弹箜篌，十六知礼仪。十七遣汝嫁，谓言无誓违。汝今无罪过，不迎而自归？”兰芝惭阿母：“儿实无罪过。”阿母大悲摧。

还家十余日，县令遣媒来。云有第三郎，窈窕世无双。年始十八九，便言多令才。

阿母谓阿女："汝可去应之。"

阿女含泪答："兰芝初还时，府吏见丁宁，结誓不别离。今日违情义，恐此事非奇。自可断来信，徐徐更谓之。"

阿母白媒人："贫贱有此女。始适还家门。不堪吏人妇，岂合令郎君？幸可广问讯，不得便相许。"

媒人去数日，寻遣丞请还，说有兰家女，承籍有宦官。云有第五郎，娇逸未有婚。遣丞为媒人，主簿通语言。直说太守家，有此令郎君。既欲结大义，故遣来贵门。

阿母谢媒人："女子先有誓，老姥岂敢言？"

阿兄得闻之，怅然心中烦，举言谓阿妹："作计何不量！先嫁得府吏，后嫁得郎君。否泰如天地，足以荣汝身。不嫁义郎体，其往欲何云？"

兰芝仰头答："理实如兄言。谢家事夫婿，中道还兄门。处分适兄意，那得自任专！虽与府吏要，渠会永无缘。登即相许和，便可作婚姻。"

媒人下床去，诺诺复尔尔。还部白府君："下官奉使命，言谈大有缘。"府君得闻之，心中大欢喜。视历复开书：便利此月内，六合正相应。"良吉三十日，今已二十七，卿可去成婚。"交语速装束，络绎如浮云。青雀白鹄舫，四角龙子幡。婀娜随风转。金车玉作轮，踯躅青骢马，流苏金缕鞍。赍钱三百万，皆用青丝穿。杂彩三百疋，交广市鲑珍。从人四五百，郁郁登郡门。

阿母谓阿女："适得府君书，明日来迎汝。何不作衣裳？莫令事不举！"

阿女默无声，手巾掩口啼，泪落便如泻。移我琉璃榻，出置前窗下。左手持刀尺，右手执绫罗。朝成绣夹裙，晚成单罗衫。晻晻日欲暝，愁思出门啼。

府吏闻此变，因求假暂归。未至二三里，摧藏马悲哀。新妇识马声，蹑履相逢迎。怅然遥相望，知是故人来。举手拍马鞍，嗟叹使心伤："自君别我后，人事不可量。果不如先愿，又非君所详。我有亲父母，逼迫兼弟兄。以我应他人，君还何所望！"

府吏谓新妇："贺卿得高迁！磐石方且厚，可以卒千年；蒲苇一时纫，便作旦夕间。卿当日胜贵，吾独向黄泉。"

新妇谓府吏："何意出此言！同是被逼迫，君尔妾亦然。黄泉下相见，勿违今日言！"执手分道去，各各还家门。生人作死别，恨恨那可论！念与世间辞，千万不复全。

府吏还家去，上堂拜阿母："今日大风寒，寒风摧树木，严霜结庭兰。儿今日冥冥，令母在后单。故作不良计，勿复怨鬼神！命如南山石，四体康且直。"

阿母得闻之，零泪应声落："汝是大家子，仕宦于台阁。慎勿为妇死，贵贱情何薄？东家有贤女，窈窕艳城郭。阿母为汝求，便复在旦夕。"

府吏再拜还，长叹空房中，作计乃尔立。转头向户里，渐见愁煎迫。

其日牛马嘶，新妇入青庐。奄奄黄昏后，寂寂人定初。"我命绝今日，魂去尸长留。"揽裙脱丝履，举身赴清池。

府吏闻此事，心知长别离。徘徊庭树下，自挂东南枝。

两家求合葬，合葬华山傍。东西植松柏，左右种梧桐。枝枝相覆盖，叶叶相交通。中有双飞鸟，自名为鸳鸯，仰头相向鸣，夜夜达五更。行人驻足听，寡妇起彷徨。多谢后世人，戒之慎勿忘！

（注，此诗又名《孔雀东南飞》）

新安吏 ［唐］杜甫

客行新安道，喧呼闻点兵。借问新安吏：“县小更无丁？”
“府帖昨夜下，次选中男行。”“中男绝短小，何以守王城？”
肥男有母送，瘦男独伶俜。白水暮东流，青山犹哭声。
“莫自使眼枯，收汝泪纵横。眼枯即见骨，天地终无情。
我军取相州，日夕望其平。岂意贼难料，归军星散营。
就粮近故垒，练卒依旧京。掘壕不到水，牧马役亦轻。
况乃王师顺，抚养甚分明。送行勿泣血，仆射如父兄。”

长恨歌 ［唐］白居易

汉皇重色思倾国，御宇多年求不得，
杨家有女初长成，养在深闺人未识。
天生丽质难自弃，一朝选在君王侧。
回眸一笑百媚生，六宫粉黛无颜色。
春寒赐浴华清池，温泉水滑洗凝脂。
侍儿扶起娇无力，始是新承恩泽时。
云鬓花颜金步摇，芙蓉帐暖度春宵。
春宵苦短日高起，从此君王不早朝。
承欢侍宴无闲暇，春从春游夜专夜。
后宫佳丽三千人，三千宠爱在一身。

金屋妆成娇侍夜，玉楼宴罢醉和春。
姊妹弟兄皆列土，可怜光彩生门户。
遂令天下父母心，不重生男重生女。
骊宫高处入青云，仙乐风飘处处闻。
缓歌慢舞凝丝竹，尽日君王看不足。
渔阳鼙鼓动地来，惊破霓裳羽衣曲。
九重城阙烟尘生，千乘万骑西南行。
翠华摇摇行复止，西出都门百余里。
六军不发无奈何，宛转蛾眉马前死。
花钿委地无人收，翠翘金雀玉搔头，
君王掩面救不得，回看血泪相和流。

黄埃散漫风萧索，云栈萦纡登剑阁。
峨眉山下少人行，旌旗无光日色薄。
蜀江水碧蜀山青，圣主朝朝暮暮情。
行宫见月伤心色，夜雨闻铃肠断声。
天旋日转回龙驭，到此踌躇不能去。
马嵬坡下泥土中，不见玉颜空死处。
君臣相顾尽沾衣，东望都门信马归。
归来池苑皆依旧，太液芙蓉未央柳。
芙蓉如面柳如眉，对此如何不泪垂？
春风桃李花开日，秋雨梧桐叶落时。
西宫南苑多秋草，宫叶满阶红不扫。
梨园弟子白发新，椒房阿监青娥老。

夕殿萤飞思悄然，孤灯挑尽未成眠。
迟迟钟鼓初长夜，耿耿星河欲曙天。
鸳鸯瓦冷霜华重，翡翠衾寒谁与共？
悠悠生死别经年，魂魄不曾来入梦。

临邛道士鸿都客，能以精诚致魂魄。
为感君王辗转思，遂教方士殷勤觅。
排空驭气奔如电，升天入地求之遍。
上穷碧落下黄泉，两处茫茫皆不见。
忽闻海上有仙山，山在虚无缥缈间。
楼阁玲珑五云起，其中绰约多仙子。
中有一人字太真，雪肤花貌参差是。
金阙西厢叩玉扃，转教小玉报双成。
闻道汉家天子使，九华帐里梦魂惊。
揽衣推枕起徘徊，珠箔银屏迤逦开。
云鬓半偏新睡觉，花冠不整下堂来。
风吹仙袂飘飖举，犹似霓裳羽衣舞。
玉容寂寞泪阑干，梨花一枝春带雨。
含情凝睇谢君王，一别音容两渺茫。
昭阳殿里恩爱绝，蓬莱宫中日月长。
回头下望人寰处，不见长安见尘雾。
唯将旧物表深情，钿合金钗寄将去。
钗留一股合一扇，钗擘黄金合分钿。
但令心似金钿坚，天上人间会相见。

临别殷勤重寄词，词中有誓两心知。
七月七日长生殿，夜半无人私语时。
在天愿作比翼鸟，在地愿为连理枝。
天长地久有时尽。此恨绵绵无绝期。

圆圆曲 ［清］吴伟业

鼎湖当日弃人间，破敌收京下玉关。
恸哭六军俱缟素，冲冠一怒为红颜。
红颜流落非吾恋，逆贼天亡自荒宴。
电扫黄巾定黑山，哭罢君亲再相见。

相见初经田窦家，侯门歌舞出如花。
许将戚里箜篌伎，等取将军油壁车。
家本姑苏浣花里，圆圆小字娇罗绮。
梦向夫差苑里游，宫娥拥入君王起。
前身合是采莲人，门前一片横塘水。
横塘双桨去如飞，何处豪家强载归？
此际岂知非薄命，此时只有泪沾衣。
熏天意气连宫掖，明眸皓齿无人惜。
夺归永巷闭良家，教就新声倾坐客。
坐客飞觞红日暮，一曲哀弦向谁诉？
白皙通侯最少年，拣取花枝屡回顾。
早携娇鸟出樊笼，待得银河几时渡？
恨杀军书抵死催，苦留后约将人误。

相约恩深相见难，一朝蚁贼满长安。
可怜思妇楼头柳，认作天边粉絮看。
遍索绿珠围内第，强呼绛树出雕栏。
若非壮士全师胜，争得蛾眉匹马还？
蛾眉马上传呼进，云鬟不整惊魂定。
蜡炬迎来在战场，啼妆满面残红印。
专征箫鼓向秦川，金牛道上车千乘。
斜谷云深起画楼，散关月落开妆镜。

传来消息满江乡，乌桕红经十度霜。
教曲妓师怜尚在，浣纱女伴忆同行。
旧巢共是衔泥燕，飞上枝头变凤凰。
长向尊前悲老大，有人夫婿擅侯王。
当时只受声名累，贵戚名豪竞延致。
一斛明珠万斛愁，关山漂泊腰肢细。
错怨狂风扬落花，无边春色来天地。

尝闻倾国与倾城，翻使周郎受重名。
妻子岂应关大计，英雄无奈是多情。
全家白骨成灰土，一代红妆照汗青。
君不见馆娃初起鸳鸯宿，越女如花看不足。
香径尘生鸟自啼，屧廊人去苔空绿。
换羽移宫万里愁，珠歌翠舞古梁州。
为君别唱吴宫曲，汉水东南日夜流。

蚕马 冯至

一

当着那天边才染了春霞，

当着那溪旁开遍了红花，

当着我的痴情化成了火焰，

我便悄悄地走在她的窗前。

我说，姑娘啊，蚕儿正在初眠，

您的情怀可曾觉得疲倦？

只要您听着我的歌声落了泪，

那么不必探出窗儿来问我，“你是谁？”

在那时，年代真荒远，

路上少行车，水上不见船——

在那荒远昏黄的里边，

给了我多少苍凉的伤感！

是一个可怜的少女，

没有母亲，慈父又远离，

临行的时候嘱咐她，

“好好看护着这田园数亩！”

院中一匹白色的骏马，

慈父亲眼望着女儿，手指着它——

“它会驯良地为你耕作，

它是你忠实的伴侣！”

女儿不懂得什么是别离，
不知慈父往天涯，还是海际？
依旧是风风雨雨地，
可是田园呀，一天比一天荒寂！

“父亲呀，你几时才能够归来？
来日呀，真是汪洋的大海——
马，你可能渡我到海的那边，
去寻找父亲的笑脸？”
她倦倦地望着衰花枯叶，
轻抚着骏马的鬣毛——
“如果有一个亲爱的青年，
他必定肯为我走遍天边！”

她的心内蒙蒙想，
浮尘中浮着将落的夕阳，
不由得有一个含笑的青年，
在她的面前荡漾——
忽地一声响亮的嘶鸣，
悚悚地将她的痴魂惊醒；
骏马已经投入了平芜的远景，
同时也消逝了，她面前的幻影！

二

当着那温温的柳絮成团，
当着那彩色的蝴蝶翩翩，
当着我的心中正燃着火焰，
我便悄悄地走在她的窗前。
我说，姑娘啊，蚕儿正在三眠，
您的情怀可曾觉得疲倦？
只要您听着我的歌声落了泪，
就不必探出窗儿来问我，“你是谁？”

荆棘生遍了她的田园，
烦闷占据了她的日夜，
在她那孤孤单单的窗前，
只有些喳喳的麻雀！
一日又傍着窗儿发呆，
路上远远地起了尘埃——
（她早已不做这个梦了，
这个梦早已在她的梦外！）

现在呀，远远地起了尘埃，
骏马寻着了慈父归来！
父骑在骏马的背上，
马的嘶鸣变作了和谐的歌唱！
父吻着女儿的鬓边，

女拂着慈父的征尘；
马却跪在她的身边，
止不住汗泪淋淋！

父像是宁静的大海，
她正如莹晶的皎月，
月投入了海的深怀，
净化了这枯闷了的世界！
只是马跪在她的床畔，
整夜地涕泗涟涟，
目光仿佛明灯两盏——
"姑娘啊，我为你走遍了天边！"

她拍着马头向它说，
"快快地去到田园工作！
你不要这样的癫痴，
提防着父亲要杀掉了你！"
它一些儿鲜草也不咽，
半瓢儿清水也不饮，
不是向着她的面庞长叹，
就是昏昏地在她的身边睡寝。

三

当着凋落了黄色的蘼芜，

当着那黑衣燕子呶呶，
当着我的怀中还燃着余焰，
我便悄悄地走在她的窗前。
我说，姑娘啊，蚕儿正在织茧，
您的情怀可曾觉得疲倦？
只要您听着我的歌声落了泪，
就不必探出窗儿来问我，“你是谁？”

黑夜里空空旷旷地，
窗外是狂风暴雨；
壁上悬挂着一件马皮，
（是她唯一的伴侣！）
“慈爱的父亲，你今夜
又流离在哪里？
你把骏马杀掉了，
我又是凄凉，又是恐惧！”

“慈爱的父亲，
雷霹雳，电光芒——
你丢下了你的女孩儿，
又是恐惧，又是凄凉！”
“亲爱的姑娘，
你不要凄凉，不要恐惧！
我愿生生世世保护着，

保护着您千金玉体！”

马皮里发出沉重的语声，
她的心儿怦怦，发儿悚悚；
电光射透了她的全身，
皮又随着雷声闪动。
依着风声哀诉！
伴着雨滴悲啼！
“我生生世世地保护您，
只要您好好地睡去！”

刹那间是个青年的幻影，
刹那间是那骏马的狂奔；
在那大地将要崩颓的一瞬，
马皮紧紧裹住了她的全身！
姑娘啊，我的歌儿还未唱完，
无奈呀，我的琴弦已断；
我惴惴地坐在您的窗前，
再续上那最后的一段——
一霎时风雨都停住，
皓月收束了雷同电；
马皮裹住了她的身儿，
月光中变成了雪白的丝茧！

（作者附注：传说有蚕女，父为人掠去，唯所乘马在。母曰："有得父还者，以女嫁焉。"马闻言，绝绊而去。数日，父乘马归。母告之故，父不可。马咆哮，父杀之，曝皮于庭，皮忽卷女而去，栖于桑，女化为蚕。——见干宝《搜神记》）

【思考】

1. 举例说明"移情"的双向作用。

2. 杜甫《赠卫八处士》这一类诗歌抒情有什么特点？

3. 以《再别康桥》或其他现代诗歌为例，说说现代诗歌的情感因素及表达方式。

4.《上山采蘼芜》中的女主人公性格与《诗经·卫风·氓》的女主人公相比有什么不同？

5.《古诗为焦仲卿妻作》中兰芝被休离开焦家前"严妆"的一段描写对塑造女主人公形象有何作用？

6.《圆圆曲》的叙事顺序与《古诗为焦仲卿妻作》《长恨歌》有什么不同？这样叙事有什么好处？

7.《蚕马》的叙事方式和传统叙事诗有何不同？这样写有什么用意？

第五讲

诗与哲理

本讲讨论的重点是中国诗歌与哲理的关系，而不是定义明确的“哲理诗”。

哲理诗是以表现“理”为主要内容的诗。凡以揭示事物本质及演变规律为目的，或在抒情、叙事过程中阐发义理，表现出鲜明哲理色彩的诗，都可称作狭义的哲理诗。

然而，中国诗歌大多不以阐释义理为目的和主要表现手段，许多诗篇中，自然与人生、感官与心灵、情思和理性相互感应、契合，诗的激情和人生智慧相互辉映，呈现出一种耐人寻味的美感，读者阅读时可根据自己的审美体验和人生感悟，对诗进行哲理的补充。这类诗作，可称作广义的哲理诗。如唐代王之涣登鹳雀楼的一时感兴之作“白日依山尽，黄河入海流。欲穷千里目，更上一层楼”(《登鹳雀楼》)，就被人们看作广义的哲理诗。还有一些诗作，在字面上基本看不出“理”的痕迹，但由于汉语诗歌多义性的特点，在读者作特定理解时会表现出某种哲理因素，因而也可看作广义的哲理诗。如宋代晏殊《浣溪沙》中的名句“无可奈何花落去，似曾相识燕归来”本是非常细腻的惜春之情，但读者却可从中觅出某种哲理意味：花落燕归，去者去，来者来，人生的盛衰聚散，不也是这样吗？若无情，若有情，令人叹惋。

外国著名诗人们写过不少思辨色彩相当明显的哲理诗。如德国的歌德、席勒，美国的朗费罗，印度的泰戈尔等人都有许多优秀哲理诗传世。这些诗作，往往喜爱采用由抽象到具体的结构方式，表现出对“理”的偏重，如：

为了置身于无限之中
个体情愿消逝无踪
一切厌烦就此解脱
热烈的愿望，相暴的意图
繁重的要求，严格的义务
完全放弃就是享乐

（歌德《个体与全体》）

伟大人物的生平把我们提醒，
我们能使我们的一生变得高尚，
在离开人间时，也能让足印
遗留在我们身后的时间的沙滩上。

呵，足印？也许另一位弟兄，
当他航行在生命庄严的海洋上，
不幸遇难，看见了这些足印，
他就会使勇气重新增长。

（朗费罗《生命的礼赞》）

前者基本是一种格言式的诗，后者是从抽象出发捕捉意象，其意象别具一种深沉动人的力量。还有，匈牙利诗人裴多菲的《自由，爱情》经由中国诗人殷夫意译为“生命诚可贵，爱情价更高。若为自由故，二者皆可抛”后，从二十世纪三十年代至今魅力不衰。另一些诗作则是由具体事物的感兴而上升到哲理的高度，如俄国诗人莱蒙托夫的《帆》借孤帆意象表达对自由的渴望，如泰戈尔《飞鸟集》中大量东方式的感悟，这些诗作应属广义的哲理诗了。

中国古代并不缺乏狭义的哲理诗，如自西晋末至东晋风行诗坛百余年的玄言诗、六朝唐宋以来大量言佛谈禅的诗、宋代理趣诗和道学家学术讲义式的诗。它们或昭示人生之理，或言道玄佛禅等“形而上”之理。若将视野扩大，我们甚至可以在更早的介于韵散文之间的一些文体中找到哲理诗的滥觞：

知人者智，自知者明。胜人者有力，自胜者强。

（《老子》三十三章）

大器晚成，大音希声，大象无形，道隐无名。

（《老子》四十一章）

子在川上曰：“逝者如斯夫！不舍昼夜。”

（《论语·子罕》）

这种警僻的格言式的句子不是很像哲理诗吗？而汉乐府《长歌行》（见【阅读】）也是典型的言理之作。

但在中国传统诗歌批评中，人们对以言理为主要内容的诗，否定却多于肯定。钟嵘批评玄言诗“理过其辞，淡乎寡味”（《诗品·序》），宋代诗人、评论家严羽更是高扬唐诗“吟咏情性”的旗帜，呼吁“诗有别材，非关书也；诗有别趣，非关理也”（《沧浪诗话》）。

那么，中国式的诗性思维究竟能不能容纳哲理？哲理诗在中国诗歌中有没有存在的价值？

对第一个问题，答案是肯定的。请看初唐诗人张若虚的名作《春江花月夜》：

春江潮水连海平，海上明月共潮生。
滟滟随波千万里，何处春江无月明。
江流宛转绕芳甸，月照花林皆似霰。
空里流霜不觉飞，汀上白沙看不见。
江天一色无纤尘，皎皎空中孤月轮。
江畔何人初见月？江月何年初照人？
人生代代无穷已，江月年年望相似。
不知江月待何人，但见长江送流水。
白云一片去悠悠，青枫浦上不胜愁。
谁家今夜扁舟子？何处相思明月楼？
可怜楼上月徘徊，应照离人妆镜台。
玉户帘中卷不去，捣衣砧上拂还来。
此时相望不相闻，愿逐月华流照君。
鸿雁长飞光不度，鱼龙潜跃水成文。
昨夜闲潭梦落花，可怜春半不还家。
江水流春去欲尽，江潭落月复西斜。
斜月沉沉藏海雾，碣石潇湘无限路。
不知乘月几人归，落月摇情满江树。

这首沿用乐府旧题写作的诗曾得到前人极高的评价，作者存诗仅两首，而因此诗被清人王闿运称作“孤篇横绝，竟为大家”。闻一多先生称此诗是作者与“神奇的永恒”之间“一番神秘而又亲切的，如梦境的晤谈，有的是强烈的宇宙意识，被宇宙意识升华过的纯洁的爱情，又由爱情辐射出来的同情心，这是诗中的诗，顶峰上的顶峰”(《唐诗杂论·宫体诗的自赎》)。这首诗美就美在诗情与哲理的完美结合，春江月夜美而神秘，它引发的不仅有作者的诗情，还有对人生、对宇宙的思索。还有我们在“抒情诗”一节中读过的刘希夷《代悲白头翁》不也正是因“年年岁岁花相似，岁岁年年人不同”的感慨而动人吗？读着这些美妙的诗作，我们还会说诗情和哲理是不兼容的吗？

对第二个问题的思考稍复杂一些。意在讲道理、发议论的诗如果写成了“押韵的哲学讲义”，对读者来说绝不是一件愉快的事，宋代理学家朱熹作有《训蒙绝句》约百首，向初学者阐述理学义理，《致知》一首说：

此心原自有知存，气蔽其明物有昏。
渐渐剔开昏与蔽，一时通透理穷源。

这是讲解儒家格物致知、正心诚意的道理的，全为抽象说理，确是“押韵讲义”一类。

但若是这样讲道理呢：

半亩方塘一鉴开，天光云影共徘徊。

问渠那得清如许？为有源头活水来。

这是朱熹《观书有感二首》的第一首，大意是说读书、治学须不断努力，日日更新，补充源头活水，才能免于停滞，达到“天光云影共徘徊”那样渊深而自在的境界。理性思考蕴含在明净澄澈的景物描写中，让读者在涵咏中体会到美感与哲思。

看来，问题不在哲理诗能否成立，而在于诗应当如何言理。钱锺书先生有一个很形象的说法：“理之在诗，如水中盐、蜜中花，体匿性存，无痕有味，现相无相，立说无说。所谓冥合圆显者也。”（《谈艺录》六九）哲理诗要成其为诗，离不开情韵和艺术语言。理绝不可浮在面上，而应融在形象、情境中。哲理本身就是诗的光辉：诗是朗朗夜空的明星，“理”则是闪烁的星光。

除了狭义的哲理诗，中国诗歌中更多的是广义哲理诗，理与情的完美融合使诗歌别具艺术魅力（如上引《春江花月夜》），情使理灵动、发散，免却枯燥板滞之弊；理为情增添沉思的力量，使其免于浮泛流荡。二者可谓相得益彰。

中国诗歌的各个时代都有言理而饶有情韵的作品。魏晋时期的文学创作深受玄学思潮的影响，但是诗人嵇康带进诗中的不是老庄“哲学”，而是老庄的人生境界：

息徒兰圃，秣马华山。
流磻平皋，垂纶长川。
目送归鸿，手挥五弦。
俯仰自得，游心太玄。

嘉彼钓叟，得鱼忘筌。
郢人逝矣，谁与尽言？
（《赠秀才入军》其十四）

此诗是诗人为送兄长嵇喜从军而作，想象嵇喜行军休息时的光景。“得鱼忘筌”语出《庄子·外物》：“筌者所以在鱼，得鱼而忘筌。”“言者所以在意，得意而忘言。”“筌”是捕鱼工具，《庄子》用“得鱼忘筌”的比喻，说明言论是表达玄理的手段，目的达到，手段就不需要了。“郢人”出自《庄子·徐无鬼》的一个寓言，说郢人用白土涂在鼻子上，匠石运斤（斧）成风，很快将白土削干净了。郢人的鼻子毫无损伤，面不改色。郢人死后，匠石再也不能表演这绝技，因为找不到对手了。事实上，此诗的境界正是诗人自己所向往的人与自然相亲相近、心与道冥合的境界。“目送归鸿”四句历来被视为嵇康的自我写照。诗人在心灵与自然的和谐中忽有所悟，进入了“道”（“太玄”即大道）的境界。但这种神游于道的乐趣无法用语言表达，即使说出来也难有解人。

陶渊明诗中的哲理表现得更是浑化无迹：

结庐在人境，而无车马喧。
问君何能尔，心远地自偏。
采菊东篱下，悠然见南山。
山气日夕佳，飞鸟相与还。
此中有真意，欲辨已忘言。（《饮酒》其五）

此诗之所以能吸引千古读者，就在于诗中创造了一个宁静平和、物我合一的境界，人生的种种真谛尽在不言中悟出。人、菊、南山、夕晖、归鸟，原只是一和谐整体，无须区分。“悠然”非有意为之，无意间目光与山相遇，就在这种与自然的精神交通中悟出了“真意”，但这真意无法以语言表达，也无须用语言表达，“得意而忘言”了。此诗妙在谈玄而不玄，玄学自然观化在诗中，“无痕有味”。它还可启发我们在掩卷之后作进一步的思考：中国古代思维有重意会的传统，从庄子哲学到魏晋玄学到禅宗哲学莫不如此。庄、玄的“得意忘言”我们已在嵇康、陶渊明诗中领略了，至于禅宗的“不立文字”、直指人心、重视顿悟等我们可从大量禅宗公案中了解到。这种传统思维辐射到艺术思维中还形成了力求“言外之意”的“中国特色”——音乐求弦外之音，如白居易《琵琶行》表现的音乐最高境界是“别有幽愁暗恨生，此时无声胜有声”；画求象外之趣，如中国画中空白的运用，书法的“枯笔”技法；戏曲无布景、少道具和动作的虚拟性；至于作为语言艺术的诗，更要求“含不尽之意见于言外”，要表现“象外之象，景外之景”（第一个“象”“景”指鲜明可感可言的形象画面，第二个“象”“景”则指这种形象画面所蕴含的无穷韵味）。总之，都是以不说为说，重在启发、暗示。具体到陶渊明的这首诗，妙在作者“得意忘言”，读者反而能够领悟到不少“言外之意”。哲理诗应如何言理，我们从这里也会得到些启发吧！

唐宋一些诗人“以禅入诗”也为诗之言理增添了一道新的风景线。诗与禅一属文学，一属宗教，作用和旨归全然不同。然而，它们都须有敏锐的内心体验，都重启示、象喻，求言外之意，这又使它们有了建立联系的可能。以禅入诗，禅赋予诗内省和由内省带来的理趣。如苏轼《题沈君琴》(一名《琴诗》)：

若言琴上有琴声，放在匣中何不鸣？
若言声在指头上，何不于君指上听？

诗意来自《楞严经》的一个譬喻："譬如琴瑟琵琶，虽有妙音若无妙指，终不能发。"经苏轼点化，更显机锋，富于理趣。然而，若要求全责备，苏轼此诗还似嫌简单、直白了些，清人纪昀就认为这是随手写四句，不是诗。

唐代王维的一些含有禅意、禅趣的诗作，得自于大自然的启示，是熟谙禅学的诗人在静观、领悟自然美时的别有会心：

空山不见人，但闻人语响。
返景入深林，复照青苔上。　　(《鹿柴》)

木末芙蓉花，山中发红萼。
涧户寂无人，纷纷开且落。　　(《辛夷坞》)

山中空寂无人，只能听到人语的回响，那声音若真若幻，更衬山之"空"。一缕夕阳的返照斜射入密林映在青苔上，更点缀了幽静和冷寂。在寂静无人的山涧里，辛夷花自开自落，无盛开之喜悦，无凋落之哀伤，生生灭灭，就如大自然的一呼一吸，让人对此“身世两忘，万念俱寂”（胡应麟《诗薮》）。这正是王维后期所追寻的空寂、无我的境界。钱锺书先生指出，仙道、禅理“未必宜诗”，“有形之外，无兆可求，不落迹象，难着文字；必须冥漠冲虚者结为风云变态，缩虚入实，即小见大。具此手眼，方许诗中言理”（《谈艺录》六九）。王维的诗为诗中言仙道、禅理做了个最好的注脚。

生活在诗歌盛世唐以后的宋人，为了再创辉煌，另辟蹊径，“以文字为诗，以才学为诗，以议论为诗”（严羽《沧浪诗话·诗辨》），使得书卷气、理性化成为宋诗鲜明的色彩，以至于“唐人诗主情”、“宋人诗主理”成为历代评论者的基本认识。

宋仁宗嘉祐四年（1059），王安石作《明妃曲》二首，欧阳修、司马光、曾巩、刘敞等纷纷和作，显示出宋人“以议论为诗”的群体创作倾向。以下为王安石与欧阳修之作：

明妃初出汉宫时，泪湿春风鬓脚垂。
低徊顾影无颜色，尚得君王不自持。
归来却怪丹青手，入眼平生未曾有。
意态由来画不成，当时枉杀毛延寿。
一去心知更不归，可怜着尽汉宫衣。
寄声欲问塞南事，只有年年鸿雁飞。
家人万里传消息：好在毡城莫相忆。
君不见咫尺长门闭阿娇，人生失意无南北！

明妃初嫁与胡儿，毡车百辆皆胡姬。
含情欲说独无处，传与琵琶心自知。
黄金杆拨春风手，弹看飞鸿劝胡酒。
汉宫侍女暗垂泪，沙上行人却回首。
汉恩自浅胡自深，人生乐在相知心。
可怜青冢已芜没，尚有哀弦留至今。

（王安石《明妃曲二首》）

汉宫有佳人，天子初未识。
一朝随汉使，远嫁单于国。
绝色天下无，一失难再得。
虽能杀画工，于事竟何益？
耳目所及尚如此，万里安能制夷狄！
汉计诚已拙，女色难自夸。
明妃去时泪，洒向枝上花。
狂风日暮起，漂泊落谁家？
红颜胜人多薄命，莫怨春风当自嗟！

（欧阳修《和王介甫明妃曲》其二）

为了比较的方便，我们将杜甫咏昭君的名作也选录于此：

群山万壑赴荆门，生长明妃尚有村。
一去紫台连朔漠，独留青冢向黄昏。
画图省识春风面，环佩空归夜月魂。

千载琵琶作胡语，分明怨恨曲中论。

（《咏怀古迹五首》其三）

昭君出塞之事，先后载于《汉书·匈奴传》《后汉书·南匈奴传》《西京杂记》《琴操》等文献，自晋代石崇作《明君辞》后，历代诗人歌咏不绝。但在宋以前，基本是以抒情笔调写昭君被迫“和亲”的屈辱、悲怨，其中不乏优秀作品，如上引杜诗重在抒情，情由历史遗迹而兴，在境（实有的与想象的）中唱叹，富于形象感与韵律美。而王安石、欧阳修二作虽也有形象，有抒情，却偏在发议论，尤其是作翻案文章。王安石就杀画工、和亲是非、君王恩宠三方面翻案：“意态由来画不成，当时枉杀毛延寿”；“君不见咫尺长门闭阿娇，人生失意无南北”；“汉恩自浅胡自深，人生乐在相知心”。“意态”句不仅为画工翻案，还道出一种艺术创作之“理”；后两句更是在昭君的特殊遭际中揭示普遍，悟出一般，使议论上升到一种人生感慨的理性高度。欧阳修的翻案文章也从杀画工作起，但却翻出“耳目所及尚如此，万里安能制夷狄！”为君主者不能辨眼前的美丑，又如何制服万里之外的“夷狄”呢？因而落到结论“汉计诚已拙，女色难自夸”，表面上说汉代的和亲并非良策，内里则借汉言宋，为宋对辽、夏的纳币乞和政策深感忧虑。从王安石、欧阳修二人昭君诗与杜甫同题材诗作的比较中，可看出宋诗主理、尚议论的鲜明特色。

由于对诗歌言理功能的有意识强化，在宋代，诗中表现理趣成为文人的一种自觉追求。诗人们追求“理趣”，反对“理障”。

“理趣”，是指诗歌既蕴涵深刻的哲理意味，又兼备诗的艺术审美趣味。“理障”则是借用禅学术语，原意是执于文字而见理不真。用于诗歌批评是指为了表现所谓的哲理而损害诗的美感和艺术特质。宋诗言理，有的细察物理，揭示自然界的运行变化和人类社会的客观规律；有的昭示人生之理；还有的表现对佛禅之理的体悟，包罗万象，蔚为大观。其中优秀的作品大都是通过形象言理，从感性上升到理性，说理而饶有诗趣诗味，既给人美感愉悦，又启迪智慧。理学家程颢说“道通天地有形外，思入风云变态中”(《秋日偶成》)，这两句诗被钱锺书先生称为“理趣好注脚”。可见，优秀的理趣诗既要求作者具备宏博的知识学养、一定的思辨能力，又必须富于才情诗思。

理学家朱熹有不少饶有理趣的诗作，每每从偶然闲适的生活中悟出读书治学的道理和人生境界，如《观书有感二首》《春日》等。他的《偶题三首》也是著名的理趣诗，其中第三首说：

步随流水觅溪源，行到源头却惘然。
始信真源行不到，倚筇随处弄潺湲。

随着流水的踪迹溯源，行到水穷处却不免惘然，因为那里并非真正的源头所在。诗人拄着筇竹杖，到处寻弄潺湲的水流，终于悠然心会，豁然开朗：真正的源头来自千流万派，然后才汇成一水奔流而下。此诗给读者的启迪是：寻求真理如觅真源，不会一探即得，须寻寻觅觅，多方探索，积久则真源自现；同时还须“活”寻，不偏执于一端，融会贯通，则真理就在眼前。

苏轼并非理学家，诗中理趣也不一定是有意为之。但在他的诗中，时见诗人的才情和人生智慧相互辉映，既逸兴遄飞，又有理性的沉思贯穿于其中。如我们所熟悉的“人生到处知何似？应似飞鸿踏雪泥。泥上偶然留指爪，鸿飞那复计东西”、“人似秋鸿来有信，事如春梦了无痕”、“不识庐山真面目，只缘身在此山中”，都是诗与理的完美结合，在给读者美感的同时启迪智慧。苏轼另有名作《饮湖上初晴后雨二首》（其二）：

水光潋滟晴方好，山色空蒙雨亦奇。
欲把西湖比西子，淡妆浓抹总相宜。

西湖的水色山光、晴姿雨态，绘画似的从诗中流出。最妙的是后两句，本是诗人一时兴会，妙手偶得，但这一以人拟物的传神比喻“遂成西湖定评”（陈衍《宋诗精华录》），“西子湖”从此成为西湖别称。更值得注意的是，此诗高度凝练地将对自然山水的欣赏升华到更高境界，让人们超越一时一地之景，产生许多联想，如西湖、西子，其美在神，神韵是可意会不可言传的；西湖、西子，以至一切美好事物，无论形式如何改换（浓抹、淡妆），其美的本质都不会更改。这些联想，可对山水、对美人、对艺术，已超越“个别”而成为具普遍意义的哲理。

现当代哲理诗的成就也非常引人注目。二十世纪二十年代，经历过“五四”洗礼的新文学作家们借助来自西方的各种主义、学说思考宇宙、社会和人生，出现了空前的哲学热潮，年轻文学家企图借哲学解答“五四”退潮以后的内心困惑。当时诗坛流行的不讲韵脚、不求形式整齐、自由短小、清新隽永的“小诗”就自觉地向哲理靠拢。如冰心深受泰戈尔影响的诗集《繁星》《春水》，宗白华“以哲理做骨子”的诗集《流云》都是这一创作倾向的代表。宗白华在诗中说：

生命的树上
凋了一枝花
谢落在我的怀里，
我轻轻的压在心上。
她接触了心中的音乐
化成小诗一朵。（《小诗》）

这大约可看作“小诗”的“自我题照”。这些小诗捕捉的是诗人瞬间的哲理性情思，稍纵即逝的思想火花，所言之理大到宇宙，小到身边情事中的哲理意蕴，好像一串串智慧和情感的珍珠，晶莹美妙：

创造新陆地的，
不是那滚滚的波浪，
却是他底下细小的泥沙。
（冰心《繁星·三四》）

墙角的花！
你孤芳自赏时

天地便小了。

（冰心《春水·三三》）

一时间
觉得我的微躯
是一颗小星，
莹然万里星
随着星流。
一会儿
又觉得我的心
是一张明镜，
宇宙的万里
在里面灿着。

（宗白华《夜》）

比之于"小诗"这种灵光一闪式的哲思，另一些诗作则有更沉重的背景，能够引发读者更深刻的思考。如诗人臧克家纪念鲁迅的诗作《有的人》中的名句：

有的人活着
他已经死了；
有的人死了
他还活着。

以对比手法把朴素的真理表达得警策、醒目，生命力经久不衰。

“文革”结束后，一代青年在迷惘、痛苦中觉醒，怀疑和思考成为新诗潮的重要主题。哲理诗带着更凝重的情感、更沉重的思绪登场，展示出新时期哲理诗的独特风貌：

我无法反抗墙，
只有反抗的愿望。
…………
呵，我明白了，
我首先必须反抗的是：
我对墙的妥协，
和对这个世界的不安全感。

（舒婷《墙》）

也许最后的时刻到了
我没有留下遗嘱
只留下笔，给我的母亲
我并不是英雄
在没有英雄的年代里
我只想做一个人

（北岛《宣告》）

她把带血的头颅，

放在生命的天平上，
让所有的苟活者，
都失去了
——重量。

（韩瀚《重量——献给张志新》）

更准确凝练地表达了一代人心理历程的是一首总共只有两行的小诗：

黑夜给了我黑色的眼睛
我却用它寻找光明

（顾城《一代人》）

“黑夜”在一代青年心中投下了浓重的阴影，造成了苦闷、迷惘和哀伤，但即使在阴郁和沉沦中，这一代人也没放弃过对光明的向往和寻求！这首小诗在当代诗歌中具有相当重的分量，它内容高度概括，艺术上高度提纯，具有震撼人心的艺术力量。

【阅读】

长歌行 ［汉］无名氏

青青园中葵，朝露待日晞。
阳春布德泽，万物生光辉。
常恐秋节至，焜黄华叶衰。
百川东到海，何时复西归？

少壮不努力，老大徒伤悲！

终南别业 ［唐］王维

中岁颇好道，晚家南山陲。
兴来每独往，胜事空自知。
行到水穷处，坐看云起时。
偶然值林叟，谈笑无还期。

鸟鸣涧 ［唐］王维

人闲桂花落，夜静春山空。
月出惊山鸟，时鸣春涧中。

浪淘沙 ［唐］刘禹锡

莫道谗言如浪深，莫言迁客似沙沉。
千淘万漉虽辛苦，吹尽狂沙始到金。

放言五首（其三） ［唐］白居易

赠君一法决狐疑，不用钻龟与祝蓍。
试玉要烧三日满，辨材须待七年期。
周公恐惧流言日，王莽谦恭未篡时。
向使当初身便死，一生真伪复谁知？

寒山诗（十四） ［唐］寒山

城中蛾眉女，珠佩何珊珊。

鹦鹉花前弄，琵琶月下弹。
长歌三月响，短舞万人看。
未必长如此，芙蓉不耐寒。

寒山诗（五十一）［唐］寒山
吾心似秋月，碧潭清皎洁。
无物堪比伦，教我如何说。

闻钟　［唐］皎然
古寺寒山上，远钟扬好风。
声余月树动，响尽霜天空。
永夜一禅子，泠然心境中。

乐游原　［唐］李商隐
向晚意不适，驱车登古原。
夕阳无限好，只是近黄昏。

登飞来峰　［宋］王安石
飞来山上千寻塔，闻说鸡鸣见日升。
不畏浮云遮望眼，自缘身在最高层。

题张司业诗　［宋］王安石
苏州司业诗名老，乐府皆言妙入神。
看似寻常最奇崛，成如容易却艰辛。

秋日偶成二首（其二）［宋］程颢

闲来无事不从容，睡觉东窗日已红。
万物静观皆自得，四时佳兴与人同。
道通天地有形外，思入风云变态中。
富贵不淫贫贱乐，男儿到此是豪雄。

和子由渑池怀旧［宋］苏轼

人生到处知何似？应似飞鸿踏雪泥。
泥上偶然留指爪，鸿飞那复计东西？
老僧已死成新塔，坏壁无由见旧题。
往日崎岖还记否？路长人困蹇驴嘶。

正月二十日，与潘、郭二生出郊寻春，忽记去年是日同至女王城作诗，乃和前韵［宋］苏轼

东风未肯入东门，走马还寻去岁村。
人似秋鸿来有信，事如春梦了无痕。
江城白酒三杯酽，野老苍颜一笑温。
已约年年为此会，故人不用赋招魂。

唐道人言，天目山上俯视雷雨，每大雷雨，但闻云中如婴儿声，殊不闻雷震也［宋］苏轼

已外浮名更外身，区区雷电若为神？
山头只作婴儿看，无限人间失箸人。

题西林壁　［宋］苏轼

横看成岭侧成峰，远近高低各不同。
不识庐山真面目，只缘身在此山中。

春日　［宋］朱熹

胜日寻芳泗水滨，无边光景一时新。
等闲识得东风面，万紫千红总是春。

观书有感二首（其二）［宋］朱熹

昨夜江边春水生，蒙冲巨舰一毛轻。
向来枉费推移力，此日中流自在行。

己亥杂诗（其五）［清］龚自珍

浩荡离愁白日斜，吟鞭东指即天涯。
落红不是无情物，化作春泥更护花。

《繁星》（七四）　冰心

婴儿，
是伟大的诗人，
在不完全的言语中，
吐出最完全的诗句。

无题五　卞之琳

我在散步中感谢

襟眼是有用的，
因为是空的，［作者注：古人有云：“无之以为用。”］
因为可以簪一朵小花。

我在簪花中恍然
世界是空的，
因为是有用的，
因为它容了你的款步。

有的人

——纪念鲁迅有感

臧克家

有的人活着
他已经死了；
有的人死了
他还活着。

有的人
骑在人民头上：“呵，我多么伟大！”
有的人
俯下身子给人民当牛马。

有的人
把名字刻入石头，想“不朽”；

有的人
情愿作野草，
等着地下的火烧。

有的人
他活着别人就不能活；
有的人
他活着为了多数人更好地活。

骑在人民头上的
人民把他摔垮；
给人民作牛马的
人民永远记住他！

把名字刻在石头上的
名字比尸首烂得更早；
只要春风吹到的地方
到处是青青的野草。

他活着别人就不能活的人，
他的下场可以看到；
他活着为了多数人更好地活着的人，
群众把他抬举得很高，很高。

望星空（节选） 郭小川

我爱人间，
我在人间生长，
但比起你来，
人间还远不辉煌。
走千山，
涉万水，
登不上你的殿堂。
过大海，
越重洋，
饮不到你的酒浆。
千堆火，
万盏灯，
不如一颗小小星光亮。
千条路，
万座桥，
不如银河一节长。

我游历过半个地球，
从东方到西方。
地球的阔大幅员，
引起我的惊奇和赞赏。
可谁能知道：
宇宙里有多少星星，

是地球的姊妹行！
谁曾晓得：
天空中有多少陆地，
能够充作人类的家乡！
远方的星星呵，
你看得见地球吗？
——一片迷茫！
远方的陆地呵，
你感觉到我们的存在吗？
——怎能想象！

生命是珍贵的，
为了赞颂战斗的人生，
我写下成册的诗章；
可是在人生路途上，
又有多少机缘，
向星空瞭望！
在人生的行程中，
又有多少个夜晚
见星空如此安详！
在伟大的宇宙的空间，
人生不过是流星般的闪光。
在无限的时间的河流里，
人生仅仅是微小又微小的波浪。

呵，星空，
我不免感到惆怅！
于是我带着惆怅的心情，
走向北京的心脏……

远和近 顾城

你
一会看我
一会看云

我觉得
你看我时很远
你看云时很近

【思考】

1．广义的哲理诗与狭义的哲理诗有些什么不同？

2．诗中言理与抒情有无矛盾？它们之间的关系应是什么样的？

3．你认为诗应如何言理？请在中外诗歌中找一二首为例说明你的观点。

4．宋人所提倡的“理趣”应如何理解？

第六讲

意象

意象是中国古典诗歌独特的审美范畴，本来是两个不同的概念，“意”指意义、意蕴，“象”指图像、形象，类似现代符号学中的“所指”与“能指”。古代先哲创造这两个范畴，大约与《易经》有关。《易经》是古代的预测学，它表意的基本形式是八卦图像，对这些图像的破译与阐释，无疑引发了古代先哲关于“意”与“象”之间关系的思考。这种思考也许与中国文字的特点有关。众所周知，虽然古人造字有诸如象形、形声、会意、指事等方法，但汉字大都近似图像或图画。可以说，以形象或图像来表情达意，是中国人的传统思维方式。这体现在诗歌艺术上，就是寄情于景寓意于象，借助可以被感知的具象来表达内心的情感与思想：

昔我往矣，杨柳依依；
今我来思，雨雪霏霏。

（《诗经·采薇》）

枯藤老树昏鸦，小桥流水人家。
古道西风瘦马，夕阳西下，断肠人在天涯。

（马致远《天净沙·秋思》）

“杨柳”、“雨雪”、“枯藤老树昏鸦”、“古道西风瘦马”等等，在具体的语境中，已不是一种客观景象，而是诗人情感的外化。诗人通过这些景象或物象，表现内心的感受，这就是意象。简单地说，诗歌中所谓的“意象”，就是“表意的象”，是诗人内在之意诉之于外在之象。这种外在之象不仅是视觉的，也可以是听觉的、触觉的，甚至是心理的幻象。但之所以为“意象”，就与纯客观的物象或景象有别，它是寄寓着诗人所思所感所悟的形象，或者说是情感化的物象或景象，它常常具有象征、明喻或隐喻的意义。如：

千山鸟飞绝，万径人踪灭。
孤舟蓑笠翁，独钓寒江雪。

（柳宗元《江雪》）

这是一幅画面：寒冷的冬天，雪花飘飘，天地无声，万籁俱寂。山峦之间看不见鸟儿的踪影，山蹊也无人行走。江上一叶孤舟，舟上披蓑戴笠的老人在默默垂钓。这一系列意象暗示出诗人的一种心境。但“寒江独钓”显然不是实景的写照，而是诗人创造的意象，是一种隐喻。我们可以感觉到诗人的孤寂与孤傲。又如：

独怜溪草涧边生，上有黄鹂深树鸣。
春潮带雨晚来急，野渡无人舟自横。

（韦应物《滁州西涧》）

这也是一幅画面。西人曰：“一片自然风景就是一种心情。”这幅画表现什么心情？诗人没有点破，但如果将末句“野渡无人舟自横”理解为一种隐喻，那么画外之意就非常耐人寻味。事实上，寄情于景寓意于象，是中国古典诗歌传统的艺术手法。诗人言志抒情，常常不是直接道出，而是创造一系列意象，给人一种情景交融的美感，令人回味无穷。而许多经典意象，如“秋水伊人”、“巫山云雨”、“香草美人”等，更是被后人推陈出新反复运用。如：

惟草木之零落兮，恐美人之迟暮。（屈原《离骚》）

美人赠我金错刀，何以遗之英琼瑶。（张衡《四愁诗》）

美人如花隔云端。（李白《长相思》）

美人美人隔湘水，其雨其雨怨朝阳。

（黄庭坚《古风次韵答初和甫二首》其二）

这些缠绵悱恻的诗句，并非男女相恋之词。“美人”这一意象是隐喻，正如《诗经·蒹葭》可望而不可即的“秋水伊人”，是泛指所思恋者，可能是朋友，可能是恋人，也可能是君王。运用外在的物象来表现诗人的所思所感所悟，将抽象的观念情感化为具象，从而给人以美感与隽永的意味。

中国古典诗歌的这一特点，在中西诗歌互相比较的参照系下被凸显出来。美国“意象派”领袖庞德正是从中获取了灵感。这位现代诗人虽然不懂中文，但他借助日文翻译接触到中国古典诗歌，便为之惊叹不已。在他看来，象形的汉字是绘画的速写，一行中国诗就是一行速写画。一个汉字就是一个意象，一首诗就是一串意象。他所谓“意象”（image），是感性与理性的复合体。这种理解，虽然不尽符合中国古典诗歌的原意，但以象（感性）

寓意（理性）的艺术手法，却无疑给美国意象派诗人以重大启示。

中国现代诗人也许受西方文学的影响更深，但意象的创造，仍然是他们苦心经营的艺术。不过，与古典诗人比较起来，他们更加追求出人意表、别出心裁甚至是怪诞的意象，以表达现代人更加复杂微妙更加个性化的心理感受。如：

我的寂寞是一条蛇，
静静地没有言语。
你万一梦到它时，
千万啊，不要悚惧！

它是我忠诚的侣伴，
心里害着热烈的相思：
它想那茂密的草原——
你头上的、浓郁的乌丝。

它月影一般轻轻地
从你那儿轻轻走过；
它把你的梦境衔了来，
像一只绯红的花朵。　　（冯至《蛇》）

这是一首情诗。古典诗词中，表达情人相思的意象如“红豆”、“春蚕”、“牛郎织女”、“比翼鸟”、“蝴蝶”、“鸳鸯”等，都是让人产生美好联想的形象。诗人冯至却以“蛇”这一离奇的意象来比喻寂寞的相思，新颖而又独特。又如：

小时候
乡愁是一枚小小的邮票
我在这头
母亲在那头

长大后
乡愁是一张窄窄的船票
我在这头
新娘在那头

后来啊
乡愁是一方矮矮的坟墓
我在外头
母亲在里头

而现在
乡愁是一湾浅浅的海峡
我在这头
大陆在那头　（余光中《乡愁》）

“邮票”、“船票”、“坟墓”等原本是非常普通的事物，但在诗中被作为乡愁的载体，便点铁成金，化为奇特的意象，传达的感觉却是递进式的，情感愈来愈浓郁，愈来愈沉重，终于揭示出诗人心中最浓最痛的乡愁。

二十世纪五十年代后，在特定的政治背景下，诗人被要求以“歌颂”为主题，诗风也要求明朗欢快，充满革命激情。诗歌中反复出现的意象，殊少独创和个性化色彩，诸如“红日”、“红旗”、“麦浪滚滚”、“钢花飞溅”、“鲜花”、“朝霞”等成为经典意象。“文革”之后崛起的一代诗人，首先在意象的创造上就别出心裁，令人耳目一新：

我是你河边上破旧的老水车，
数百年来纺着疲惫的歌；
我是你额上熏黑的矿灯，
照你在历史的隧洞里蜗行摸索；
我是干瘪的稻穗；是失修的路基；
是淤滩上的驳船
把纤绳深深
勒进你的肩膀；
——祖国啊！

我是贫穷，
我是悲哀。
我是你祖祖辈辈
痛苦的希望呵，
是“飞天”袖间

千百年未落到地面的花朵
——祖国呵！
（舒婷《祖国呵，我亲爱的祖国》）

这首曾感动一代读者的诗歌，不说它的感情深挚，就说诗中一系列意象，首先就给读者带来了前所未有的视觉冲击和心灵震撼。诸如“破旧的老水车”、“疲惫的歌”、“干瘪的稻穗”、“失修的路基”等意象，完全改变了中国当代诗歌习以为常的抒情方式。而诗人北岛这样表达爱情的坚贞：

即使明天早上
枪口和血淋淋的太阳
让我交出自由、青春和笔
我也决不会交出这个夜晚
我决不会交出你
让墙壁堵住我的嘴唇吧
让铁条分割我的天空吧
只要心在跳动，就有血的潮汐
而你的微笑将印在红色的月亮上
每夜升起在我的小窗前
唤醒记忆 （北岛《雨夜》）

这已不是传统意义上情人之间的山盟海誓。“血淋淋的太阳”、“血的潮汐”等一连串冷酷甚至血腥的意象中，印在“红色月亮”上的“微笑”焕发着触目惊心的美。

意象的运用，可以使诗人的思想情感形象化，但又并非仅仅是为了形象化。它能营造某种氛围，创造联想的空间：

我，站在这里
代替另一个被杀害的人
没有别的选择
在我倒下的地方
将会有另一个人站起
我的肩上是风
风上是闪烁的星群
也许有一天
太阳变成了萎缩的花环
垂放在
每一个不屈的战士
森林般生长的墓碑前
乌鸦，这夜的碎片
纷纷扬扬

（北岛《结局或开始》）

最后两句构成的意象，渲染出一种令人悚然肃然的氛围，它究竟暗示什么，很难说清，但我们可以从中感到沉重与庄严，这也许就是诗人面临生死抉择刹那间的幻觉。

天是灰色的
路是灰色的
楼是灰色的
雨是灰色的

在一片死寂之中
走过两个孩子
一个鲜红
一个淡绿　　　　（顾城《感觉》）

这是典型的意象诗。没有抒情，没有议论，而只是两组意象的对比，表现诗人的一种“感觉”：一片灰色之中的鲜红与淡绿。我们也许可以作这样的阐释：诗人厌恶成年人的世界，而感到孩子的世界总是很明朗的，尤其是诗人借助独特的意象来象征、隐喻某种思想情感时，所象之意常常很晦涩，而且也难以解释。古人云：“书不尽言，言不尽意。”是说表达的局限性。又云：“只可意会，不能言传。”是说解释的局限性。因此，对于诗歌中的意象，关键在于感悟而不是理解，这样即使不能完全理解诗人之意，也能领悟到诗人通过意象所营造的氛围与美感。

【阅读】

秦风·蒹葭 《诗经》

蒹葭苍苍，白露为霜。所谓伊人，在水一方。
溯洄从之，道阻且长。溯游从之，宛在水中央。

蒹葭萋萋，白露未晞。所谓伊人，在水之湄。
溯洄从之，道阻且跻。溯游从之，宛在水中坻。

蒹葭采采，白露未已。所谓伊人，在水之涘。
溯洄从之，道阻且右。溯游从之，宛在水中沚。

周南·桃夭《诗经》

桃之夭夭，灼灼其华。之子于归，宜其室家。
桃之夭夭，有蕡其实。之子于归，宜其家室。
桃之夭夭，其叶蓁蓁。之子于归，宜其家人。

代赠二首（其一）［唐］李商隐

楼上黄昏欲望休，玉梯横绝月中钩。
芭蕉不展丁香结，同向春风各自愁。

摊破浣溪沙［五代］李璟

手卷真珠上玉钩，依前春恨锁重楼。风里落花谁是主，思悠悠。　　青鸟不传云外信，丁香空结雨中愁。回首绿波三楚暮，接天流。

苏幕遮［宋］范仲淹

碧云天，黄叶地，秋色连波，波上寒烟翠。山映斜阳天接水，芳草无情，更在斜阳外。　　黯乡魂，追旅思，夜夜除非，好梦留人睡。明月楼高休独倚，酒入愁肠，化作相思泪。

暗香 ［宋］姜夔

旧时月色，算几番照我，梅边吹笛？唤起玉人，不管清寒与攀摘。何逊而今渐老，都忘却春风词笔。但怪得竹外疏花，香冷入瑶席。　　江国，正寂寂，叹寄与路遥，夜雪初积。翠尊易泣，红萼无言耿相忆。长记曾携手处，千树压、西湖寒碧。又片片、吹尽也，几时见得？

疏影 ［宋］姜夔

苔枝缀玉，有翠禽小小，枝上同宿。客里相逢，篱角黄昏，无言自倚修竹。昭君不惯胡沙远，但暗忆江南江北。想佩环月夜归来，化作此花幽独。　　犹记深宫旧事，那人正睡里，飞近蛾绿。莫似春风，不管盈盈，早与安排金屋。还教一片随波去，又却怨玉龙哀曲。等恁时重觅幽香，已入小窗横幅。

卜算子·咏梅 ［宋］陆游

驿外断桥边，寂寞开无主。已是黄昏独自愁，更着风和雨。　　无意苦争春，一任群芳妒。零落成泥碾作尘，只有香如故。

秋江词　［明］何景明

烟渺渺，碧波远。白露晞，翠莎晚。
泛绿漪，蒹葭浅。浦风吹帽寒发短。
美人立，江中流。暮雨帆樯江上舟，夕阳帘栊江上楼。
舟中采莲红藕香，楼前踏翠芳草愁。
芳草愁，西风起。芙蓉花，落秋水。
江白如练月如洗，醉下烟波千万里。

爱情　何其芳

晨光在带露的石榴花上开放。
正午的日影是迟迟的脚步，
在垂杨和菩提树间游戏。
当南风从睡莲的湖水
把夜吹来，原野上
更流溢着郁热的香气，
因为常青藤遍地牵延着，
南方的爱情是沉沉地睡着的，
它醒来的扑翅声也催人入梦。

霜隼在无云的秋空掠过。
猎骑驰骋在荒郊。
夕阳从古代的城阙落下。
风与月色抚摩着摇落的树。

或者凝着忍耐的骆驼声，
留滞在长长的乏水草的道路上，
一粒大的白色的陨星
如一滴冷泪流向辽远的夜。
北方的爱情是警醒者的，
而且有轻矫的残忍的脚步。

爱情是很老很老了，但不厌倦
而且会作婴孩脸涡里的微笑。
它是传说里的王子的金冠。
它是田野间的少女的蓝布衫。
你呵，你有了爱情
而你又为它的寒冷哭泣！
烧起落叶与断枝的火来，
让我们坐在火光里，爆炸声里，
让树林惊醒了而且微颤地
来窃听我们静静地谈说爱情。

雨巷 戴望舒

撑着油纸伞，独自
彷徨在悠长、悠长
又寂寥的雨巷，
我希望逢着

一个丁香一样地
结着愁怨的姑娘。

她是有
丁香一样的颜色，
丁香一样的芬芳，
丁香一样的忧愁，
在雨中哀怨，
哀怨又彷徨；

她彷徨在这寂寥的雨巷，
撑着油纸伞
像我一样，
像我一样地
默默彳亍着，
冷漠，凄清，又惆怅。

她默默地走近
走近，又投出
太息一般的眼光，
她飘过
像梦一般地，
像梦一般地凄婉迷茫。

像梦中飘过
一枝丁香地，
我身旁飘过这女郎；
她静默地远了，远了，
到了颓圮的篱墙，
走尽这雨巷。

在雨的哀曲里，
消了她的颜色，
散了她的芬芳，
消散了，甚至她的
太息般的眼光，
丁香般的惆怅。

撑着油纸伞，独自
彷徨在悠长、悠长
又寂寥的雨巷，
我希望飘过
一个丁香一样地
结着愁怨的姑娘。

铁栏与火 曾卓

虎在笼中旋转。

虎在狭的笼中
沉默地
旋转，
低声地
咆哮，
不理睬笼外的嘲弄和施舍。

它累了，俯卧着
铁栏内
一团灿烂的斑纹，
一团火！

站起来，
两眼炯炯地发光
锋利的长牙露出，
出去的姿势
使笼外发出一片惊呼！

它深深地俯嗅着
自己身上残留的
草莽的气息，
它怀念：
大山，森林，深谷……
无羁的岁月，

庄严的生活。

深夜
它扑站在栏前，
它的凝注着悲愤的长啸
震撼着黑夜
在暗空中流过

像光芒
流过！

铁栏锁着
火！

结局或开始——献给遇罗克 北岛

我，站在这里
代替另一个被杀害的人
为了每当太阳升起
让沉重的影子像道路
穿过整个国土

悲哀的雾
覆盖着补丁般错落的屋顶

在房子与房子之间
烟囱喷吐着灰烬般的人群
温暖从明亮的树梢吹散
逗留在贫困的烟头上
一只只疲倦的手中
升起低沉的乌云

以太阳的名义
黑暗公开地掠夺
沉默依然是东方的故事
人民在古老的壁画上
默默地永生
默默地死去

呵，我的土地
你为什么不再歌唱
难道连黄河纤夫的绳索
也像崩断的琴弦
不再发出鸣响
难道时间这面晦暗的镜子
也永远背对着你
只留下星星和浮云

我寻找着你

在一次次梦中
一个个多雾的夜里或早晨
我寻找春天和苹果树
蜜蜂牵动的一缕缕微风

我寻找海岸的潮汐
浪峰上的阳光变成的鸥群
我寻找砌在墙里的传说
你和我被遗忘的姓名

如果鲜血会使你肥沃
明天的枝头上
成熟的果实
会留下我的颜色

必须承认
在死亡白色的寒光中
我，战栗了
谁愿意做陨石
或受难者冰冷的塑像
看着不熄的青春之火
在别人的手中传递
即使鸽子落到肩上
也感不到体温和呼吸

它们梳理一番羽毛
又匆匆飞去

我是人
我需要爱
我渴望在情人的眼睛里
度过每个宁静的黄昏
在摇篮的晃动中
等待着儿子第一声呼唤
在草地和落叶上
在每一道真挚的目光上
我写下生活的诗
这普普通通的愿望
如今成了做人的全部代价

一生中
我多次撒谎
却始终诚实地遵守着
一个儿时的诺言
因此，那与孩子的心
不能相容的世界
再也没有饶恕过我

我，站在这里

代替另一个被杀害的人
没有别的选择
在我倒下的地方
将会有另一个人站起
我的肩上是风
风上是闪烁的星群

也许有一天
太阳变成了萎缩的花环
垂放在
每一个不朽的战士
森林般生长的墓碑前
乌鸦，这夜的碎片
纷纷扬扬

东方之月 李钢

东方之月，升起在东方
荡荡的银须飘下
落地生根
以江为乳
以山为肚
一时间东方的神话全都开花
在水是莲

在陆是菊
皎皎的明月，在东方之树上高悬

东方之月，升起在东方
滚滚的月潮袭来
浪涛喧哗
以暮为源
以晨为岸
一时间东方的神秘腾空而起
云里是首
雾里是尾
皓皓的明月，吞吐在东方之龙的口中

骑梦而来
骑梦而去
东方之月是骑士
横骑灿烂
纵骑精神

风止而吟
风起而啸
东方之月，浑浑然，不染一尘，
这赤裸的大魂
永是东方之魂

往事二三 舒婷

一只打翻的酒盅
石路在月光下浮动
青草压倒的地方
遗落一枝映山红

桉树林旋转起来
繁星拼成了万花筒
生锈的铁锚上
眼睛倒映出晕眩的天空

以竖起的书本挡住烛光
手指轻轻衔在口中
在脆薄的寂静里
做半明半昧的梦

【思考】

1.《蒹葭》中的“秋水伊人”意象，表现了诗人怎样的情感？

2.《暗香》词中的意象，大多是隐喻，它们暗示什么？

3. 试分析《爱情》中的意象。

4.《雨巷》弥漫着的迷离凄婉，是通过怎样的意象营造的？

第七讲

意境

与意象一样，意境也是中国古典诗歌的独特审美范畴。“意象”是“表意的象”，“意境”则是“意中之境”，后者指诗人的主观情意与客观物境互相交融形成的艺术境界，是“情”与“景”的艺术结晶。清代王夫之说“情、景名为二，而实不可离。神于诗者，妙合无垠”(《姜斋诗话》)，说的就是意境。须注意的是，这里的“景”的内涵大于一般意义上的景物、物象，而大致等同于“意象”。

“意象”和“意境”都以“意”为前置词，都在诗人诗心的统辖之下，这是二者的共同之处；它们的不同在于：“意象”是构成“意境”的材料，而“意境”是“意象”的有机组合。一首诗的意境可由多个意象叠加而成，如：

两个黄鹂鸣翠柳，一行白鹭上青天。
窗含西岭千秋雪，门泊东吴万里船。
（杜甫《绝句四首》其三）

一句一个意象，由近及远，又由远及近，动态、静态错落有致，构成开阔优美的境界，传达出诗人愉悦畅朗的情怀。

意境也可只由一个主要意象构成，如：

峨眉山月半轮秋，影入平羌江水流。
夜发清溪向三峡，思君不见下渝州。
（李白《峨眉山月歌》）

全诗只有“峨眉山月”一个主体意象，以此作为诗人情感的传媒，就生成了月影随波、对景怀人的意境。

意境不仅是意象的组合，更是组合之后的升华。境生于象而超乎象，意境有更自由的创造天地，更辽阔的艺术空间，更丰富的想象余地。即使是由一个意象构成意境，也能“含不尽之意见于言外”，呈现出强大的艺术张力。唐代孟棨《本事诗》载有这样一个故事：崔护考进士落第，清明时独往长安城南游春，见村中一户人家花木开得繁茂，就前去叩门讨水喝。一个姑娘端水来后，默默倚在桃树旁，这景象很让崔护动心。第二年清明，崔护又去了那里，见门墙如故，桃花依旧开得娇艳，然而门扉紧锁，去年伊人已不见踪迹，于是怅怅然在门上题了一首小诗：

去年今日此门中，人面桃花相映红。
人面不知何处去，桃花依旧笑春风。

（《题都城南庄》）

以春日盛开的桃花比况正当青春的女子是一个传统意象，《诗经》时代就有“桃之夭夭，灼灼其华。之子于归，宜其室家”（《桃夭》）的诗句，以明丽的桃花映衬新嫁娘娇艳的美。崔护此诗在追忆中使用人面桃花意象，时间是过去时；今日重来，只见桃花，不见人面，当此境地，记忆中的那一意象更显得无比鲜明美好，而失落的惆怅、叹惋也都在这一境界中流露出来。这一意境的艺术空间远在意象之上，它也引发读者的惋惜、遐想，唤起共鸣。从唐代至以后，出现了不少以“人面桃花”故事为题材的小说、戏剧，正是此诗艺术张力的一个佐证。

正因为境超乎象，有时一首诗甚至可以不依赖特定的意象而形成意境。如陈子昂《登幽州台歌》没有具体的意象，只有诗人主体与悠悠天地这个浩瀚无边的“境”，但诗人激烈忧愤之“情”与这寥廓之“境”，“妙合无垠”，创造的意境十分高远。

中国诗学中的意境说出现得很早，在唐代，人们就要求诗人构思时“思与境偕”（司空图《与王驾评诗书》），“搜求于象，心入于境，神会于物，因心而得”（《唐音癸签》引王昌龄语）。由于诗人主观情意的差异性，他们所创造的意境也大相径庭。梁启超先生强调这种意境心造的特色说：

境者，心造也。一切物境皆虚幻，惟心所造之境为真实。同一月夜也，琼筵羽觞，清歌妙舞，绣帘半开，素手相携，则有余乐；劳人思妇，对影独坐，促织鸣壁，枫叶绕船，则有余悲。同一风雨也，三两知己，围炉茅屋，谈今道故，饮酒击剑，则有余兴；独客远行，马头郎当，峭寒侵肌，流潦妨毂，则有余闷。“月上柳梢头，人约黄昏后”与“杜宇声声不忍闻，欲黄昏，雨打梨花深闭门”，同一黄昏也，而一为欢憨，一为愁惨，其境绝异。“桃花流水窅然去，别有天地非人间”与“人面不知何处去，桃花依旧笑春风”，同一桃花也，而一为清净，一为爱恋，其境绝异。“舳舻千里，旌旗蔽空，酾酒临江，横槊赋诗”，与“浔阳江头夜送客，枫叶荻花秋瑟瑟。主人下马客在船，举酒欲饮无管弦”，同一江也，同一舟也，同一酒也，而一为雄壮，一为冷落，其境绝异。然则天下岂有物境哉！但有心境而已。

……天地间之物一而万、万而一者也。山自山，川自川，春自春，秋自秋，风自风，月自月，花自花，鸟自鸟，万古不变，无地不同。然有百人于此，同受此山、此川、此春、此秋、此风、此月、此花、此鸟之感触，而其心境所现者百焉；千人同受此感触，而其心境所现者千焉；亿万人乃至无量数人同受此感触，而其心境所现者亿万焉，乃至无量数焉。然则欲言物境之果为何状，将谁氏之从乎？仁者见之谓之仁，智者见之谓之智，忧者见之谓之忧，乐者见之谓之乐。吾之所见者，即吾所受之境之真实相也，故曰惟心所造之境为真实。

（《自由书·惟心》）

虽不否定“物境”的客观存在，但更强调“心造之境”，同一物境，可以幻化出千百种、亿万种乃至无数种“心境”。因此，梁启超认为一切艺术境界都以“我”为本体，按“我”的心、情、意来决定所造之境。

在近代学者中，王国维先生的“意境说”影响极大，他在《人间词话》中开宗明义：“词以境界为最上。有境界则自成高格，自有名句。”研究者大多认为此“境界”即“意境”。王析诗词意境为“有我之境”与“无我之境”两大类：

有有我之境，有无我之境。“泪眼问花花不语，乱红飞过秋千去”，“可堪孤馆闭春寒，杜鹃声里斜阳暮”，有我之境也。“采菊东篱下，悠然见南山”，“寒波澹澹起，白鸟悠悠下”，无我之境也。有我之境，以我观物。故物皆著我之色彩；无我之境，以物观物，故不知何者为我，何者为物。古人为词，写有我之境者为多，然未始不能写无我之境。

（《人间词话》）

按王国维的看法，“有我之境”指诗人当时情感活动较激烈，将此心情笼罩在景物上，喜悦时看到一切景物都喜气洋洋，悲哀时看到一切景物都黯淡伤感。如欧阳修《蝶恋花》的女主人公因夫婿游荡不归，自伤青春随落花飘零。泪眼问花，花即人，人亦花。人愈伤心，花愈恼人。秦观的《踏莎行》写于贬谪地湖南郴州，诗人将迁客逐臣的悲苦心情加在景物上，孤馆春寒，鹃啼日暮，“物皆著我之色彩”。“无我之境”则是诗人当时心绪宁静，波澜不兴（这种平静心情被王国维称为“物”），凭直觉观察外物，在物我交融中创造出的境界。如陶渊明采菊东篱时与南山的精神交通，元好问《颍亭留别》诗中悠闲的物态与诗人悠然的情绪的融会。

事实上，从诗歌创作与欣赏的一般经验看，真正意义上的“无我之境”是不存在的。朱光潜早就指出：“严格地说，诗在任何境界中都必须有我，都必须为自我性格、情趣和经验的返照。”（《诗论》）“无我之境”中并非没有诗人主观的情、意在起作用，只不过诗人将自己融入物境，暂时忘我而已。如陶渊明面对大自然时欣然忘我，将自己当作自然的一部分。他是将自己之胸襟气韵灌注于外物，使外物更具活跃的生命、丰富的情趣，同时也吸收外物的生命与情趣来扩大自己的胸襟气韵，物我呼应，回响交流。

我们阅读中国古典诗歌时，常见的意境形成方式有以下几种：

一是触景生情，情由境发。诗人猝然与某种物境相逢，随境生情，逐渐达到意境浑融的境地：

北山白云里，隐者自怡悦。
相望试登高，心随雁飞灭。
愁因薄暮起，兴是清秋发。
时见归村人，平沙渡头歇。
天边树若荠，江畔舟如月。
何当载酒来，共醉重阳节。

（孟浩然《秋登万山寄张五》）

谁家玉笛暗飞声，散入春风满洛城。
此夜曲中闻折柳，何人不起故园情？

（李白《春夜洛城闻笛》）

昔闻洞庭水，今上岳阳楼。
吴楚东南坼，乾坤日夜浮。
亲朋无一字，老病有孤舟。
戎马关山北，凭轩涕泗流。

（杜甫《登岳阳楼》）

孟诗是一个很好的例子。诗人的兴趣被北山引发，闲闲地走上山去（“试”在这里是聊、且的意思），本无什么先入为主的情感、意念，于是“心随雁飞灭”，淡淡的兴致也好，漠漠的愁绪也罢，都是随着眼中所见的景物而起，随着物境的转换而变。大自然的优美，人间世界的恬静和平，作者心情的闲适怡悦，一切都表现得那样和谐。李诗的角度较为独特，引发“情”的不是常见的视觉之景，而是一种听觉的触发。折柳即《折杨柳》，是由西域传入中原的乐曲，表达的是征战、行旅的愁绪，一支笛子吹出的《折杨柳》曲在静静的春夜随着春风弥散开来，诱发出人们深藏于心中的思乡之情，于是，此夜洛城，春风中流动着的都是“故园情”了。比之于孟诗的恬淡、李诗的悠扬，杜诗中由境而生的情要浓郁、沉重得多。洞庭湖之美久有所闻，今日终得一见。景致确如“昔闻”那样壮美无比，但从“昔闻”到“今上”之间，诗人已阅尽人世沧桑，老、病、漂泊，国难未平，归乡不得。以残年衰飒之身对此吞吐日月之景，情何以堪！杜甫登岳阳楼，“登兹翻百忧”，壮阔的风光引发的是身世之感、忧时之情，景愈美，情愈痛，以致难以自抑，涕泪交流。在这一类作品中，情虽为境触发，但却是早已蓄积在内心的，一有诱因就迸发出来。

二是移情入境，情赖境显。诗人主观的情、意很浓郁，在面对物境时，将自己的情感灌注于其中，即刘勰说的“登山则情满于山，观海则意溢于海”，客观的物境遂充满了诗人的主观情感色彩。在这种意境构成方式中，诗人的主观情感始终居于主要和主导的地位。我们熟悉的“浮云游子意，落日故人情”（李白《送友人》）、“感时花溅泪，恨别鸟惊心”（杜甫《春望》）、“蜡烛有心还惜别，替人垂泪到天明”（杜牧《赠别》）都是移情入境。

请看这两首诗词：

东风又作无情计，艳粉娇红吹满地。碧楼帘影不遮愁，还似去年今日意。　　谁知错管春残事，到处登临曾费泪。此时金盏直须深，看尽落花能几醉？

（晏几道《玉楼春》）

东风知我欲山行，吹断檐间积雨声。
岭上晴云披絮帽，树头初日挂铜钲。
野桃含笑竹篱短，溪柳自摇沙水清。
西崦人家应最乐，煮葵烧笋饷春耕。

（苏轼《新城道中二首》其一）

同一春日，同一东风，在晏几道的词境中，年年摧残艳粉娇红，吹得花落，吹得春残，吹得人愁，“无情”如斯！在苏轼的诗境中，却又如此多情识趣，在诗人将出行时，及时赶来吹散阴云，吹断雨声，吹晴了春日，春风吹拂过的一切景物（包括“西崦人家”）也春意盎然、其乐融融。其实，这种意境的差异完全是晏、苏二诗人当时的心境所致。

三是双向互动，物我情融。诗人把自己的性格和情感投射、灌注于外物，同时又汲取自然物的精神气韵于自己，物与“我”的情趣往复回流，浑然一体。创造这样的境界并不容易，但优秀的诗人往往能细致体会物情，与外物精神交通，如王维的“行到水穷处，坐看云起时”（《终南别业》）、李白的“相看两不厌，只有敬亭山”（《独坐敬亭山》）、杜甫的“随风潜入夜，润物细无声”（《春夜喜雨》）都达到了物我情融的境地。陶渊明更长于创造这种境界：

孟夏草木长，绕屋树扶疏。
众鸟欣有托，吾亦爱吾庐。
既耕亦已种，时还读我书。
穷巷隔深辙，颇回故人车。
欢然酌春酒，摘我园中蔬。
微雨从东来，好风与之俱。
泛览周王传，流观山海图。
俯仰终宇宙，不乐复何如？

（《读山海经诗十三首》其一）

陶渊明在他的《归去来兮辞》中说：“善万物之得时，感吾生之行休。”大自然最吸引诗人的是万物运行的自然、自由和整体的和谐，在此诗中，诗人的“情”与“境”的契合点正是“万物得时”。“众鸟欣有托，吾亦爱吾庐”隐然有万物各得其所之妙，此诗的意境昭示我们：诗人自己已融进自然，成为“万物”之一，他的感受也与“众鸟”一样，当“微雨从东来，好风与之俱”时，欣欣然陶醉于这和而美的境界中了。

意境说出现之后，人们阅读诗歌作品，往往就以有无意境、意境创造的成功与否来评价其成就的高下。自唐代以来，“意境”虽不是诗歌创作与鉴赏的唯一或最高标准，但起码是一个重要的标准。一首诗有没有清晰鲜明的意境，该意境能否给读者提供一个较大的想象空间，都是读者和批评家所关注的。意境有时信手拈来，妙境天成，更多时候则需要作者的提炼、开拓。古人有“炼字不如炼意”的说法，就是指意境的提炼。请看李白、杜甫的两首诗：

渡远荆门外，来从楚国游。
山随平野尽，江入大荒流。
月下飞天镜，云生结海楼。
仍怜故乡水，万里送行舟。

（李白《渡荆门送别》）

细草微风岸，危樯独夜舟。
星垂平野阔，月涌大江流。
名岂文章著，官应老病休。
飘飘何所似，天地一沙鸥。

（杜甫《旅夜书怀》）

李白诗写江天辽阔之景，兼叙送别之意。第二联描写荆州一带长江的气势，自然天成。大江从蜀地、楚地万山中奔出，到荆州流入千里平原，“山随平野尽”写荆门最贴切，向后望群山渐远，向前看大野茫茫，景象空阔壮观，是构成全诗意境的重要部分。比之于李白的妙境天成，杜甫诗的意境则显然是精心提炼而出。俞陛云先生说：“首叙江上旅夜，先言泊舟之地，次及泊舟之人，而寥寂之景，已可想见。三四言江干远眺，句极雄挺，与李白之‘山随平野尽’二句，大致相似，而状以‘垂’‘涌’二字，则意境全换。盖野阔则天幕四低，用一‘垂’字，见繁星之直垂天尽处，用一‘涌’字，见高浪驾空，挟月光而起伏。炼字精警无匹。”（《诗境浅说》）

唐陆龟蒙有咏物诗《白莲》：

素蘤多蒙别艳欺，此花真合在瑶池。
无情有恨何人觉，月晓风清欲堕时。

首二句起得平平，后两句却提炼出一种耐人寻味的意境，写出了白莲冷艳、幽独之神韵，融入作者的象外之意，给读者留下不尽的想象余地。此诗的品位也就提高了。

虽说“炼字不如炼意”，但炼字、炼句的实质也是炼意。请看以下二词：

水调数声持酒听，午醉醒来愁未醒。送春春去几时回？临晚镜，伤流景，往事后期空记省。　　沙上并禽池上暝，云破月来花弄影。重重帘幕密遮灯。风不定，人初静。明日落红应满径。

（张先《天仙子》）

东城渐觉风光好，縠皱波纹迎客棹。绿杨烟外晓寒轻，红杏枝头春意闹。　　浮生长恨欢娱少，肯爱千金轻一笑。为君持酒劝斜阳，且向花间留晚照。

（宋祁《玉楼春》）

张、宋二作炼字、炼句的特色十分明显，以至于宋人称张先“云破月来花弄影郎中”（张官至都官郎中），称宋祁“红杏枝头春意闹尚书”（宋曾任工部尚书）。二诗所锤炼之处正是创造意境的关键字句，所以王国维说：“‘红杏枝头春意闹’，着一‘闹’字而境界全出。‘云破月来花弄影’，着一‘弄’字而境界全出矣。”（《人间词话》）同样，我们熟悉的王安石名句“春风又绿江南岸”的锤炼过程，也正是炼出了意境。

意境的创造是由读者最后完成的。一首诗写完时，是作者的终点，读者的起点。作者用种种意象组成了他（她）的“意中之境”，读者接受了这些意象所传达的信息后，体会作者之心，并调动自己的全部审美经验，重新组合出自己的意中之境。这种体会与重组，也是一种再创造。这种重组，一方面应知人论世，体会诗心，以求得尽可能地接近作者原意；另一方面，则是“作者未必然，读者何必不然”，“有一千个读者就有一千个哈姆雷特”，读者可以借助于想象和联想，从作者的意境中获得更丰富的美的享受。如当代诗人舒婷的《船》：

一只小船
不知什么缘故
倾斜地搁浅在
荒凉的礁岸上

油漆还没褪尽
风帆已经折断
既没有绿树垂荫
连青草也不肯生长

满潮的海面
只在离它几米的地方
波浪喘息着
水鸟焦灼地扑打翅膀
无垠的大海
纵有辽远的疆域
咫尺之内
却丧失了最后的力量

隔着永恒的距离
他们怅然相望
爱情穿过生死的界线
世纪的空间
交织着万古长新的目光
难道真挚的爱
将随着船板一起腐烂
难道飞翔的灵魂
将终身监禁在自由的门槛

此诗的写作年代是1975年，对一代青年而言，那时代环境正是“连青草也不肯生长”的“荒凉的礁岸”，对真爱的追求，对精神自由的渴慕，是那样迫切，又是那样难以实现。于是，在诗中，搁浅在荒凉礁岸的“小船”，奔涌着呼唤“小船”的“大海”，相隔咫尺即成永恒的距离，隔着永恒相望的万古长新的目光……这一切构成了内蕴深厚、扣人心弦的意境。我们从中可读出环境的险恶、精神的痛苦，但同时也读出理想，读出爱情，读出困境中的挣扎，读出诗人禁锢不住的“飞翔的灵魂”。此诗的意境就是这样一个足以让读者沉浸其中领悟、感受、想象的艺术空间。

又李商隐《锦瑟》中的两联：

庄生晓梦迷蝴蝶，望帝春心托杜鹃。
沧海月明珠有泪，蓝田日暖玉生烟。

四句用了四个典故，同时也是用四个意蕴丰富的意象组成了一个意蕴更加丰富的意境。读者能充分领略意境的美感，但对这迷离恍惚的意境的内蕴的理解则是众说纷纭，如爱情说、悼亡说、咏物说、自伤身世说、自序诗集说等等。传统诗学要求诗歌“状难写之景如在目前，含不尽之意见于言外”（欧阳修《六一诗话》引梅尧臣语），历代读者从《锦瑟》的意境中，也读出了不尽的言外之意。

对读者来说，诗歌意境的魅力正在于这种开放性，在于这种再创造的诱惑。

【阅读】

之宣城郡出新林浦向板桥 ［南朝齐］谢朓

江路西南永，归流东北骛。
天际识归舟，云中辨江树。
旅思倦摇摇，孤游昔已屡。
既欢怀禄情，复协沧洲趣。
嚣尘自兹隔，赏心于此遇。
虽无玄豹姿，终隐南山雾。

夏日南亭怀辛大 ［唐］孟浩然

山光忽西落，池月渐东上。
散发乘夕凉，开轩卧闲敞。
荷风送香气，竹露滴清响。
欲取鸣琴弹，恨无知音赏。
感此怀故人，中宵劳梦想。

宿桐庐江寄广陵旧游 ［唐］孟浩然

山暝听猿愁，沧江急夜流。
风鸣两岸叶，月照一孤舟。
建德非吾土，维扬忆旧游。
还将两行泪，遥寄海西头。

竹里馆 ［唐］王维

独坐幽篁里，弹琴复长啸。

深林人不知，明月来相照。

闺怨　[唐] 王昌龄

闺中少妇不知愁，春日凝妆上翠楼。
忽见陌头杨柳色，悔教夫婿觅封侯。

送魏二　[唐] 王昌龄

醉别江楼橘柚香，江风引雨入舟凉。
忆君遥在潇湘月，愁听清猿梦里长。

山中问答　[唐] 李白

问余何事栖碧山，笑而不答心自闲。
桃花流水窅然去，别有天地非人间。

陪族叔刑部侍郎晔及中书贾舍人至游洞庭五首（其五）　[唐] 李白

帝子潇湘去不还，空余秋草洞庭间。
淡扫明湖开玉镜，丹青画出是君山。

送友人　[唐] 李白

青山横北郭，白水绕东城。
此地一为别，孤蓬万里征。
浮云游子意，落日故人情。
挥手自兹去，萧萧班马鸣。

春夜喜雨 ［唐］杜甫

好雨知时节，当春乃发生。
随风潜入夜，润物细无声。
野径云俱黑，江船火独明。
晓看红湿处，花重锦官城。

登高 ［唐］杜甫

风急天高猿啸哀，渚清沙白鸟飞回。
无边落木萧萧下，不尽长江滚滚来。
万里悲秋常作客，百年多病独登台。
艰难苦恨繁霜鬓，潦倒新停浊酒杯。

寄人 ［唐］张泌

别梦依依到谢家，小廊回合曲阑斜。
多情只有春庭月，犹为离人照落花。

华清宫三首（其三） ［唐］崔橹

门横金锁悄无人，落日秋声渭水滨。
红叶下山寒寂寂，湿云如梦雨如尘。

菩萨蛮 ［唐］无名氏

平林漠漠烟如织，寒山一带伤心碧。暝色入高楼，有人楼上愁。

玉阶空伫立，宿鸟归飞急。何处是归程？长亭连短亭。

瑶瑟怨［唐］温庭筠

冰簟银床梦不成，碧天如水夜云轻。
雁声远过潇湘去，十二楼中月自明。

梦江南（二首）［唐］温庭筠

千万恨，恨极在天涯。山月不知心里事，水风空落眼前花，摇曳碧云斜。
梳洗罢，独倚望江楼。过尽千帆皆不是，斜晖脉脉水悠悠，肠断白蘋洲。

浣溪沙［五代］孙光宪

蓼岸风多橘柚香，江边一望楚天长，片帆烟际闪孤光。
目送征鸿飞杳杳，思随流水去茫茫，兰红波碧忆潇湘。

生查子［宋］欧阳修

去年元夜时，花市灯如昼。月上柳梢头，人约黄昏后。
今年元夜时，月与灯依旧。不见去年人，泪湿春衫袖。

蝶恋花［宋］欧阳修

庭院深深深几许？杨柳堆烟，帘幕无重数。玉勒雕鞍游冶处，楼高不见章台路。　雨横风狂三月暮，门掩黄昏，无计留春住。泪眼问花花不语，乱红飞过秋千去。

踏莎行 ［宋］秦观

雾失楼台，月迷津渡，桃源望断无寻处。可堪孤馆闭春寒，杜鹃声里斜阳暮。　　驿寄梅花，鱼传尺素，砌成此恨无重数。郴江幸自绕郴山，为谁流下潇湘去？

苏幕遮 ［宋］周邦彦

燎沉香，消溽暑。鸟雀呼晴，侵晓窥檐语。叶上初阳干宿雨，水面清圆，一一风荷举。　　故乡遥，何日去？家住吴门，久作长安旅。五月渔郎相忆否？小楫轻舟，梦入芙蓉浦。

忆王孙 ［宋］李重元

萋萋芳草忆王孙，柳外楼高空断魂。杜宇声声不忍闻。欲黄昏，雨打梨花深闭门。

念奴娇·过洞庭 ［宋］张孝祥

洞庭青草，近中秋、更无一点风色。玉鉴琼田三万顷，着我扁舟一叶。素月分辉，明河共影，表里俱澄澈。悠然心会，妙处难与君说。　　应念岭海经年，孤光自照，肝肺皆冰雪。短发萧骚襟袖冷，稳泛沧浪空阔。尽挹西江，细斟北斗，万象为宾客。扣舷独啸，不知今夕何夕！

浣溪沙　［宋］吴文英

门隔花深梦旧游，夕阳无语燕归愁，玉纤香动小帘钩。
落絮无声春堕泪，行云有影月含羞，东风临夜冷于秋。

颍亭留别　［金］元好问

故人重分携，临流驻归驾。
乾坤展清眺，万景若相借。
北风三日雪，太素秉元化。
九山郁峥嵘，了不受陵跨。
寒波澹澹起，白鸟悠悠下。
怀归人自急，物态本闲暇。
壶觞负吟啸，尘土足悲咤。
回首亭中人，平林澹如画。

癸巳除夕偶成　［清］黄景仁

千家笑语漏迟迟，忧患潜从物外知。
悄立市桥人不识，一星如月看多时。

无题一　卞之琳

三日前山中的一道小水，
掠过你一丝笑影而去的，
今朝你重见了，揉揉眼睛看
屋前屋后好一片春潮。

百转千回都不跟你讲，
水有愁，水自哀，水愿意载你，
你的船呢？船呢？下楼去！
南村外一夜里开齐了杏花。

小楼 李白凤

山寺的长檐有好的磬声
江南的小楼多是临水的
水面的浮萍被晚风拂去
蓝天从水底跃出

小笛如一阵轻风
家家临水的楼窗开了
妻在点染着晚妆
眉间尽是春色

【思考】

1.“意境”和“意象”有什么联系？

2.前人论诗常说“一切景语皆情语也”，这应当如何理解？

3.你是否赞同“境由心造”说？为什么？

4.说说王昌龄《闺怨》和无名氏《菩萨蛮》(平林漠漠烟如织)的意境是如何形成的。

5.选取一两首你喜爱的诗歌，尝试参与“意境的再创造”。

第八讲

想象与联想

美国意象派诗歌代表人物庞德有一首名作《在地铁车站》：

人群中这些面孔幽灵般显现
湿漉漉的黑色枝条上的许多花瓣。

全诗简短且精练，诗人用鲜明、含蓄、凝练的意象传达出了丰富的意义。天是阴暗的，潮湿的空气中弥漫着一些让人颓废的气味。在城市某个“湿漉漉”的地铁站里，空气凝滞着，人们默然无语，只是习惯地、机械地沿着早已设定的轨迹运行着。生活仿佛失去了活力，诗人身处其中，感受到令人窒息的气息。突然，一张张天真无邪如花瓣般的儿童面孔出现在这沉闷的地铁站中，他们带来了生机与活力，仿佛一道温暖的阳光洒进了地铁站里每一个人的心中……

为什么这么短小的一首诗却能传达出如此深厚的含义呢？为什么我们从一些简单的意象叠加中却能品味出如此丰富的言外之意呢？这就是想象与联想的作用。

所谓“想象”，是在原有感性形象的基础上创造出相关形象的心理过程，它和知觉、感觉、记忆、思维一样，都是人们在生产、生活实践中发生和发展起来的。人类的一切创造性活动都离不开想象，正如爱因斯坦所说：“想象比知识更重要。因为知识是有限的，而想象力概括着世界上的一切，推动着进步，并且是知识进化的源泉。”

所谓“联想”，是一种由此人、此事、此景而想到与之相关的彼人、彼事、彼景的思维方法，是由一事物过渡到另一事物的心理过程。当人们由当前事物回忆起与之有关的另一事物，或者由想起的一件事物又波及另一件事物时，都离不开联想。

想象和联想，既是人类的思维方法，也是文学艺术的创作方法。离开了想象和联想，文学艺术就如同折翼的鸟儿，无法海阔天空自由飞翔。

毫无疑问，诗歌创作与鉴赏都需要想象与联想。

文学的表现技巧很多，但大致不脱直接与间接两种路径：直接的文学表现方式通常使用白描的手法，将所见、所思、所感一览无遗地传达出来，给人强烈的直观感受。但也正因为如此，这种表现方式留给读者的发挥空间相对狭小，不同的人对诗人所要传达的意义的理解差异不大；间接的文学表现方式比较含蓄，诗人通常需要充分运用各种艺术表达手段，将丰富的情感与寓意包蕴于有限的篇幅中，因此读者可以有更广阔的天地进行“再创造”。在这些艺术表达方式中，想象与联想就是诗人最常用的基本方式。

直接的表现方式如：

结庐在人境，而无车马喧。
问君何能尔？心远地自偏。
采菊东篱下，悠然见南山。
山气日夕佳，飞鸟相与还。
此中有真意，欲辩已忘言。

（陶渊明《饮酒》之五）

诗人采菊东篱，悠然自得，又逢山气特佳、飞鸟投林的黄昏，大自然的一切都显得和融淳净。此时的诗人，超然冥邈，神逸方外，他的心境与大自然融为一体。诗人将自己的主观心境与客观环境浑融妙合，用冲淡、平和的语言将二者和盘托出，感情的表达是那么的直接、自然。又如：

敕勒川，阴山下。
天似穹庐，笼盖四野。
天苍苍，野茫茫。风吹草低见牛羊。

（北朝民歌《敕勒歌》）

天高云淡，阴山苍莽，草原辽阔，风吹草动，牛羊成群……这一切为我们展现出一幅令人心旷神怡的风景画。全诗只用了二十七个字，就形象地描绘出辽阔无垠的大草原和草原上牧民们自由自在的游牧生活。没有藻饰，诗人只用画笔就轻轻勾勒出一幅美丽无比的画卷，难怪北宋诗人黄庭坚曾发出“仓卒之间，语奇如此，盖率意道事实耳”（《山谷题跋》卷七）的感叹。而这样“率意道事实”的表达带给读者的则是另一种美感：

君问归期未有期，巴山夜雨涨秋池。
何当共剪西窗烛，却话巴山夜雨时。

（李商隐《夜雨寄北》）

诗人在秋雨绵绵之夜、远离北方家乡之处，触景生情，展开想象的翅膀，穿越过时间与空间的界限，细腻地勾画出一幅温馨的剪烛夜话图：良朋胜侣相聚，秉烛夜谈，那是何等的亲密与温暖。到了那时，夜谈的话题中，也必然会提及今夜巴山夜雨中的思念之情吧。全诗前两句实写现实的孤单，后两句想象相会的喜悦。离愁是实，欢聚是虚，孤独愁绪里有对未来的憧憬，将来的欢聚中又必然含有回忆的酸楚。若非驰骋想象，怎能写出如此丰富、细腻又曲折的人类情感？

通过以上直接与间接文学表现路径的对比我们不难发现：想象与联想在文学创作中发挥着极其重要的作用。关于这一点，晋代文学家陆机最早在他的《文赋》中做了简要的阐述："观古今于须臾，抚四海于一瞬"，"恢万里而无阂，通亿载而为津"。艺术想象驰骋于穷高极远的空间，突破上下古今的限制，可以使情感更加鲜明，物象更加清晰。

南朝刘勰在陆机观点的基础上，进行了更加深入的探讨，对于想象与联想在文学创作中的重要作用进行了系统阐述，他的这一观点集中体现在《文心雕龙·神思》中。

《神思》篇开篇便开宗明义地指出，想象是"形在江海之上，心存魏阙之下"，即是说想象就是身在此而心在彼，是可以不受客观局限的艺术思维活动。接着，刘勰进一步描绘出想象发生时的状态，"寂然凝虑，思接千载；悄焉动容，视通万里；吟咏之间，吐纳珠玉之声；眉睫之前，卷舒风云之色"，作家在沉思遐想之际，心思可以触及千年以上的事情，眼睛似乎可以看到万里之外的事物：

海客谈瀛洲，烟涛微茫信难求。
越人语天姥，云霓明灭或可睹。
天姥连天向天横，势拔五岳掩赤城。
天台四万八千丈，对此欲倒东南倾。
我欲因之梦吴越，一夜飞度镜湖月。
湖月照我影，送我至剡溪。
谢公宿处今尚在，渌水荡漾清猿啼。
脚着谢公屐，身登青云梯。
半壁见海日，空中闻天鸡。
千岩万转路不定，迷花倚石忽已暝。
熊咆龙吟殷岩泉，栗深林兮惊层巅。
云青青兮欲雨，水澹澹兮生烟。
列缺霹雳，丘峦崩摧。洞天石扉，訇然中开。
青冥浩荡不见底，日月照耀金银台。
霓为衣兮风为马，云之君兮纷纷而来下。
虎鼓瑟兮鸾回车，仙之人兮列如麻。
忽魂悸以魄动，恍惊起而长嗟。
惟觉时之枕席，失向来之烟霞。
世间行乐亦如此，古来万事东流水。
别君去兮何时还？
且放白鹿青崖间，须行即骑访名山。
安能摧眉折腰事权贵，使我不得开心颜！

（李白《梦游天姥吟留别》）

全诗既写梦境，也写现实，思绪极灵动。诗人以淋漓挥洒、心花怒放的诗笔，尽情地、无拘无束地舒展开想象的翅膀，将神话传说和实境奇幻地交织在一起。“梦游”即想象之游，诗人用丰富奇特的想象构筑起一个神奇世界，在这个世界中他经历了种种精神上的历险和追求，让苦闷、郁悒的心灵在这里获得真正的自由。在梦境高潮处，诗人陡然收笔，猛然之间跌回现实世界，凸现出现实的黑暗与梦中幻境的美好，于是诗人不得不发出“安能摧眉折腰事权贵，使我不得开心颜”的呼喊。全诗兴到笔随，酣畅淋漓地倾泻感情，完全不受形式的束缚，瑰丽奇特的想象使诗人超越了时间、空间的局限，纵横于天地之间，驰骋于历史的轨迹之中。

当然，想象与联想也不是凭个人的闪念所得，更不能漫无边际地胡思乱想。正如刘勰所说，“思理为妙，神与物游”，想象和联想不是来自凌虚蹈空的主观冥想，而是源自对客观物象的观察与感受，想象活动必须建立在现实的基础之上。因此，诗人要想展开想象与联想的翅膀飞翔起来，就要善于把握事物之间的内在联系和底蕴，充分发挥自身的创造性和激情，让心灵得到真正的自由。

游人脚底一声雷，满座顽云拨不开。
天外黑风吹海立，浙东飞雨过江来。
十分潋滟金樽凸，千杖敲铿羯鼓催。
唤起谪仙泉洒面，倒倾鲛室泻琼瑰。

（苏轼《有美堂暴雨》）

炸雷起于脚底，可见大雨来势之猛；顽云拨不开，形容乌云铺天盖地，无可躲避。只此两句便绘声绘色地描绘出吴山绝顶暴雨将至的景象。“天外黑风吹海立，浙东飞雨过江来”，暴雨倾泻而下，使作者联想到仿佛天外来的一股黑风把大海都掀立起来，形成这场从钱塘江（浙江）以东飞临的大雨。诗人飞腾的想象并没有就此打住，而是笔锋一转，更加奇特的联想跃然纸上，“唤起谪仙泉洒面，倒倾鲛室泻琼瑰”。这里，诗人通过联想，巧妙地运用了两个典故:《旧唐书·李白传》载，唐玄宗谱好一支新曲，召李白来填词。李白正大醉未醒，玄宗便命人以水洒面，李白即醒，马上写出十几首好诗；另据《述异记》，南海有鲛人，眼泪能化为珍珠。在诗人看来，这一场暴雨也许是老天爷为了使憨醉的李白迅速清醒，写出更多气势如翻江倒海的诗篇，所以便将海底的水倾倒而出形成的。同时，“倒倾”句也语意双关，说被唤醒的谪仙李白将像倒倾鲛室一般写出无数明珠美玉似的诗句。

暴雨是谁都经历过的，但只有诗人，才能够从这种常见但又稍纵即逝的景物中触发浪漫奇特的想象和联想，抒写出动人的篇章。如果说精细的观察、深刻的体验为诗人采集了丰富的矿石，那么活跃的联想、飞腾的想象则是对这些矿石的冶炼和加工。

诗歌的语言是高度凝练的语言，诗人在短短数行字中往往需要包含尽可能广博的内容，表达尽可能丰富的情感，在有限的文字中传达无限的蕴意。因此，诗句间的跳跃性很大，而要实现这种跳跃又要使诗意得到准确完整的传达，想象和联想是一种重要的手段。

斗酒彘肩，风雨渡江，岂不快哉！被香山居士，约林和靖，与东坡老，驾勒吾回。坡谓“西湖，正如西子，浓抹淡妆临镜台”。二公者，皆掉头不顾，只管衔杯。　　白云“天竺去来，图画里、峥嵘楼阁开。爱东西双涧，纵横水绕；两峰南北，高下云堆”。逋曰“不然，暗香浮动，争似孤山先探梅”。须晴去，访稼轩未晚，且此徘徊。　　（刘过《沁园春》）

诗人通过奇绝的想象，让三位不同时代的诗人白居易、林逋、苏轼与自己同在西湖酌酒聊天，接着三人各以自己的名句赞颂西湖、天竺、孤山之美。全篇均用对话体，将各人的名句化为口语，想落天外，奇趣横溢，杭州美景便在诗人们的谈笑风生间自然呈现。

月光淡淡
笼罩着村外的松林
白云团团
漏出了几点疏星
天河何处
远远的海雾模糊
怕会有鲛人在岸
对月流珠　　（郭沫若《静夜》）

在以上这首诗中，诗人先描绘了一幅宁静的月夜晚景图：月色朦胧，树影婆娑，流云浮动，疏星点点，仿佛将人带入一个似真似幻的世界。接着，诗人的思绪乘着想象的翅膀飞向那茫茫夜空，由天河想到鲛人泣珠的传说，哀伤、无奈、惆怅便在这清冷月色的笼罩下在诗行中静静地流淌。

诗人的灵感看似偶然，实则必然，纤思妙得，来自长期积累。只有善于观察、善于感受的人，才能对生活中那些看似微不足道的事与物有着敏锐的感知，才更易于触类旁通，浮想联翩，文思泉涌。

诗歌创作离不开想象与联想，诗歌阅读也同样需要想象与联想。

优秀的诗歌既不是对客观物象的机械描摹，也不会将主观感情平铺直叙。由于篇幅短小，诗歌将更多的细节隐藏在文字背后，将更多的情感渗透于字里行间。正是因为诗所具有的这种“曲写心灵”的特点，所以在欣赏诗歌的过程中，读者需要运用想象、联想等方法，调动自己的情感去理解、感受、体味，补充诗人有意留下的空白，将诗人用文字描写的事物的情状在自己脑海中重现出来，与诗人产生强烈的共鸣，对诗歌进行“再创造”。

诗歌的阅读、欣赏始终离不开想象与联想活动。作者奉献给读者的诗歌，有如电影的蒙太奇手法，呈现在我们面前的是一个接一个的意象，交替着的是一个又一个的镜头，意象之间、镜头之间留下了大量的空白，给予观众广阔的空间去进行再创作，获得更高的艺术享受。

吴丝蜀桐张高秋，空山凝云颓不流。
江娥啼竹素女愁，李凭中国弹箜篌。
昆山玉碎凤凰叫，芙蓉泣露香兰笑。
十二门前融冷光，二十三丝动紫皇。
女娲炼石补天处，石破天惊逗秋雨。
梦入神山教神妪，老鱼跳波瘦蛟舞。
吴质不眠倚桂树，露脚斜飞湿寒兔。

（李贺《李凭箜篌引》）

在秋高气爽的时节，国内一流的箜篌演奏家开始了一次精彩的演奏。从那弦上流出的乐音，使天空中的行云也停住脚步，侧耳聆听。这奇妙的乐曲忽而变得低沉、凄婉，它那如泣如诉的声调，竟使娥皇、女英也被感动得在斑竹林中悲啼洒泪；它那低回婉转的倾诉，就连那善弹悲哀乐曲的神女，也禁不住愁思缠绵。这乐声时而众弦齐鸣，仿若玉碎山崩；时而一弦独响，轻灵宛如凤凰鸣叫。这乐声时而哀怨、忧伤，仿若残荷泣露；时而欢快、明朗，宛如兰花含笑。和美的乐声飘到天庭，感动了天帝紫皇，进而直冲九霄，惊破了女娲用五色石修补的苍天，天裂出，洒落一阵秋雨。听众如梦如幻，仿佛进入仙境：技艺高超的演奏者在这仙境中教神女弹奏，让那潜藏在深谷幽涧里的大鱼长蛟，也被感动得随着波浪翻腾起舞。月宫里，辛劳了一天的吴刚和玉兔也倚着桂树入神地倾听那袅袅不尽的余音，任凭广寒宫清冷的露水濡湿了自己。此情此景，怎不让人感叹“此曲只应天上有，人间能得几回闻”。

李贺这首听乐诗用想象构建了一个奇异的感觉与幻觉境界，无时空制约，无人神界限，虚荒诞幻，光怪陆离，美得极其独特。读者只有展开想象和联想的翅膀，才能和李贺这位以想象奇特著称的诗人一起去遨游这交响音画的神奇境界。离开了想象与联想，读者便无法进入诗人所营造的诗歌境界，无法体会到诗歌独特的美。

中国古典诗词意象的组合，借助了汉语语法意合的特点，词语与词语之间，意象与意象之间可以直接拼合，甚至可以省略起连接作用的词语。例如辛弃疾的“明月别枝惊鹊，清风半夜鸣蝉”（《西江月》），温庭筠的“鸡声茅店月，人迹板桥霜”（《商山早行》），前者以名词为主，后者全部是名词的连缀，却营造出一种非同凡响的意境。从表面看，一个个的“象”似乎是孤立的：“明月”、“别枝”、“惊鹊”，“人迹”、“板桥”、“霜”似乎是完全不相关的两组词，但它们拼合在一起却产生了意想不到的效果。因为，在“意”这方面它们之间有着一种内在的深沉的联系，似离还合，似断实连，给读者留下了想象的空间和再创造的可能：前者为我们营造出一个声色兼备、动静咸宜的深幽意境，描绘出农村夏夜的幽美景色，形象生动逼真，笔触轻快活泼，使人有如身临其境；后者构成了一幅远方游子早行的清冷图景，残月依然挂在天边，鸡鸣却唤醒游子早早上路，在被白霜覆盖的板桥上，留下早行人的足迹。

明代何景明在《与李空同论诗书》中说：“诗文有不可易之法者，辞断而意属，联类而比物也。”诗人辞断意属，诗歌本身表现出很强的跳跃性。跳跃的结果是诗歌中留下大量的空白，读者可以根据自己的生活经历和审美感受去填补这些空白，还原诗歌的场景。如欧阳修《蝶恋花》："雨横风狂三月暮，门掩黄昏，无计留春住。"诗人只用"门掩黄昏"四个字便勾勒出一幅画面，给我们无穷的想象：究竟是黄昏时将门掩上，还是将黄昏掩在门外，抑或黄昏时分，欲将春光掩于门内而不得。无论是哪一种解答，我们都可以想见画中人的孤单、寂寞与惆怅。正如王琦评价李白的《独漉篇》那样，"峰断云连，似离实合"，优秀的诗篇都能让读者品味出那其中包蕴深广的独特韵味。

正因为中国古典诗人在诗词创作中对想象和联想的大量而成功的运用，在今天流传下来的诗篇中，有些想象与联想已经形成了它固定的含义：

看到明月，我们的思绪就会自动链接到"思念"：

海上生明月，天涯共此时。　　（张九龄《望月怀远》）
露从今夜白，月是故乡明。　　（杜甫《月夜忆舍弟》）
人有悲欢离合，月有阴晴圆缺，此事古难全。
但愿人长久，千里共婵娟。　　（苏轼《水调歌头》）
辛苦最怜天上月。一昔如环，昔昔都成玦。
若似月轮终皎洁，不辞冰雪为卿热。　　（纳兰性德《蝶恋花》）

见到杨柳，心中不免涌上离情别绪：

多情自古伤离别，更那堪、冷落清秋节。今宵酒醒何处，杨柳岸、晓风残月。　　（柳永《雨霖铃》）

玉楼明月长相忆，柳丝袅娜春无力。门外草萋萋，送君闻马嘶。

（温庭筠《菩萨蛮》）

柳阴直，烟里丝丝弄碧。隋堤上、曾见几番，拂水飘绵送行色。登临望故国。谁识京华倦客。长亭路，年去岁来，应折柔条过千尺。　　闲寻旧踪迹。又酒趁哀弦，灯照离席，梨花榆火催寒食。愁一箭风快，半篙波暖，回头迢递便数驿，望人在天北。　　凄恻。恨堆积。渐别浦萦回，津堠岑寂，斜阳冉冉春无极。念月榭携手，露桥闻笛，沉思前事，似梦里，泪暗滴。

（周邦彦《兰陵王·柳》）

另外，孤鹤闲云折射出落寞的情怀，浮云象征着漂泊无定，流水预示年华逝去，“青青河畔草”暗示“绵绵思远道”……

在新诗中，因为结构、形式更加自由，这种诗行间的“空白”便更加常见了。因此，读者需要运用联想弥补这些空白，将孤立的意象整合起来，融入诗歌这一整体中，同时运用想象进入诗歌的艺术境界，与诗人产生“共鸣”。

静默是睡熟的莲花
对着夏天的太阳
是深山的一片落叶
跌落到无底的深渊
是永远喧腾的大海下面
蓝色深处游动的鱼群
是一个忧郁的少女的脸

闪现在关闭了的窗前
是一张发黄了的照片
是星星倔强而又爱恋的眼睛
是在乐队的热烈进行中
一个突然出现的休止符
啊，静默，我又分外地爱你
你是更强有力的声音
你是无声中的生命

（刘湛秋《静默是睡熟的莲花》）

“静默”是一种听觉感，诗人却调动奇特的想象和联想，以一系列用视觉才能感知的事物将它形象地展示出来。在诗人的笔下，我们感受到，静默不是沉静，不是死寂，更不意味着终结。静默是一种蓄势待发的力量，是生命勃发前的积累与成长，是心灵苏醒前的呼唤与感召。静默是一种神奇的力量，它如同熟睡的莲花，无声地展现着它动人的美丽。

【阅读】

饮马长城窟行　［汉］无名氏

青青河畔草，绵绵思远道。
远道不可思，宿昔梦见之。
梦见在我傍，忽觉在他乡。
他乡各异县，展转不相见。
枯桑知天风，海水知天寒。

入门各自媚，谁肯相为言！
客从远方来，遗我双鲤鱼。
呼儿烹鲤鱼，中有尺素书。
长跪读素书，书中竟何如？
上言加餐饭，下言长相忆。

蜀道难 ［唐］李白

噫吁嚱，危乎高哉！蜀道之难，难于上青天！
蚕丛及鱼凫，开国何茫然！
尔来四万八千岁，不与秦塞通人烟。
西当太白有鸟道，可以横绝峨眉巅。
地崩山摧壮士死，然后天梯石栈相钩连。
上有六龙回日之高标，下有冲波逆折之回川。
黄鹤之飞尚不得过，猿猱欲度愁攀援。
青泥何盘盘，百步九折萦岩峦。
扪参历井仰胁息，以手抚膺坐长叹。
问君西游何时还？畏途巉岩不可攀。
但见悲鸟号古木，雄飞雌从绕林间。
又闻子规啼夜月，愁空山。
蜀道之难，难于上青天，使人听此凋朱颜！
连峰去天不盈尺，枯松倒挂倚绝壁。
飞湍瀑流争喧豗，砯崖转石万壑雷。
其险也如此，嗟尔远道之人胡为乎来哉！
剑阁峥嵘而崔嵬，一夫当关，万夫莫开。

所守或匪亲，化为狼与豺。
朝避猛虎，夕避长蛇；磨牙吮血，杀人如麻。
锦城虽云乐，不如早还家。
蜀道之难，难于上青天，侧身西望长咨嗟！

白云歌送刘十六归山　［唐］李白

楚山秦山皆白云，白云处处长随君。
长随君，君入楚山里，云亦随君渡湘水。
湘水上，女萝衣，白云堪卧君早归。

陪族叔刑部侍郎晔及中书贾舍人至游洞庭五首（其二）［唐］李白

南湖秋水夜无烟，耐可乘流直上天。
且就洞庭赊月色，将船买酒白云边。

公无渡河　［唐］李白

黄河西来决昆仑，咆哮万里触龙门。
波滔天，尧咨嗟。大禹理百川，儿啼不窥家。
杀湍堙洪水，九州始蚕麻。其害乃去，茫然风沙。
披发之叟狂而痴，清晨径流欲奚为？
旁人不惜妻止之，公无渡河苦渡之。
虎可搏，河难凭，公果溺死流海湄。
有长鲸白齿若雪山，公乎公乎挂罥于其间。
箜篌所悲竟不还。

与浩初上人同看山寄京华亲故 ［唐］柳宗元

海畔尖山似剑铓，秋来处处割愁肠。
若为化得身千亿，散上峰头望故乡。

苏小小墓 ［唐］李贺

幽兰露，如啼眼。
无物结同心，烟花不堪剪。
草如茵，松如盖，风为裳，水为佩。
油壁车，夕相待。冷翠烛，劳光彩。
西陵下，风吹雨。

金铜仙人辞汉歌 ［唐］李贺

茂陵刘郎秋风客，夜闻马嘶晓无迹。
画栏桂树悬秋香，三十六宫土花碧。
魏官牵车指千里，东关酸风射眸子。
空将汉月出宫门，忆君清泪如铅水。
衰兰送客咸阳道，天若有情天亦老。
携盘独出月荒凉，渭城已远波声小。

生查子 ［五代］牛希济

春山烟欲收，天淡星稀小。残月脸边明，别泪临清晓。
语已多，情未了，回首犹重道：记得绿罗裙，处处怜芳草。

踏莎行　［宋］欧阳修

候馆梅残，溪桥柳细，草熏风暖摇征辔。离愁渐远渐无穷，迢迢不断如春水。　寸寸柔肠，盈盈粉泪。楼高莫近危栏倚。平芜尽处是春山，行人更在春山外。

王充道送水仙花五十枝，欣然会心，为之作咏　［宋］黄庭坚

凌波仙子生尘袜，水上轻盈步微月。
是谁招此断肠魂，种作寒花寄愁绝。
含香体素欲倾城，山矾是弟梅是兄。
坐对真成被花恼，出门一笑大江横。

青玉案　［宋］贺铸

凌波不过横塘路，但目送，芳尘去。锦瑟华年谁与度？月桥花院，琐窗朱户，只有春知处。　碧云冉冉蘅皋暮，彩笔新题断肠句。试问闲愁都几许？一川烟草，满城风絮，梅子黄时雨。

采桑子　［宋］吕本中

恨君不似江楼月，南北东西，南北东西，只有相随无别离。
恨君却似江楼月，暂满还亏，暂满还亏，待得团圆是几时？

菩萨蛮·赏心亭为叶丞相赋　［宋］辛弃疾

青山欲共高人语，联翩万马来无数。烟雨却低回，望来终不来。
人言头上发，总向愁中白。拍手笑沙鸥，一身都是愁。

八声甘州·灵岩陪庾幕诸公游 [宋]吴文英

渺空烟四远，是何年、青天坠长星？幻苍崖云树，名娃金屋，残霸宫城。箭径酸风射眼，腻水染花腥。时靸双鸳响，廊叶秋声。　　宫里吴王沉醉，倩五湖倦客，独钓醒醒。问苍天无语，华发奈山青！水涵空，阑干高处，送乱鸦斜日落渔汀。连呼酒，上琴台去，秋与云平。

蝶恋花 [清]纳兰性德

辛苦最怜天上月，一昔如环，昔昔都成玦。若似月轮终皎洁，不辞冰雪为卿热。　　无那尘缘容易绝，燕子依然，软踏帘钩说。唱罢秋坟愁未歇，春丛认取双栖蝶。

炉中煤——眷念祖国的情绪 郭沫若

啊，我年青的女郎！
我不辜负你的殷勤，
你也不要辜负了我的思量。
我为我心爱的人儿
燃到了这般模样！

啊，我年青的女郎！
你该知道了我的前身？
你该不嫌我黑奴卤莽？

要我这黑奴的胸中，
才有火一样的心肠。

啊，我年青的女郎！
我想我的前身
原本是有用的栋梁，
我活埋在地底多年，
到今朝才得重见天光。

啊，我年青的女郎！
我自从重见天光，
我常常思念我的故乡，
我为我心爱的人儿
燃到了这般模样！

古神祠前 戴望舒

古神祠前逝去的
暗暗的水上，
印着我多少的
思量底轻轻的脚迹，
比长脚的水蜘蛛，
更轻更快的脚迹。

从苍翠的槐树叶上，
它轻轻地跃到
饱和了古愁的钟声的水上，
它掠过涟漪，踏过荇藻，
跨着小小的，小小的
轻快的步子走。
然后，踌躇着，
生出了翼翅……

它飞上去了
这小小的蜉蝣，
不，是蝴蝶，它翩翩飞舞，
在芦苇间，在红蓼花上；
它高升上去了，
化作一只云雀，
把清音撒到地上……
现在它是鹏鸟了。
在浮动的白云间，
在苍茫的青天上，
它展开翼翅慢慢地，
作九万里的翱翔，
前生和来世的逍遥游。

它盘旋着，孤独地，

在迢遥的云山上，
在人间世的边际，
长久地，固执到可怜。

终于，绝望地
它疾飞回到我心头
在那儿忧愁地蛰伏。

律 李金发

月儿装上面幕，
桐叶带了愁容，
我张耳细听，
知道来的是秋天。

树儿这样清瘦，
你以为是我攀折了
他的叶子么？

春天，遂想起（节选） 余光中

春天，遂想起
江南，唐诗里的江南，九岁时
采桑叶于其中，捉蜻蜓于其中
可以从基隆港回去的

江南
小杜的江南
苏小小的江南

遂想起多莲的湖，多菱的湖
多螃蟹的湖，多湖的江南
吴王和越王的小战场
那场战争是够美的
逃了西施
失踪了范蠡
失踪在酒旗招展的
从松山飞三小时就到的
乾隆皇帝的江南

春天，遂想起遍地垂柳
的江南，想起
太湖滨一渔港，想起
那么多的表妹，走在柳堤
（我只能娶其中的一朵！）
走过柳堤，那许多表妹
就那么任伊老了
任伊老了，在江南
（喷射云三小时的江南）

即使见面，她们也不会陪我
陪我去采莲，陪我去采菱
即使见面，见面在江南
在杏花春雨的江南
在江南的杏花村
（借问酒家何处）
何处有我的母亲

红草莓　傅天琳

在你的弦上摘了一颗
我就成为你的歌谣
红草莓的歌谣
感人而又感情的红草莓

我和你只有一个太阳
六月的莱茵河畔的太阳
照不化我，照不化你
多汁的太阳滴出怀念
古典的少年维特式的
怀念中的红草莓

草莓有一棵菩提树
菩提树有一段被汽车扔下的路

路边有一个小酒店
小酒店有一张蓝餐巾
蓝餐巾写着很多草莓
我和你同采一颗草莓

你这德语字母
你这哲学
你这多汁的鸟儿，你这
穿越植物音波的红草莓
愈走愈生
而你仅仅是一颗草莓
草莓仅仅为心而红

【思考】

1. 想象和联想在诗中有何重要作用？试举出你所熟悉的诗歌加以对比分析。

2. 想象与联想有何区别与联系，诗歌中这二者是否可以截然分开？请在中外诗歌中找出一二首说明你的观点。

第九讲

时间与空间

在中国传统诗歌中，时间与空间这两个要素居于什么样的地位？优秀的诗人们是如何妙用时空艺术的？时间和空间在诗中重新建构以后魅力何在？

要谈论中国古典诗歌的时空艺术，必然会涉及中国古代的时空观。诗不是哲学，但世界各民族的文学背后都是有哲学背景的，诗尤其是。如陶渊明说“此中有真意，欲辨已忘言”时，支撑他的就是庄子哲学的深厚背景。

《论语·子罕》记载：“子在川上，曰：逝者如斯夫，不舍昼夜。”孔子看见滔滔滚滚的流水，触景生情，感叹说：人生啊就是这样，时间就像流水一样日夜不停地流逝了。哲理的意味很强也很抒情。后代的解说者往往从逝者如斯、不舍昼夜找出一种励志的味道：人生短促，要积极地有所作为。而孔子当时，并没有多说，只是表现出对“时间”的高度敏感。

庄子的时空观则更引人深思：

朝菌不知晦朔，蟪蛄不知春秋，此小年也。楚之南有冥灵者，以五百岁为春，五百岁为秋；上古有大椿者，以八千岁为春，八千岁为秋，此大年也。而彭祖乃今以久特闻，众人匹之，不亦悲乎！

——《庄子·逍遥游》

天下莫大于秋毫之末，而太山为小；莫寿于殇子，而彭祖为夭。

——《庄子·齐物论》

世界上有无数生物，它们生命的长短差异太大。朝菌朝生暮死，生命只有一天，因此根本不知晦朔。晦是农历每月的最后一天，朔是第一天，不知晦朔就是没有时间的“月”这个概念。蟪蛄这种昆虫的生命只有一个季节，春生夏死，夏生则秋死，因此这种昆虫没有一年四季的概念。庄子说，如果按我们人类的标准去比，它们就是生命极短促的生物。但是世上还有寿命长得不得了的生物：南楚有大龟冥灵，五百年才是它的一季；上古有大椿树，八千年才是它的一季。还有传说中的彭祖据说活了八百岁，如果我们大家都去跟彭祖比寿命，那不是很悲惨吗？庄子大量运用神话和传说，听起来虚幻荒诞，其实是用一种相对主义的观点，说明在宇宙之中生命的长短是相对的。

以这种相对观看空间和时间，秋毫小到极点，但我们肉眼看不到的物质里比它小的多的是；泰山大到极点，放到宇宙里一比，它又是极小的。换了参照物，秋毫就最大，泰山就最小。同理，襁褓中就夭折的婴儿和朝菌蟪蛄比是长寿者；活了八百岁的彭祖比之于冥灵大椿就算是夭折的。因此庄子就说“方生方死，方死方生”“天地与我并生，而万物与我为一”。在大自然的运行当中，人也好，万物也好，都是一边生一边死，一边死一边生，万物运转不休，生生不息。生死寿夭，都不必太介意，只要将自己看成自然的一个元素，顺应着大自然的运行规律，就可以天地与我并生、万物与我为一了。

庄子这种极富想象力的时空观对后人极有启发。中国文学诗情与哲思中随处可见庄子哲学的深刻影响。陶渊明在诗中说“纵浪大化中，不喜亦不惧”（《形影神》），苏轼在《前赤壁赋》中借水与月为比喻："客亦知夫水与月乎？逝者如斯，而未尝往也；盈虚者如彼，而卒莫消长也。盖将自其变者而观之，则天地曾不能以一瞬；自其不变者而观之，则物与我皆无尽也。"

我们中国文学中的达观的一路非常明确地直承庄子哲学，表达着人与万物融而为一的精神。

尽管如此，前代的文学家们面对茫茫宇宙、短促人生，还是有诉不尽的感伤：

> 当其欣于所遇，暂得于己，快然自足，曾不知老之将至；及其所之既倦，情随事迁，感慨系之矣。向之所欣，俯仰之间，已为陈迹，犹不能不以之兴怀；况修短随化，终期于尽。古人云："死生亦大矣。"岂不痛哉！
>
> ——王羲之《兰亭集序》

自己心情很好时，良辰美景，赏心乐事，快然自足，不知老之将至。但逝者如斯，今天的曲水流觞、兰亭雅集，俯仰之间欢乐就过去了，成为陈迹。一想到此就会感伤。一次雅集尚且如此，更何况人生无论长短都是随着自然大化，最后走向终点。虽然懂得修短随化，明白我与万物同一的道理，但人之为人，终究是对生死有许多感慨的。——这就是哲学与文学的不同。哲学可以让我们看得很开很超脱，文学虽有哲学的背景，可是依然有"岂不痛哉"的感伤。

生命是如此的有限，而宇宙却是永恒的。多情敏感者如诗人，无法释怀，于是借手中的诗笔驰骋于天地之间，纵横古今，以无限广大的另一个空间、无限悠长的另一个时间，来对抗我们每一个个体此生有限的时间和空间，聊以慰藉自己那颗不能宁静的敏感的心。

存在于诗歌当中的时间和空间是不能以我们日常生活经验中的时空来衡量的。在诗人那里是经过了漫长酝酿的心理时空，而在诗中呈现出来的则是艺术时空。

请留意“现实时空”“心理时空”“艺术时空”这三个概念的不同。

现实时空是写实的，即我们日常生活中的时间和空间。心理时空已经是诗人加进联想、想象甚至幻想的非现实时空了。而艺术时空则是诗人有意识地做过艺术处理的心理时空，它已是重新建构的诗的时空了。

刘勰《文心雕龙·神思》曰“神与物游”、“思接千载”、“视通万里”；英国诗人布莱克（Blake）说“一粒沙里见世界，一朵花里见天国；手掌里盛住无限，一刹那便是永劫”，正是指这种属于诗的心理时间与空间状态：超越了或是说独立于现实生活之外——诗人在一刹那间顿悟到人生的奥秘、在一瞬间里走过人生的百年；在历史与未来间任意穿梭、融入属于永恒的历史长河里，或者让时间在某个临界点戛然停止……这时，颜色的光芒可以听见，声音可以看见、桑田沧海都散发出迷茫的幽香……这是一种通觉，经过漫长的心理酝酿，混入诗人的记忆、经验和当下的生存状态，形成无限的心理空间，代表着整个人类的记忆在说话——因其凝练，所以无限。

不同的时空被重叠，“蒙太奇”式地被呈现，这种写作方式普遍被用于咏史诗中。面对层层历史所过滤下来的遗迹，诗人的思维不再局限于他所身处的那时那地，而是游刃于万物间，徜徉在时间的长河里，抚今怀古。《古诗十九首》云“生年不满百，常怀千岁忧”，也许正是因了诗人内心的敏感而得以无限接近那已经逝去的时光，然后在诗人的心灵上留下不属于他所生存的那个时代的忧愁，而又不可磨灭：

山围故国周遭在，潮打空城寂寞回。
淮水东边旧时月，夜深还过女墙来。

（刘禹锡《金陵五题·石头城》）

六朝遗迹此空存，城压沧波到海门。
万里江山来醉眼，九秋天地入吟魂。
于今玉树悲歌起，当日黄旗王气昏。
人事不同风物在，怅然犹得对芳樽。

（王珪《游赏心亭》）

只有清霜冻太空，更无半点荻花风。
天开云雾东南碧，日射波涛上下红。
千载英雄鸿去外，六朝形胜雪晴中。
携瓶自汲江心水，要试煎茶第一功。

（杨万里《过扬子江二首》其一）

六朝文物草连空，天淡云闲今古同。

鸟去鸟来山色里，人歌人哭水声中。
深秋帘幕千家雨，落日楼台一笛风。
惆怅无因见范蠡，参差烟树五湖东。

（杜牧《题宣州开元寺水阁》）

登临送目，正故国晚秋，天气初肃。千里澄江似练，翠峰如簇。征帆去棹残阳里，背西风，酒旗斜矗。彩舟云淡，星河鹭起，画图难足。　　念往昔、繁华竞逐，叹门外楼头，悲恨相续。千古凭高对此，漫嗟荣辱。六朝旧事随流水，但寒烟，衰草凝绿。至今商女，时时犹唱，《后庭》遗曲。

（王安石《桂枝香·金陵怀古》）

在诗里有一种独立的时间与空间存在着，很多时候，诗人能凭借一根线索的牵引而得以穿梭其中。“意象”，正是这条横亘古今的线条。当诗人的灵感与某个意象忽然相遇，那一扇通往无尽时空的神秘之门便被猛然打开。这时，诗人便在瞬间脱离了日常生活中实在存在的时间与空间的限制，只是跟随那条充满诱惑与含意的线索而得以自由往来于所有的时空之间。陆机《文赋》曰：“收视返听，耽思傍讯，精骛八极，心游万仞。”题为司空图所作的《二十四诗品》篇说：“具备万物，横绝太空；荒荒油云，寥寥长风”……正是言此。

中国古典诗歌里众多的意象由于历史的层层积淀，都具有让诗人得以驰骋于古往今来的时空之中的功能，如“杨柳”、“秋风”、“美人香草”等，我们以“明月”为例，看看诗人怎样从这扇“神秘之门”进入那个属于诗的空间与时间的：

明月何皎皎，照我罗床帏。
忧愁不能寐，揽衣起徘徊。
客行虽云乐，不如早旋归。
出门独彷徨，愁思当告谁？
引领还入房，泪下沾裳衣。
（《古诗十九首·明月何皎皎》）

此诗前两句写思妇月夜忧愁不能寐，接着笔锋一转，揣测远在他乡的游子的思归之情。乍一看，这样写有些偏离思妇的感情主线，细思顿觉其中“笔曲意圆”（清张玉穀语）的妙处，犹如书法之草书，笔断气连，形断而意不断，并且因为这一回环道出了更深一层的情感含义。

被后人赞为“孤篇压倒盛唐”的张若虚的《春江花月夜》，全篇采用“移步换形”的手法，以明月为线索层层牵出与之相关的各种意象。从眼前之景——“春江潮水连海平，海上明月共潮生”写起，悟出“人生代代无穷已，江月年年只相似”的哲思；然古今之人，又有多少能参透人生的无奈，于是那独自在浩渺宇宙悬挂了亿万年的明月，便将她幽幽的孤寂穿过了秦时长城汉时关，淡淡地洒在所有离人思妇的眼前、心头：夜光下的一叶扁舟、寂寞的明月楼、尘埃堆积的妆镜台……只怕是“碣石潇湘无限路”，此无尽的思念终无相聚的一日。

海上生明月，天涯共此时。
情人怨遥夜，竟夕起相思。
灭烛怜光满，披衣觉露滋。
不堪盈手赠，还寝梦佳期。

（张九龄《望月怀远》）

此诗意境宏大，是千古佳篇，被后人誉为“五律中之《离骚》”。诗中化用张若虚《春江花月夜》与谢灵运《怨晓月赋》“卧月洞房兮当何悦，灭华烛兮弄晓月”之意象，但自出机杼，词采清丽，情致深婉。

青天有月来几时，我今停杯一问之。
人攀明月不可得，月行却与人相随。
皎如飞镜临丹阙，绿烟灭尽清辉发。
但见宵从海上来，宁知晓向云间没。
白兔捣药秋复春，嫦娥孤栖与谁邻？
今人不见古时月，今月曾经照古人。
古人今人若流水，共看明月皆如此。
唯愿当歌对酒时，月光常照金樽里。

（李白《把酒问月》）

此诗下有诗人原注“故人贾淳令予问之”。“青天有月来几时，我今停杯一问之”，此等不可一世的劈头一问唯有屈子《天问》可比，而两者之气韵相去何啻霄壤！白之肆意豪放在酒后更无忌惮，狂饮之中，忽而停杯，但凭醉意，直上云霄，质问明月何能如此无情：“人攀明月不可得，月行却与人相随。”之后，纵横驰骋于天地时空之间，上怜捣药白兔、独舞嫦娥之寂寞，下慰己之空有一腔理想之没落；终尔参透“人生如白驹过隙，忽然而已”，于是，安然地对着那亘古不变的明月频频举杯，以送自己如流水般有限之生命。

> 明月几时有？把酒问青天。不知天上宫阙，今夕是何年？我欲乘风归去，又恐琼楼玉宇，高处不胜寒。起舞弄清影，何似在人间！　　转朱阁，低绮户，照无眠。不应有恨，何事长向别时圆？人有悲欢离合，月有阴晴圆缺，此事古难全。但愿人长久，千里共婵娟。
>
> （苏轼《水调歌头》）

东坡自注说：“丙辰中秋，欢饮达旦，大醉，作此篇兼怀子由。”此词作于熙宁九年，而此时诗人任职杭密，第一次仕途逢挫，正值宦海漂泊，壮志难酬之际。此词开篇“明月几时有？把酒问青天”与李白的“青天有月来几时，我今停杯一问之”有异曲同工之妙！两词之气韵甚为接近，都是天马行空般穿梭于天上地下、纵横于古今交错的时空间，只是李白之诗归于“人生得意须尽欢”的放逐，而东坡之词结于“但愿人长久，千里共婵娟”的深情。宋胡仔《苕溪渔隐丛话》说：“中秋词，自东坡《水调歌头》一出，余词尽废。”

在中国的古典诗歌里还有这样一类诗歌：其时空的变幻与跳

跃并不像前两类那样明晰而有踪迹可循；反而是一种混乱甚至迷狂的状态。但显然，这不是中国古典诗歌所谓的“传统”，中国古典诗歌习惯的或是“意境宏大”，或是“含蓄婉约”，或是“不着一字，尽得风流”……总之，没有“迷乱”的存在。于是，这类诗歌便被后人无数次地努力，试图分析出它清晰的逻辑以给它一个名分，把它顺理成章地招安于中国古典诗歌“博大”的怀抱中。殊不知，这愚公移山般看似理想远大的举动，实如魏人南辕北辙一样的可笑。须知，这是诗歌！是人类心灵最后一块最为本真与自由的存在！

昨夜星辰昨夜风，画楼西畔桂堂东。
身无彩凤双飞翼，心有灵犀一点通。
隔座送钩春酒暖，分曹射覆蜡灯红。
嗟余听鼓应官去，走马兰台类转蓬。

（李商隐《无题二首》其一）

来是空言去绝踪，月斜楼上五更钟。
梦为远别啼难唤，书被催成墨未浓。
蜡照半笼金翡翠，麝熏微度绣芙蓉。
刘郎已恨蓬山远，更隔蓬山一万重。

（李商隐《无题四首》其一）

凤尾香罗薄几重，碧文圆顶夜深缝。
扇裁月魄羞难掩，车走雷声语未通。

曾是寂寥金烬暗，断无消息石榴红。
班骓只系垂杨岸，何处西南待好风。

（李商隐《无题二首》其一）

这些诗中充满了空间和时间的转移。何其芳在《〈李凭箜篌引〉和〈无题〉》一文中分析说：

“第一首的‘隔座送钩春酒暖，分曹射覆蜡灯红’，送钩射覆都是古代的酒令，这是写酒宴上的场面，但这个场面到底和他所爱慕的人有什么关系呢？难道是回忆他和他所爱的女子见面的场所吗？这首诗开头又像是说见面的时候是在有星辰有风的夜晚，是秘密相会。难道是写另一次的见面吗？这样的解释比较可通，但写在‘身无彩凤双飞翼，心有灵犀一点通’之后，好像又有些颠倒。总之，也不大明白。第三首的‘凤尾香罗薄几重，碧文圆顶夜深缝’，是写帐子还是写车上的帷幕？如果是车上的帷幕，不可能是他所深爱的女子亲自在‘深夜缝’的，说是描写帐子比较可通，可以解释为是回忆他和他所爱的女子相会时所见。但怎样突然又接上‘扇裁月魄羞难掩，车走雷声语未通’呢？中间未免省略过多了。总之，也不大明白。”

可是，诗是联想的、感悟的。那急促出现的、紧迫的空间的转移代表了一种流离失所的悲楚，一种人生无常的感叹，一种爱情若即若离的牵挂，一种执着的追寻……你仅从那些字面“昨夜”、“画楼西畔”、“桂堂东”、“走马兰台”、“隔座送钩”、“蓬山此去”、“车走雷声”……便可以察觉出一种心随着牵引忽东忽西的焦灼及永不放弃的期盼，而这种明知不可为而为之的努力，正是一个暗喻，如当代诗人欧阳江河笔下的“夸父”：

上路的那天

他已经老了

否则他也不会去追太阳

青春本身就是太阳

（江河《太阳和他的反光》）

“昨夜”是一个暗码，那不是指真正的时间，而是暗喻失去的年华，“昨夜星辰昨夜风”，音节一流转便流出了对曾经拥有的美好回忆的怀念及其不可重现的无奈。而蒋捷《一剪梅》中“流光容易把人抛，红了樱桃，绿了芭蕉”一句，正可为“曾是寂寥金烬暗，断无消息石榴红”作注脚。

当诗人感叹于他的生命全被他无法左右的命运所捉弄而进入诗歌创作状态时，他的思路便不再遵从世人所谓的“逻辑”，而是任凭潮水般汹涌澎湃的感情所推动：无奈、愤怒、绝望、悲哀、刻骨铭心的爱恋与失去、生命的渺小感……无数根线条混乱地牵引着他，他如同酒醉、如同沧海之中的一叶孤立扁舟，被时而抛入高空、时而沉入海底……

老兔寒蟾泣天色，云楼半开壁斜白。

玉轮轧露湿团光，鸾珮相逢桂香陌。

黄尘清水三山下，更变千年如走马。

遥望齐州九点烟，一泓海水杯中泻。

（李贺《梦天》）

“上天入地”，此词恐怕只有在诗歌中才能真正实现。诗人的笔尖全不受任何时间与空间的限制，但凭想象的驰骋，所以，读诗，也需要一种与诗人创作时相同的心理状态，否则你永远进入不了那片无限神秘的天地。

上述可以说是世界各国的诗歌的共同特点，而在中国古典诗歌里还有一种独有的特质——保持字与字（或词与词）之间若即若离的关系，从而留下广阔的空间，让读者得以自由地进出其中。

星荒渡斜舟绕乱沙白岸晴芳树椰幽岛艳华月淡

这是周策纵先生的一首“绝妙世界”（周策纵语）之“字字回文诗”（载香港《明报月刊》1968年第二期），此诗无论你从哪一个字、从哪个方向开始都能够成句成诗。叶维廉先生曾在《中国诗学》一书中列举了此诗的40种读法，如：

1. 星淡月华艳，岛幽椰树芳，晴岸白沙乱，绕舟斜渡荒。
2. 淡月华艳岛，幽椰树芳晴，岸白沙乱绕，舟斜渡荒星。
3. 月华艳岛幽，椰树芳晴岸，白沙乱绕舟，斜渡荒星淡。
4. 星荒渡斜舟，绕乱沙白岸，晴芳树椰幽，岛艳华月淡。
5. 荒渡斜舟绕，乱沙白岸晴，芳树椰幽岛，艳华月淡星。
6. 渡斜舟绕乱，沙白岸晴芳，树椰幽岛艳，华月淡星荒。

…………

当然，回文诗是打破语法限制的极端例子，并不能完全代表中国古典诗歌常见的语法，但这诗中所呈现出来的“完全灵活性”却是中国古典诗歌里的一个普遍现象。在中国古典诗歌里有一种习惯：在表现物的过程中尽量保持语法的“自由”——即若即若离的指意行为。诗人不是事先规定好他所要表现的物之间的关系，而是不加干预地将之呈现出来。于是，读者便得以在字与字之间保持一种“若即若离”的解读活动，在“指意”与“不指意”的中间地带，造成一种类似“指意前”的物象自现的状态。在这首回文诗里，那些字，仿佛是开阔空间里的一些物象，由于事先没有预设的意义与关系的“圈定”，我们可以自由进出其间，可以从不同角度进出，而每次进出都可以获得不同层次的美感。而这种观、感过程和我们在真实世界里的经历相当类似：在我们进入一个“境”之前，事物与事物之间是无所谓“关系”的，星、月、岛、树、沙、舟……皆是同时呈现于我们眼前的，我们可以从不同角度自由地进出、自由地观感，在事件发生之际，时间与空间是一体的。

鸡声茅店月，人迹板桥霜　（温庭筠《商山早行》）
高鸟长淮水，平芜故郢城　（王维《送方城韦明府》）
空外一鸷鸟，河间双白鸥　（杜甫《独立》）
大漠孤烟直，长河落日圆　（王维《使至塞上》）
日落江湖白，潮来天地青　（王维《送邢桂州》）
野旷天低树，江清月近人　（孟浩然《宿建德江》）
野渡无人舟自横　（韦应物《滁州西涧》）
月落乌啼霜满天　（张籍《枫桥夜泊》）
孤帆远影碧空尽　（李白《黄鹤楼送孟浩然之广陵》）
杨柳岸，晓风残月　（柳永《雨霖铃》）
落花人独立，微雨燕双飞　（晏几道《临江仙》）
枯藤老树昏鸦，小桥流水人家，古道西风瘦马
（马致远《天净沙·秋思》）

类似的例子在中国古典诗歌中举不胜举，都不可依照我们白话的翻译习惯，给予其定位。如有人曾把“云霞出海曙”翻译成“云霞从海上映出一片曙光”，结果是把视觉性很强的“云霞出海”到“曙”（兼含“时间”与“状态”）的这种很直接的感受，转化成因云霞从海上升起所以映出一片曙光的逻辑性思维，从而歪曲了“出”的含义，硬把其他事物的空间关系定位下来，这样就根本破坏了作者“传意”的目的和读者应有的“感受”活动程序。

此种中国古典诗歌里特有的空间感，首先与古汉语语法密切相关。要使一首诗不管从哪一个字、哪一个方向去读，都能够成文成句，属于印欧语系的英语办不到，白话往往也不易办到。印欧语系的语言缺乏文言文所具有的灵活语法，如刚才提到的那首回文诗，英文只能作逐字的诠释，但无法连成句。要连成句，中间必须增加很多成分，如名词前的冠词、定位关系的前置词、连接词（On the bank；When the moon；the sand becomes……），还有如主词决定的动词的变化，现在、过去、将来时态的变化……这些都是非常严谨的规定，是不可缺少的语法元素，也正是这些元素把人与物、物与物之间的关系指明、界定了，而不可能出现中国古典诗歌那种“自由进出”的效果。而且，文言文中很多字可以兼含数种词性，如“日落江湖白”的“白”字，既可以是形容词（白色的状态），也可以是动词（转呈白色的活动），这样读者在接触到这个字的时候很可能就会同时拥有两种感受，这是一种共时的呈现。而英文则必须分清“white”和“whiten”，二者只能选其一。

更重要的是，这种“物象自现”的表现手法与中国古人的哲学观念密切相连。《老子》曰“道可道，非常道；名可名，非常名”；《庄子》曰“言无言，终身言，未尝言；终身不言，未尝不言”……此等观念深入诗人之内心，时刻提醒着他们：要不拘泥于名义，要破除自我中心，时刻将自己的存在忘记而回到天地与我为一的混沌状态……于是诗人努力在诗中将自己隐藏，还事物一个本来面目，即“物象自现”的没有人为破坏的状态；而文字之用也缩减到最小：仅仅努力准确地呈现（当然主观思维不可能完全的消除，我们仅仅指出这一种“努力”），让文字之用仿佛仙人指路、仿佛黑暗中忽然闪亮的火花，刹那间指向、照亮那“物物无碍在沉默中相互指认的世界”（叶维廉语《中国诗学》），而剩下的一切，全凭读者的进入、感悟。

所谓“只可意会，不可言传”；所谓“大相无形，大音稀声”；所谓“意在言外”、“言不尽意”……皆是要诗人（包括读者）丢开逻辑性的习惯思维，直接诉诸同时包括了视觉、听觉、触觉、味觉、嗅觉，甚至是所谓超感（第六感）的一切形象感受，去全身心地接触事件。这种接触不是静止的，相反，是包含了无限可能的“活动”，是一种发生，在事件发生之际，时间与空间是一体的，不是简单的所谓“意义”和“概念”可以包蕴的。

最后，再看一首小诗：

千山鸟飞绝，万径人踪灭。
孤舟蓑笠翁，独钓寒江雪。

（柳宗元《江雪》）

此诗的画面感极强，仿佛摄像机一般将一片天地不加评说地直接呈现于读者眼前。在读者的想象空间中，有待空间位置实际的安排；或者说此事件的上演，有待于读者想象的“眼睛”的重新“排演”。作者什么都没说，但又说了什么：先是一片悄无声息的孤寂世界全局凸现（千山鸟飞绝，万径人踪灭），然后移向万象中更为孤寂的一粒小点（孤舟蓑笠翁，独钓寒江雪），此种呈现在读者心理活动中所引起的感受（记住是“感受”，而绝不是思维），是瞬间就笼罩全身的寒冷与孤独，仿佛走到了世界的尽头……

佛家偈语说“人生是一场疾病”，孔夫子感叹生命曰“逝者如斯夫”，一代枭雄曹操也无限怅然地说“譬如朝露，去日苦多”……想到生命的如此有限而宇宙恒亘，无人不黯然神伤。而多情敏感如诗人，更是无法释怀，唯有借手中之笔驰骋于天地之间、纵横于古今之际，用无限广大的另一个空间与无限悠长的另一个时间，来对抗此生所能经历的、所有的、有限的时间与空间，聊以慰藉自己；或者，完全忘记自己、忘记生死，天地与我为一，泯灭了现实的时间与空间的存在，而遁入一个无始无终的真空，或许在那里有所谓的永恒。

【阅读】

春梦 ［唐］岑参

洞房昨夜春风起，遥忆美人湘江水。

枕上片时春梦中，行尽江南数千里。

秋兴八首（其一）［唐］杜甫

玉露凋伤枫树林，巫山巫峡气萧森。
江间波浪兼天涌，塞上风云接地阴。
丛菊两开他日泪，孤舟一系故园心。
寒衣处处催刀尺，白帝城高急暮砧。

江南逢李龟年　［唐］杜甫

岐王宅里寻常见，崔九堂前几度闻。
正是江南好风景，落花时节又逢君。

金陵五题·乌衣巷　［唐］刘禹锡

朱雀桥边野草花，乌衣巷口夕阳斜。
旧时王谢堂前燕，飞入寻常百姓家。

浩歌　［唐］李贺

南风吹山作平地，帝遣天吴移海水。王母桃花千遍红，彭祖巫咸几回死。青毛骢马参差钱，娇春杨柳含细烟。筝人劝我金屈卮，神血未凝身问谁。不须浪饮丁都护，世上英雄本无主。买丝绣作平原君，有酒唯浇赵州土。漏催水咽玉蟾蜍，卫娘发薄不胜梳。看见秋眉换新绿，二十男儿那刺促！

望月怀江上旧游　［唐］雍陶

往岁曾随江客船，秋风明月洞庭边。

为看今夜天如水，忆得当时水似天。

宫词二首（其一）［唐］张祜

故国三千里，深宫二十年。

一声河满子，双泪落君前。

夜雨寄北 ［唐］李商隐

君问归期未有期，巴山夜雨涨秋池。

何当共剪西窗烛，却话巴山夜雨时。

菩萨蛮（其二）［唐］温庭筠

水精帘里颇黎枕，暖香惹梦鸳鸯锦。江上柳如烟，雁飞残月天。　　藕丝秋色浅，人胜参差剪。双鬓隔香红，玉钗头上风。

菩萨蛮（其六）［唐］温庭筠

玉楼明月长相忆，柳丝袅娜春无力。门外草萋萋，送君闻马嘶。　　画罗金翡翠，香烛销成泪。花落子规啼，绿窗残梦迷。

菩萨蛮（其三）［五代］韦庄

如今却忆江南乐，当时年少春衫薄。骑马倚斜桥，满楼红袖招。　　翠屏金屈曲，醉入花丛宿。此度见花枝，白头誓不归。

题西太一宫壁二首　［宋］王安石

柳叶鸣蜩绿暗，荷花落日红酣。三十六陂春水，白头想见江南。
三十年前此地，父兄持我东西。今日重来白首，欲寻陈迹都迷。

念奴娇·赤壁怀古　［宋］苏轼

大江东去，浪淘尽、千古风流人物。故垒西边，人道是、三国周郎赤壁。乱石穿空，惊涛拍岸，卷起千堆雪。江山如画，一时多少豪杰！　遥想公瑾当年，小乔初嫁了，雄姿英发。羽扇纶巾，谈笑间、樯橹灰飞烟灭。故国神游，多情应笑我、早生华发。人间如梦，一尊还酹江月。

法惠寺横翠阁　［宋］苏轼

朝见吴山横，暮见吴山纵。吴山故多态，转折为君容。
幽人起朱阁，空洞更无物，惟有千步冈，东西作帘额。
春来故国归无期，人言秋悲春更悲。已泛平湖思濯锦，更看横翠忆峨眉。雕栏能得几时好？不独凭栏人易老。百年兴废更堪哀，悬知草莽化池台。游人寻我旧游处，但觅吴山横处来。

寄黄几复　［宋］黄庭坚

我居北海君南海，寄雁传书谢不能。
桃李春风一杯酒，江湖夜雨十年灯。
持家但有四立壁，治病不蕲三折肱。

想得读书头已白，隔溪猿哭瘴溪藤。

解连环 ［宋］周邦彦

怨怀无托，嗟情人断绝，信音辽邈。信妙手能解连环，似风散雨收，雾轻云薄。燕子楼空，暗尘锁、一床弦索。想移根换叶，尽是旧时，手种红药。　汀洲渐生杜若，料舟移岸曲，人在天角。谩记得当日音书，把闲语闲言，待总烧却。水驿春回，望寄我、江南梅萼。拚今生，对花对酒，为伊泪落。

临江仙·夜登小阁忆洛中旧游 ［宋］陈与义

忆昔午桥桥上饮，坐中多是豪英。长沟流月去无声。杏花疏影里，吹笛到天明。　二十余年如一梦，此身虽在堪惊。闲登小阁看新晴。古今多少事，渔唱起三更。

念奴娇·登石头城次东坡韵 ［元］萨都剌

石头城上，望天低吴楚，眼空无物。指点六朝形胜地，惟有青山如壁。蔽日旌旗，连云樯橹，白骨纷如雪。一江南北，消磨多少豪杰。　寂寞避暑离宫，东风辇路，芳草年年发。落日无人松径冷，鬼火高低明灭。歌舞尊前，繁华镜里，暗换青青发。伤心千古，秦淮一片明月。

临江仙　［明］杨慎

滚滚长江东逝水，浪花淘尽英雄。是非成败转头空，青山依旧在，几度夕阳红。　　白发渔樵江渚上，惯看秋月春风。一壶浊酒喜相逢，古今多少事，都付笑谈中。

尺八　卞之琳

像候鸟衔来了异方的种子，
三桅船载来了一枝尺八，
从夕阳里，从海西头。
长安丸载来的海西客
夜半听楼下醉汉的尺八，
想一个孤馆寄居的番客
听了雁声，动了乡愁，
得了慰藉于邻家的尺八，
次朝在长安市的繁华里
独访取一枝凄凉的竹管……
（为什么霓虹灯的万花间
还飘着一缕凄凉的古香？）
归去也，归去也，归去也——
像候鸟衔来了异方的种子，
三桅船载来了一枝尺八，
尺八乃成了三岛的花草。
（为什么霓虹灯的万花间
还飘着一缕凄凉的古香？）

归去也，归去也，归去也——
海西人想带回失去的悲哀吗？

古国的春天

——读《诗经·国风》

李纲

纵然有二十四层的高楼
也抵挡不住
从历史的上游飘然而至的春意
想要把春天压缩在阳台的花盆里
这企图终归是愚蠢的

一夜之间
车前草竟然长到了
《诗经》的书脊上
推开落地窗，啊啊
十五国风吹我

推开窗户听出去
上古的歌人仍将四周的空气酿浓
采诗官摇响木铎
那步履声近得令人诧异
整整两千五百年呀
为何薄得只如一层轻绸

是太近了
如果在雨天
这城市可以和那时的渔夫
共披一件蓑衣

而隔着钢筋混凝土的厚壁
我也照样返青
我的姓氏已开满了白花
此时，我才深信
我们古国的春天
有着这样强大的穿透力

【思考】

1．试分析李商隐《雨夜寄北》一诗的时间安排方式，请在自己读过的古典诗歌中找一首时间安排较独特的诗，与李诗比较、赏析。

2．请思考孔子、庄子等哲人关于时间和空间的观念与中国古代诗歌中的时空观有何联系。

3．中国古典诗歌中，对于无尽的时空，没有西方传统的那种忧虑精神（如歌德《浮士德》中浮士德上下纵横的苦苦探索），相反是一种亲近的态度，如“乾坤万里眼，时序百年心”（杜甫）；“目送飞鸿，手挥五弦。俯仰自得，游心太玄”（嵇康）；“画栋朝飞南浦云，珠帘暮卷西山雨”（王勃）；“水光山色与人亲”（李清照）……这种精神也都明显体现在中国传统的山水画中（如西方的透视法与中国山水画布局之显然差异），试分析这种现象，并思考其潜在的哲学背景。

第十讲

象征与隐喻

修辞学上也讲象征与隐喻。所谓“象征”，就是用具体事物表示某种抽象概念或思想情感；所谓“隐喻”，又叫“暗喻”，比喻格的一种，本体与喻体之间形式上不是相类，而是相合，所以两者之间的关系常用“是”来表示。但象征与隐喻作为艺术表现手法，其功能与意义已远远超出语言修辞格的范围。原始部落的图腾、现代各国的国徽国旗、奥运会的会徽，以及公司的标识等，都可以视为象征艺术。中国古典诗学有所谓“赋比兴”之说，最早是对《诗经》艺术表现手法的概括，“赋”是直抒其情，“比”是比喻，“兴”则比较复杂，有解释为“引譬连类”的，有解释为“先言他物以引起所咏之辞”的，兼有发端和比喻的双重作用，也有人认为仅具发端而无比喻作用的。甚至有现代学者认为《诗经》中所谓“兴”，是上古口头文学时期中外诗歌皆有的“套语”现象。中国古代诗人常合称“比兴”，要求诗中有“比兴”，实际上就是明喻或隐喻，也可能是象征。它是修辞手法，使语言更加生动形象；但更是一种表现艺术，使诗歌更富有耐人咀嚼的意味。这里注重的是暗示，而不是阐释；是意象的联想，而不是字面的意义。诗人的心灵世界，他之所感所思所悟，通过出人意表有时甚至是怪诞的象征与隐喻曲折表达出来，便会产生一种奇特的艺术效果，你即使不能用确定的言语来阐释这些话外之音象外之意，但却可能感慨万端回味无穷。但是，象征与隐喻之间的区别很模糊，何为象征何为隐喻，并无一定之论。甚至是否为象征为隐喻，也见仁见智，因而诗意的理解与阐释也就有很大的空间。

彼采葛兮，一日不见，如三秋兮！

（《诗经·采葛》）

这是《诗经·王风》中的名篇，今人多照字面解读为情人相思之词，而古人却认为它表现了一种“惧谗”的心理。说是大臣出使在外，担忧小人趁机离间君臣关系，故而感慨系之。古人之所以这样理解，并非故意穿凿附会，而是因为他们认为诗中有“比兴”，也就是字面背后有一种隐喻。

桂棹兮兰桨，击空明兮溯流光。
渺渺兮余怀，望美人兮天一方。

（苏轼《前赤壁赋》）

“美人”在这里并非指某一漂亮女性，而是代指诗人心中所思慕的对象，是象征也是隐喻。诗人被贬黄州，泛舟赤壁，在这月光如水的夜晚，他思念着远方的朋友，也许还思念着皇帝或者是古昔同样被放逐的贤臣，但一化为隐喻，便给读者留下很大的想象空间，令人一唱三叹。

两个黄蝴蝶，双双飞上天。不知为什么，一个忽飞还。
剩下那一个，孤单怪可怜；也无心上天，天上太孤单。

（胡适《蝴蝶》）

这是胡适在美国留学时写的一首白话诗。“蝴蝶”自然是隐喻，全诗也是隐喻，隐喻的什么，也许是诗人的一次失恋，殊难索解，但其中表达的孤独落寞的情绪，我们却能感觉到。这也许正是诗之所以为诗，如果诗人将所思所感所悟和盘托出一览无遗，那诗歌的艺术魅力就要大打折扣。

毛泽东有一句名言：诗歌要用“形象思维”。而象征与隐喻，正是“形象思维”的主要方式。中国古典诗歌艺术中的所谓“比兴”，就是运用的“形象思维”。与所谓直抒其情的“赋”不同，“比兴”是通过象征与隐喻来表现或暗示诗人的思想情感，因而意义常常很晦涩，也可能引起歧义。这是古今皆有的现象，所以，汉代就有“诗无达诂”的说法。诗之所以无“达诂”，其中一个重要原因，就在于诗歌的象征与隐喻，给读者留下了巨大的想象空间。

锦瑟无端五十弦，一弦一柱思华年。
庄生晓梦迷蝴蝶，望帝春心托杜鹃。
沧海月明珠有泪，蓝田日暖玉生烟。
此情可待成追忆，只是当时已惘然。

（李商隐《锦瑟》）

李商隐多以“无题”名诗，而这首诗虽题曰《锦瑟》，但显然不是诗歌的主题，诗中一系列的隐喻，意旨晦涩，或以为“悼亡之诗”，或以为“自伤之词”，这也许是千古难解之谜。无论作何理解，诗中弥漫着的凄迷哀怨，却令读者低回沉思难以释怀。诗人运用象征与隐喻，也许就是不想明确告诉你他的心事，而是让你去分享一种情绪一种心境。这就是艺术。

不过，象征与隐喻作为中国现代诗歌中的一种自觉的创作方式，却主要是源自法国象征诗派的影响。象征诗派要求诗人通过可感知的形象来表现内心世界，反对直抒胸臆和客观白描，强调暗示、幻觉和联想的表现方法。象征与隐喻的意义被凸显出来。这一诗派的艺术观念和创作方法传播到中国，影响深远，不仅形成以李金发等人为代表的早期象征诗派，而且徐志摩、戴望舒、闻一多、艾青等人也无不受其影响。试读艾青的短诗《树》：

一棵树，一棵树
彼此孤立地兀立着
风与空气
告诉着它们的距离

但是在泥土的覆盖下
它们的根伸长着
在看不见的深处
它们把根须纠缠在一起

这当然不是风景诗，而是传达一种耐人寻味的哲理。什么哲理？诗人并未一语道破，而是通过“树”的形象暗示给读者。可以这样认为，象征与隐喻给诗歌带来一种朦胧美，一种浮想联翩，意味无穷的诗意。尤其是那些奇特的象征与隐喻，给人心灵上的震撼绝不亚于直抒其情的“放声歌唱式”，如下面这首诗：

中国，我的钥匙丢了。

那是十多年前，
我沿着红色大街疯狂地奔跑，
我跑到了郊外的荒野上欢叫，
后来，
我的钥匙丢了。

心灵，苦难的心灵，
不愿再流浪了，
我想回家，
打开抽屉，翻一翻我儿童时代的画片，
还看一看那夹在书页里的
翠绿的三叶草。

而且，我还想打开书橱，
取出一本《海涅歌谣》，
我要去约会，
我向她举起这本书，
作为我向蓝天发出的
爱情的信号。

这一切，
这美好的一切都无法办到，

中国，我的钥匙丢了。

（梁小斌《中国，我的钥匙丢了》）

诗歌表达的是“迷惘的一代”的“信仰危机”，你也可以解读为是对“文革”的控诉，但诗人却采用了一系列隐喻式的诗句，“我的钥匙丢了”、“我沿着红色大街疯狂地奔跑”、“跑到了郊外的荒野上欢叫”、“我想回家”、“翻一翻我儿童时代的画片”、“夹在书页里的翠绿的三叶草”等，凡是过来人，谁参不透这些隐喻所暗示的人生经历？再读北岛的组诗《太阳城札记》（节选）：

爱情

恬静。雁群飞过
荒芜的处女地
老树倒下了，戛然一声
空中飘落着咸涩的雨

自由

飘
撕碎的纸屑

孩子

容纳整个海洋的图画
叠成了一只白鹤

姑娘

颤动的虹
采集飞鸟的花翎

青春

红波浪
浸透孤独的桨

命运

孩子随意敲打着栏杆
栏杆随意敲打着夜晚

信仰

羊群溢出绿色的洼地
牧童吹起单调的短笛

生活

网

不是阐释，也不是论证。诗人对人生的理解与感悟，通过各种象征与隐喻表现出来，便具有非同寻常的哲理意味。

由此可以看出，当代诗人之创造象征与隐喻，与古典诗人运用“比兴”，已不能同日而语。古典诗歌中的大多“比兴”，例如“闺情”、“咏物”之类，主要是美化诗人的“意兴”，这在当代诗人看来，简直就是“小儿科”。他们着力于表现独特的自我感受，苦心孤诣地去寻找创造独具特点的象征与隐喻，给读者以视觉冲击与心灵震撼。所以，中国当代诗歌中的许多象征与隐喻，常常是怪诞离奇、出人意表。

你是上帝的大臣
没收人间的贪婪、嫉妒
你是灵魂的君王
热爱名誉，你鼓励我们勇敢
抚摸每个人的头，你尊重平凡
你创造，从东方升起
你不自由，像一枚四海通用的钱！

（多多《致太阳》）

昨夜，我听见一阵阵风像一群天使
从人类的头顶吹过

昨夜
那梦中的灵魂
长成一棵树，而历史的眼泪
从我的十指流向枝头
默默收敛为成串的蓓蕾
我不知道什么时候
她悄然绽开满枝的花朵

醒来后这世界是一部传奇
封面上落满春天的信息

（路辉《雪后》）

在你的转盘里嵌满的全都是
灰黄色的小茅屋
旋转，强烈而飞速的节奏
向着太阳旋转着你的痛苦和希望

当阴暗的天穹没有一丝阳光
当你嫌一个太阳还太少
你的每一个转盘都变成了太阳
千万头金狮腾云狂舞

高原的天空燃烧得火辣辣的
金红的喧响格外悲壮

你深信每一个茅屋都将是宫殿
从茅屋走出来的人
个个都是帝王

（张烨《高原上的向日葵》）

"太阳"、"雪"、"向日葵"等，都是古今诗歌中很常见的意象，而借这些意象为象征或隐喻，也是古今诗人的惯用伎俩，不足为奇。但当代诗人创造性地赋予这些意象以新奇的象征或隐喻意义，便给人以强烈的震撼。当代诗人的情感世界比古代诗人要复杂得多，绝非文字符号所能完全表现，他们试图冲破语言的藩篱，去寻求一种超越语言表层意义的表达方式，象征与隐喻正是他们常用的表达方式之一。因此，尽管当代诗人用白话写作，但阅读与理解当代诗歌并非易事，破译其中的象征与隐喻就常常比解读古典诗词中的“比兴”还要考验读者的理解能力。

【阅读】

周南·关雎 《诗经》

关关雎鸠，在河之洲。
窈窕淑女，君子好逑。

参差荇菜，左右流之。
窈窕淑女，寤寐求之。
求之不得，寤寐思服。
悠哉悠哉，辗转反侧。

参差荇菜，左右采之。
窈窕淑女，琴瑟友之。
参差荇菜，左右芼之。
窈窕淑女，钟鼓乐之。

渔父歌 先秦歌谣

沧浪之水清兮，可以濯我缨；

沧浪之水浊兮，可以濯我足。

四愁诗 ［汉］张衡

我所思兮在太山。

欲往从之梁父艰，侧身东望涕沾翰。

美人赠我金错刀，何以报之英琼瑶。

路远莫致倚逍遥，何为怀忧心烦劳？

我所思兮在桂林。

欲往从之湘水深，侧身南望涕沾襟。

美人赠我金琅玕，何以报之双玉盘。

路远莫致倚惆怅，何为怀忧心烦伤？

我所思兮在汉阳。

欲往从之陇阪长，侧身西望涕沾裳。

美人赠我貂襜褕，何以报之明月珠。

路远莫致倚踟蹰，何为怀忧心烦纡。

我所思兮在雁门。

欲往从之雪纷纷，侧身北望涕沾巾。

美人赠我锦绣段，何以报之青玉案。

路远莫致倚增叹，何为怀忧心烦惋。

感遇 ［唐］张九龄

江南有丹橘，经冬犹绿林。

岂伊地气暖，自有岁寒心。
可以荐嘉客，奈何阻重深。
运命唯所遇，循环不可寻。
徒言树桃李，此木岂无阴。

长相思　［唐］李白

长相思，在长安。
络纬秋啼金井阑，微霜凄凄簟色寒。
孤灯不明思欲绝，卷帷望月空长叹。
美人如花隔云端。
上有青冥之高天，下有渌水之波澜，
天长路远魂飞苦，梦魂不到关山难。
长相思，摧心肝！

远别离　［唐］李白

远别离，古有皇英之二女，
乃在洞庭之南，潇湘之浦。
海水直下万里深，谁人不言此离苦？
日惨惨兮云冥冥，猩猩啼烟兮鬼啸雨。
我纵言之将何补？
皇穹窃恐不照余之忠诚，雷凭凭兮欲吼怒。
尧舜当之亦禅禹。
君失臣兮龙为鱼，权归臣兮鼠变虎。
或云尧幽囚，舜野死。

九疑联绵皆相似，重瞳孤坟竟何是？
帝子泣兮绿云间，随风波兮去无还。
恸哭兮远望，见苍梧之深山。
苍梧山崩湘水绝，竹上之泪乃可灭。

花非花 ［唐］白居易

花非花，雾非雾。夜半来，天明去。
来如春梦几多时，去似朝云无觅处。

闺意献张水部 ［唐］朱庆馀

洞房昨夜停红烛，待晓堂前拜舅姑。
妆罢低声问夫婿：画眉深浅入时无？

水龙吟·次韵章质夫杨花词 ［宋］苏轼

似花还似非花，也无人惜从教坠。抛家傍路，思量却是，无情有思。萦损柔肠，困酣娇眼，欲开还闭。梦随风万里，寻郎去处，又还被、莺呼起。　不恨此花飞尽，恨西园、落红难缀。晓来雨过，遗踪何在，一池萍碎。春色三分，二分尘土，一分流水。细看来，不是杨花，点点是、离人泪。

解连环·孤雁 ［宋］张炎

楚江空晚。怅离群万里，恍然惊散。自顾影，欲下寒塘，正沙净草枯，水平天远。写不成书，只寄得相思一点。料因循误了，残毡拥雪，故人心眼。　　谁怜旅愁荏苒？谩长门夜悄，锦筝弹怨。想伴侣犹宿芦花，也曾念春前，去程应转。暮雨相呼，怕蓦地玉关重见。未羞他双燕归来，画帘半卷。

琴的哀　李金发

微雨渐湿帘幕，
正是渐湿我的心。
不相干的风，
踱过窗儿作响，
把我的琴声，
也震得不成音了！

奏到最高音的时候，
似乎预示人生的美满。
露不出日光的天空，
白云正摇荡着，
我的期望将太阳般露出来。

我有一切的忧愁，
无端的恐怖，
她们并不能了解呵。
我若走到原野上时，

琴声定是中止，或柔弱地继续着。

秋 杜运燮

连鸽哨也发出成熟的音调，
过去了，那阵雨喧闹的夏季。
不再想那严峻的闷热的考验，
危险游泳中的细节回忆。

经历过春天萌芽的破土，
幼叶成长中的扭曲和受伤，
这些枝条在烈日下也狂热过，
差点在雨夜中迷失方向。

现在，平易的天空没有浮云，
山川明净，视野格外宽远：
智能、感情都成熟的季节啊，
河水也像是来自更深处的源泉。

紊乱的气流经过发酵，
在山谷里酿成透明的好酒；
吹来的是第几阵秋意？醉人的香味
已把秋叶秋花深深染透。

街树也用红颜色暗示点什么，
自行车的车轮闪射着朝气；
塔吊的长臂在高空指向远方，
秋阳在上面扫描丰收的信息。

迷途　北岛

沿着鸽子的哨音
我寻找着你
高高的森林挡住了天空
小路上
一颗迷途的蒲公英
把我引向蓝灰色的湖泊
在微微摇晃的倒影中
我找到了你
那深不可测的眼睛

宣告　北岛

也许最后的时刻到了
我没有留下遗嘱
只留下笔，给我母亲
我并不是英雄
在没有英雄的年代里

我只想做一个人

宁静的地平线
分开了生者和死者的行列
我只能选择天空
决不跪在地上
以显出刽子手们的高大
好阻挡自由的风

从星星般的弹孔中
将流出血红的黎明

你让我一个人走进少女的内心　梁小斌

你让我一个人走进少女的内心
害羞的人们，请在外面等我一会

让我大胆地走进去
去感受她那烫人的体温
和使我迷醉的喁喁私语
我还要沿着血液的河流
在她苗条的身体上旅行
我要和她拥抱得更紧
让女孩也散发出男性气息

说吧，请告诉我
那在黑暗中孤单地徘徊的是谁
那由于痴情想奔往美丽星光的是谁

让我们一起走进少女的内心
并且别忘记带上两把火炬

让我们勇敢地走进去
去发现外面的世界还没有的珍奇
在这发源心脏的河畔
我一定会拾到一本书
这上面没有腐朽的教义
它启发我怎样和未来亲吻
但愿我也有一颗女孩子的心

让整整一代人走进少女的内心吧
让我们再走出来
一定会感到青春充满活力

五色吟　秋林

红
斗志的旗
搏动的心

成熟的果
少女的唇

若像星星般闪烁
是瑰宝
若像“海洋”般汹涌
是灾难

绿
森林
草原
湖泊
和平
安宁
蓬勃
记得吗
狼眼睛的
颜色

蓝
自由
永远和你
在一起
你把她

送进海洋
送上天际
恐怖的匕首上
也闪着你的
寒光

黑
如果说
你是罪恶
请他想想
煤
从地狱走来
带给人间
温暖

白
是欢乐
婴儿的襁褓
是悲哀
逝者的挽联
是爱情
盛开的玫瑰
是仇恨
咬紧的牙关

是轻浮
薄云的缥缈
是坚定
玉石的巍然

把纯洁也送与你
可惜还有——无知

【思考】

1．试分析《关雎》的比兴。

2．张衡《四愁诗》运用了一系列象征与隐喻，试分析它们的意义。

3．李白《长相思》和《远别离》表现了怎样的情感？

4．试分析北岛诗的表现手法。

第十一讲

古典与今典

“典”即“典故”。诗中用典故及前人成辞成语是中国传统诗歌创作的常用手法。这些典故、成辞都有较早的出处和基本含义。经过历代诗人的运用，每一典故都积淀了某种特定意蕴，读者一接触，即可由其简练的字面深入进去，到达“事源”或“语源”的层面，会通古事今情，充分领略诗歌丰富的意蕴。

在诗歌中，人们一般使用已凝定成为故实的典故，如汉代人用先秦典故，唐人用先秦到汉魏六朝的典故，这些就是“古典”；陈寅恪先生还提出与“古典”相对应的“今典”一说（《金明馆丛稿初编·读哀江南赋》），指作者在诗中像用“古典”一样凝练地征引当时重要时事。“今典”若使用得当，也会达到与使用古典类似的效果。如杜甫写于安史之乱时期的长诗《北征》说“不闻夏殷衰，中自诛褒妲”，“夏殷”是概称夏、商（殷）、西周三代，“褒妲”是概称妹喜、妲己和褒姒，她们分别是夏桀、殷纣和周幽王宠爱的美女。古代持“女祸亡国论”的人士认为夏、商、西周的末代君主因惑溺女色而导致亡国，在他们眼中，“褒妲”们正是致祸的根由。杜甫这两句诗说：没听说过夏、商、西周的末代国君肯主动诛杀自己宠爱的美人。这里是“古典”、“今典”合用，“今典”是指前一年唐玄宗在逃亡路上被迫赐死杨贵妃之事。杜甫用“褒妲”喻指杨贵妃，说唐玄宗比夏桀等君王英明得多，因此，唐王朝是绝不会灭亡的。我们只有在弄清了“古典”与“今典”后，才能准确理解杜甫的诗意（包括没有说出来的部分——对国家的信心），并从中看出杜甫在认识上的时代局限性。

由于“今典”的时限界定较“古典”难，而理解比“古典”

易，只要考知当日时事并确认作者有闻、见的可能，就可明白取之入诗的用意，因此本节所讨论的主要是“古典”的运用艺术。

大致区分一下，可将“典故”分为“事典”与“语典”两大类。

“事典”往往是出自典籍的某一故事，其来源可以是历史、神话、传说、寓言等。

“语典”则是前人经典性的语言，来源极广，无论经、史、子、集，其中的语言材料都可能成为“语典”。如“子在川上曰：逝者如斯夫，不舍昼夜”(《论语》)、“履霜，坚冰至”(《易经》)、“一日不见，如三秋兮”(《诗经》)、“青青河畔草”(汉乐府)、“采菊东篱下”(陶渊明诗)等，一经诗人化用入诗中，就都成为“语典”。

关于典故的性质，著名学者启功先生有一个有趣的比喻：用典是把事物压缩成为“信号”。即把一个复杂的故事(或一项详细的理论)及其蕴涵的意义，经过剪裁、压缩、简化等，做成一个小小的集成电路放到读者脑子里，这样就在有限的文字中表达了尽可能多的信息。(《比喻与用典》，见《汉语现象论丛》)

因此，与其说典故是诗的一种特殊语汇，不如说它更像一种艺术符号。它凝聚着浓厚的历史文化内涵和哲理性美感内涵，在中国古典诗歌的语言形式构成中占有举足轻重的地位。它能使诗歌在简练的形式中包含丰富的、多层次的内涵，使诗歌显得典雅，富于书卷气，精致含蓄，意味深远。中国古代诗人，只有用典多寡精粗之不同，而罕有全然不用典者。不仅陶渊明、李白这样崇尚自然天真的诗人出入于六经诸子，甚至通俗诗人、民间诗人也都能娴熟地使用这种艺术手法。

请看“古诗十九首”的第一首《行行重行行》：

行行重行行，与君生别离。
相去万余里，各在天一涯。
道路阻且长，会面安可知？
胡马依北风，越鸟巢南枝。
相去日已远，衣带日已缓。
浮云蔽白日，游子不顾返。
思君令人老，岁月忽已晚。
弃捐勿复道，努力加餐饭。

“古诗十九首”是东汉后期的作品，作者无主名，但并非民间创作，而是社会层次接近民间的文人的五言诗。这类无名氏文人的五言诗在当时应有不少，梁昭明太子萧统选十九首入《文选》，称“古诗十九首”。这一组诗作艺术技巧十分高超，从以上诗作的用典就可看出这一点。此诗是一首思妇诗，表现女子思念远行异乡的丈夫或情人。“与君生别离”语出《楚辞·九歌·少司命》“悲莫悲兮生别离”，暗示“悲莫悲兮”之意；“道路阻且长”语出《诗经·秦风·蒹葭》“溯洄从之，道阻且长”，暗示“从之”不得，内心苦恼。此诗用典的高明就在于用典而使人不觉其用典。全诗自然流畅，读者若不知典故的含义，并不影响一般性的阅读，但若懂得典故，就可借助于作者引用的成辞的上下文，通过联想领会作者未说出的意思，更深入地体会本诗深厚缠绵的情感。用典而毫不影响诗的流畅，风格雅致而又平易，明代谢榛称“古诗十九首”“平平道出，且无用工字面，若秀才对朋友说家常话，略不作意”(《四溟诗话》卷三),《行行重行行》一诗的用典正是显示了这种“秀才说家常话”的特点。可见，在“古诗十九首”的时代，中国诗歌已经熟谙用典艺术了。

至于用典的作用，朱自清指出：“诗是精粹的语言，暗示是它的生命。暗示得从比喻和组织上作工夫，利用读者的联想的力量。组织得简约紧凑；似乎断了，实在连着。比喻或用古事成辞，或用眼前景物；典故其实是比喻的一类。这首诗那首诗可以不用典故，但是整个儿的诗是离不开典故的。”(《古诗十九首释》，见朱自清《古诗歌笺释三种》)这是强调用典起暗示和引发读者联想的作用(文中“比喻”主要指艺术手法而不是修辞)。

启功先生在《比喻与用典》一文中总结了典故的五个主要功能：有助于说理；有助于修辞；有助于丰富表达的内涵；有助于发表不便直说的思想；有助于联想。我们就此分而述之。

其一，有助于说理。说理的功能是合诗文而言之，文中多用。诗之言理常将理寓于形象和意境中表达，用典不多，但也有用得很恰当的，如白居易《放言五首》(其三)所用的两个典故“周公恐惧流言日，王莽谦恭未篡时”。前者事出《尚书·金縢》，周武王病重时，周公祭告祖先，请求以身相代，将祝文秘藏于金封的柜中。武王死后，周公辅佐幼年成王，反对者造作谣言说其将篡位，周公恐惧，避祸居东二年。后来成王发现祝文，才明白周公的忠诚。后者事见《汉书·王莽传》，王莽未篡位前，不喜声色犬马，恭俭下士，口碑甚佳。因此白居易说此二人“向使当初身便死，一生真伪复谁知?”这是借典故说明道理：真伪正邪，需要时间的检验。

其二，有助于修辞。用典不是修辞手法，却可起修辞作用，类似于比喻、借代（如“边庭流血成海水，武皇开边意未已”）等，但它自身就浓缩着丰富的信息，因此作用超过一般意义上的修辞。如李商隐《无题四首》中“来是空言去绝踪”一首（见第九讲《时间与空间》），末尾说“刘郎已恨蓬山远，更隔蓬山一万重!”刘学锴、余恕诚《李商隐诗歌集解》注释云：

刘郎、蓬山虽用汉武求仙事，然仅取其字面，实兼用刘晨、阮肇事。传东汉永平中，剡县人刘晨、阮肇入天台山采药迷路，遇二仙女，被邀至仙洞。半载后返故里，子孙已七世。后重入天台访女，踪迹渺然。事见刘义庆《幽明录》。晚唐诗人曹唐有《刘阮洞中遇仙人》诗等五首，即据此事敷演。诗中有“免令仙犬吠刘郎”、“此生无处访刘郎”之句，是刘晨亦可称刘郎。此以刘郎自指，蓬山指对方所居之处。二句谓刘郎已恨仙凡路隔，蓬山渺不可即，更那堪远隔万重蓬山乎？

可见，李诗虽以刘郎自比，但典故的内蕴要比比喻丰富、复杂得多。

其三，有助于丰富表达的内涵。前引《行行重行行》一诗已作了最好的说明。

其四，有助于发表不便直说的思想。诗贵含蓄，重暗示，诗人不便明说或不想明说的意思可通过典故曲折表达。南宋词人辛弃疾始终怀着收复中原的壮志，但朝廷偏安江南，无所作为，他报国无路，心情抑郁。在任建康府（今江苏南京）通判时，辛弃疾写下了这首著名词作《水龙吟·登建康赏心亭》：

楚天千里清秋，水随天去秋无际。
遥岑远目，献愁供恨，玉簪螺髻。
落日楼头，断鸿声里，江南游子，
把吴钩看了，栏干拍遍，无人会，登临意。

休说鲈鱼堪脍，尽西风，季鹰归未？
求田问舍，怕应羞见，刘郎才气。
可惜流年，忧愁风雨；树犹如此！
倩何人，唤取红巾翠袖，揾英雄泪！

上片借江南清秋风光抒写他怀念中原的“愁”和“恨”。下片连用三典表达抑郁和悲愤情怀。“休说”三句用张翰事，《晋书·张翰传》说张翰因见秋风起，乃思吴中菰菜、莼羹、鲈鱼脍，便弃官归里。辛弃疾反用此典，说自己不像张翰那样贪图家乡风味。“求田问舍”三句典出《三国志·陈登传》，许汜见陈登（字元龙），陈登上大床睡，让许睡下床。许对刘备抱怨陈登，刘说：当今天下大乱，你虚有国士之名，不能忧国忘家，只是求田问舍，陈元龙对你还算客气的，如果是我，一定自卧于百尺楼上，让你睡在地下。辛弃疾用此典表白自己绝不像许汜那样不顾国家而求田问舍。但一腔抱负又哪里有机会施展呢？于是，他不得不像东晋桓温那样叹息：“木犹如此，人何以堪！”《世说新语·言语》载：“桓公（桓温）北征，经金城，见前为琅邪时种柳，皆已十围，慨然曰：‘木犹如此，人何以堪！’攀枝执条，泫然流泪。”此词连用三个典故，吐一腔英雄气，洒一掬英雄泪，委婉动人，艺术表现力远在直说之上。李商隐《嫦娥》一诗“嫦娥应悔偷灵药，碧海青天夜夜心”的用典暗示意味更足，诗人一生的寂寞、惆怅、追悔，许多难以言说的情感都浓缩于其中。

最后，有助于联想。以典故引发读者联想，我们仅从李白的诗中就可找到不少例证。如《蜀道难》“地崩山摧壮士死”二句用《华阳国志》五丁杀大蛇开通蜀道的传说，“上有六龙回日之高标”用日神羲和驾六龙车巡天的神话，“剑阁峥嵘而崔嵬”五句化用西晋张载《剑阁铭》成句，这些来源不一的典故，引发读者对蜀道自然环境的艰难和人事环境的险恶产生丰富联想，有如临其境的感觉，因而认同作者的感慨：“蜀道之难，难于上青天！”李白的另一首小诗《哭晁卿衡》用典也极为高超：

日本晁卿辞帝都，征帆一片绕蓬壶。
明月不归沉碧海，白云愁色满苍梧。

晁卿，即日本阿倍仲麻吕，汉名晁衡。“卿”为对友人的爱称。晁开元初随日本遣唐使来华，慕中国之风，留长安多年不归，与王维、李白等交好。天宝十二载，晁归国，海上遇风暴，又遇海盗，同船者多人遇难，晁衡幸免，后辗转复至长安。但当时误传晁已死，李白遂写此诗祭吊。诗中“明月”出自《楚辞·九章·涉江》“被（披）明月（宝珠名）兮佩宝璐”，让人联想到晁衡品行才华的可贵及“沉碧海”的令人痛惜；“白云”

句用《山海经》中舜南巡死于苍梧之野、葬九嶷山的典故，“九疑联绵皆相似”（李白《远别离》），舜究竟葬于何处成为疑案，晁衡死于海，也无可确定的葬地，二者的相似让人产生神话般扑朔迷离的联想。诗中典故用得极自然贴切又引人遐想，使一首容量有限的七言绝句“含不尽之意见于言外”。

用典是颇具难度的诗歌艺术技巧，在实际创作中，使用典故大多不是为了实现单一的功能，而是往往同时具备多种效用。但无论基于什么目的使用典故，最高的境界都是浑然天成，语意明白晓畅。优秀的诗人不仅用典博雅贴切，而且能举重若轻，化难为易，属辞用事，无牵强之迹。典故是为达意服务的，因而应当与诗意融合无间。典故的功能不在于模拟，而在于描写，它本身就运载着意义。最高明的用事，是事与义的合一。事融于义，如盐溶于水，不可分离。从“古诗十九首”到李白诗，我们都可欣赏到这种自然浑成的高超艺术。

典故不是外在于诗意的辞藻与学问，而是负载着诗意的具有多重美感内涵的符号。使用得好，就能够产生丰富的审美效果。如李商隐《锦瑟》诗向称难解，“难”并非难在用典用事，而是难在典故负载了太多的内涵，给联想提供了太多可能性。此诗中间两联用典，所用皆为习见的故实，依次为庄周梦蝶（《庄子·齐物论》）、蜀望帝魂化杜鹃（《华阳国志》）、南海鲛人泣泪成珠（张华《博物志》）、蓝田玉烟可望而不可置于眼前（中唐诗人戴叔伦论诗）。语言幽雅而绝不艰深，意境极美，不知典故的读者可以体味到诗之形象、意境、语言的美感，而不觉隔膜；了解典故的读者则可通过联想更深地体会到其中的象征意义和感情色彩。作家王蒙说得好：

"庄生晓梦迷蝴蝶，望帝春心托杜鹃"，回忆之中产生了（或弥漫了、笼罩了）类似庄生化蝶不知己身何物的迷惑，回忆之中又萌发了类似化为杜鹃的望帝的春心。或者解为去回忆往日那种类似庄生梦蝶杜宇化鸟的内心经验，也可以。就是说，这里表达的是一种失落感与困惑感，更是一种幻化感：庄生化蝶，望帝化鸟，幻化不已。失什么惑什么化什么？诗人没有说，一般读者亦不必强为之说。华年之思化为诗篇，生化为死，青年化为老年，胸有大志化为一事无成，爱情的追求化为失却悼亡都说得通。"沧海月明珠有泪，蓝田日暖玉生烟"，神游沧海蓝田，神交明月暖日，神察珠泪玉烟，又寥阔又寂寞，又悲哀（泪嘛）又温暖。又高贵（珠、玉、月、日）又无奈（有泪生烟，都是自在的与无为的啊）。又阔大（海、田）又深幽（泪也烟也转瞬逝去也终无用场也）。又艳丽，又迷离又生动（孤立地解释中间四句其实是生动的），又阻隔（神秘）又亲切。这是什么呢，当然不是咏田咏海，咏珠咏玉，不是咏瑟咏物而是吟咏自己的内心世界，自己的精神生活，自己的内心感受。（《一篇〈锦瑟〉解人难》，见《读书》1990年第7期）

《锦瑟》语言透明澄澈，诗意宛转幽深，诗味绵邈悠长，充分表现了中国传统诗歌凝练、概括、渊雅蕴藉之美。其中，典故这种特殊艺术符号的运用是非常出色的。

用典要灵活变化，不可拘泥原典。典故作为一种艺术符号，是为表达诗意服务的。当原典和诗意之间存在差异之时，可照顾诗意，改造原典，所谓“使事而不为事使”。李商隐《贾生》诗说：

宣室求贤访逐臣，贾生才调更无伦。
可怜夜半虚前席，不问苍生问鬼神！

《史记·屈原贾生列传》载：汉文帝在举行祭祀后于未央宫前的正室（宣室）召见贾谊，问鬼神的本原，贾谊博学，详尽解说，一直谈到深夜，由于听得入迷，文帝不由得在座席上移膝靠近贾谊。从这一故事的原文看，贾谊很受文帝器重。但李商隐不拘于原意，以“可怜”（可惜、可叹之意）作转折，翻出新意：皇帝夜半求贤，却“不问苍生问鬼神”，可见并不识贤任贤，“虚前席”即浪费人才，贾生依然是怀才不遇！从这一翻案式的用典可见出诗人见识胸襟超出前人处。

宋人在活用典故方面积累了更多艺术经验。请看王安石《书湖阴先生壁二首》（其一）：

茅檐长扫静无苔，花木成畦手自栽。
一水护田将绿绕，两山排闼送青来。

这是题在朋友家壁上的一首精巧的写景诗，诗人运学问于诗中，巧妙地用两个典故，拟人化地写活了景色。“护田”、“排闼”都出自《汉书》。《汉书·西域传序》说：“自敦煌西至盐泽，往往起亭，而轮台、渠犁皆有田卒数百人，置使者校尉领护。”

可见“护田”是一种统领保护营田之事的职责。《汉书·樊哙传》载：“高帝尝病，恶见人，卧禁中，诏户者无得入群臣。……哙乃排闼直入。”“闼”是宫中小门，“排闼”即撞开门。诗人以“护田”写活水的神情，以樊哙粗莽的动作“排闼”写活了山的动态：门外青山急急闯进门来，将青青山色送与主人。诗人将典故融化在生动的意境中，让我们只觉其拟人，而不觉其用典。而且此诗将出自于正史的典故用于写眼前小景致，有意识地断章取义，大词小用，用典极其灵活且为全诗增添许多谐趣。

正如任何一种艺术手法一样，用典既有所长，也有所短。诗中的典故，归根结底是为了抒情述志，而不是展览学问，典故的运用也是以诗人与读者的互相理解为前提的。若走向极端，为用典而用，就会成为学问的炫耀展览，隐藏并埋没意义，导致诗歌的生硬晦涩，更易造成一般读者阅读时的“视境中断”，使典故曾经拥有过的生命活力渐化为僵死的躯体，成为阅读的障碍。因此，用典过多，过僻，以及毫无必要的用典（如钱锺书先生《宋诗选注》所说的南宋人旅行诗中的陶渊明情境），都是诗歌之大忌。李商隐的许多诗作用典精致贴切，美感丰富。但他也有些作品用典过多过僻，“语工而意不及”（《蔡宽夫诗话》），导致形象和意境的晦涩，以至于招致“獭祭鱼”之讥（据说獭捕得鱼后一一陈列水边犹如祭祀，人们因此将罗列典故堆砌成文称“獭祭鱼”）。宋初西昆体诗人发展了李商隐的缺点，喜好以典实的罗列和堆砌连缀成篇，虽不乏典雅雍容之态，毕竟词繁意弱（参见【阅读】中杨亿、刘筠、钱惟演《泪》）。宋诗中过分强调“以学问为诗”、“资书以为诗”的倾向，也导致部分诗人舍本逐末，以“掉书袋”为博雅，这显然是违背诗美原则的。

典故在使用过程中自身也在产生变化，人们不断赋予旧典故以新意，新典也不断产生，唐人用五经、汉魏故实，宋人就可能用唐典（如姜夔《扬州慢》词用杜牧事、杜牧诗）。“今典”积久成为“古典”，“古典”又被一代代诗人重新阐释，用于新的情境中。如清代“诗界革命派”诗人黄遵宪在出使英法意日诸国时，以传统诗歌形式写所见所闻所感。其《伦敦大雾行》即运用大量“古典”写伦敦的雾中奇观，让人耳目一新。即使是在文化背景完全改变的今天，“古典”的生命力依然未曾衰竭。1985年，青年诗人欧阳江河发表组诗《太阳和他的反光》，以中国上古神话为素材和启示，表现出一种静穆而超然的美：

上路的那天，他已经老了
否则他不去追太阳
青春本身就是太阳
…………
传说他渴得喝干了渭水黄河
其实他把自己斟满了递给太阳
其实他和太阳彼此早有醉意
他把自己在阳光中洗过又晒干
他把自己坎坎坷坷地铺在地上
有道路有皱纹有干枯的湖

太阳安顿在他心里的时候

他发觉太阳很软，软得发疼
可以摸一下了，他老了
手指抖得和阳光一样
可以离开了，随意把手杖扔向天边
有人在春天的草上拾到一根柴禾
抬起头来，漫山遍野滚动着桃子 （《追日》）

《山海经·海外北经》载："夸父与日逐走，入日。渴，欲得饮，饮于河、渭；河、渭不足，北饮大泽。未至，道渴而死。弃其杖，化为邓林。"这就是《追日》一诗的神话来源。两相比较，我们可看出当代诗人是如何阐释神话原典，如何借古典表现天地之大美，表现人与自然合一的境界的。正如诗人自己所说的那样，他是将本民族的神话"作为生命隐秘的启示，以点石生辉"、"将中国神话蕴含之气贯通至今，使青铜的威武静慑、砖瓦的古朴、墓雕的浑重、瓷的清雅等等荡穿其中，催动诗歌开放"(《太阳和他的反光·序》)。

用典艺术就是这样，负载着丰厚的文化信息，在中国诗歌中生生不息。

【阅读】

嫦娥 ［唐］李商隐

云母屏风烛影深，长河渐落晓星沉。
嫦娥应悔偷灵药，碧海青天夜夜心。

西昆酬唱集·泪 ［宋］杨亿 钱惟演 刘筠

锦字梭停掩夜机，白头吟苦怨新知。谁闻陇水回肠后，更听巴猿拭袂时。汉殿微凉金屋闭，魏宫清晓玉壶欹。多情不待悲秋气，只是伤春鬓已丝。　　鲛盘千点怨吞声，蜡炬风高翠箔轻。夜半商陵闻别鹤，酒阑安石对哀筝。银屏欲去连珠迸，金屋初来玉筯横。马上悲歌寄黄鹄，紫台回首暮云平。　　含酸茹叹几伤神，呜咽交流忽满巾。建邺江山非故国，灞陵风雨又残春。虞歌决别知亡楚，燕酒初酣待报秦。欲诉青天销积恨，月娥孀独更愁人。

八月十五日看潮五绝（其五） ［宋］苏轼

江神河伯两醯鸡，海若东来气吐霓。
安得夫差水犀手，三千强弩射潮低！

登快阁 ［宋］黄庭坚

痴儿了却公家事，快阁东西倚晚晴。
落木千山天远大，澄江一道月分明。
朱弦已为佳人绝，青眼聊因美酒横。
万里归船弄长笛，此心吾与白鸥盟。

贺新郎（别茂嘉十二弟） ［宋］辛弃疾

绿树听鹈鴂，更那堪、鹧鸪声住，杜鹃声切。啼到春归无寻处，苦恨芳菲都歇。算未抵、人间离别。马上琵琶关塞黑，更长门、翠辇辞金阙。看燕燕，送归妾。　　将军百战声名裂，向河梁、回头万里，故人长绝。易水萧萧西风冷，满座衣冠似雪。正壮士、悲歌未彻。啼鸟还知如许恨，料不啼清泪长啼血。谁共我，醉明月？

扬州慢 ［宋］姜夔

淮左名都，竹西佳处，解鞍少驻初程。过春风十里，尽荠麦青青。自胡马窥江去后，废池乔木，犹厌言兵。渐黄昏，清角吹寒，都在空城。　　杜郎俊赏，算而今、重到须惊。纵豆蔻词工，青楼梦好，难赋深情。二十四桥仍在，波心荡、冷月无声。念桥边红药，年年知为谁生！

［黄钟·人月圆］客垂虹 ［元］张可久

三高祠下天如镜，山色浸空濛。
莼羹张翰，渔舟范蠡，茶灶龟蒙。
故人何在？前程那里？心事谁同？
黄花庭院，青灯夜雨，白发秋风！

伦敦大雾行 ［清］黄遵宪

苍天已死黄天立，倒海翻云百神集。
一时天醉帝梦酣，举国沉迷同失日。
芒芒荡荡国昏荒，冥冥蒙蒙黑甜香。

我坐斗室几匝月，面壁惟拜灯光王。
时不辨朝夕，地不识南北。
离离火焰青，漫漫劫灰黑。
如度大漠沙尽黄，如探岩穴黝难测。
化尘尘亦缁，望气气皆墨。
色象无可名，眼鼻若并塞。
岂有盘古氏，出世天再辟。
又非阿修罗，搅海水上击。
忽然黑暗无间堕落阿鼻狱，又惊恶风吹船飘至罗刹国。
出门寸步不能行，九衢遍地铃铎声。
车马鸡栖匿不出，楼台蜃气中含腥。
天罗磕匝偶露缺，上有红轮色如血；
暖暖曾无射目光，凉凉未觉炙手热。
吾闻地球绕日日绕球，今之英属遍五洲，
赤日所照无不到，光华遍被天尽头。
乌知都城不见日，人人反抱天堕忧。
又闻地气蒸腾化为雨，巧算能知雨点数。
此邦本以水为家，况有灶烟十万户。
倘将四海之雾铢积寸算来，或尚不如伦敦雾。

秋夜思　戴望舒

谁家动刀尺？
心也需要秋衣。

听鲛人的召唤，
听木叶的呼息！
风从每一条脉络进来，
窃听心的枯裂之音。

诗人云：心即是琴。
谁听过那古旧的阳春白雪？
为真知的死者的慰藉，
有人已将它悬在树梢，
为天籁之凭托——
但曾一度谛听的飘逝之音。

而断裂的吴丝蜀桐，
仅使人从弦柱间思忆华年。

【思考】

1. 用典的目的是什么？

2. 请在你熟悉的中国诗歌中找出使用“事典”和“语典”的例子，说说它们的原出处，并思考诗人是如何将它们剪裁、压缩成“信号”的。

3. 在你读过的诗歌中找出用典贴切精工和堆砌晦涩的例证，分析一下它们的艺术得失。

4. 你认为今人写诗（旧体诗和新诗）应当如何用典？

第十二讲

博喻与通感

“博喻”与“通感”是中国诗歌中常用的艺术手法。

博喻指连续用多种比喻来描摹一个对象，是加强诗歌形象性的一种手法，这种错综繁复的比喻超越了修辞学的范畴。

在《诗经》时代，博喻已是常用手法。《礼记·学记》说：“不学博依，不能安诗。”汉代郑玄注释说：“博依，广譬喻也。”《诗经·邶风·柏舟》的“我心匪鉴，不可以茹”、“我心匪石，不可转也。我心匪席，不可卷也”就是博喻，连用三个比喻表明心志的坚定不可动摇：我的心不是镜子，不能好歹不分一概容纳；我的心不是石头，不能由人转动；我的心不是席子，不能任人卷曲。汉乐府《上邪》更是我们所熟悉的：

上邪！我欲与君相知，长命无绝衰。山无陵，江水为竭，冬雷震震，夏雨雪，天地合，乃敢与君绝！

指天为誓，连用五种不可能出现的自然现象表示爱情的永不变更。比喻义虽不十分明确，但五种假设连用，也是一种“广譬喻”手法。

唐宋诗人中韩愈长于博喻，如《南山诗》《送无本师归范阳》等都有博喻的使用，但由于韩诗追求艰深奇险，这些比喻也尚奇尚异，欠流畅之致。使用博喻娴熟而出色的诗人首推苏轼。钱锺书先生在《宋诗选注》中这样说苏轼：“在风格上的大特色是比喻的丰富、新鲜和贴切，而且在他的诗里还看得到宋代讲究散文的人所谓‘博喻’或者西洋人所称道的莎士比亚式的比喻，一连串把五花八门的形象来表达一件事物的一个方面或一种状态。这种描写和衬托的方法仿佛是采用了旧小说里讲的‘车轮战法’，连一接二的搞得那件事物应接不暇，本相毕现，降伏在诗人笔下。”苏诗中最能显示博喻特色的是《百步洪二首》（其一）：

长洪斗落生跳波，轻舟南下如投梭。
水师绝叫凫雁起，乱石一线争磋磨。
有如兔走鹰隼落，骏马下注千丈坡。
断弦离柱箭脱手，飞电过隙珠翻荷。
四山眩转风掠耳，但见流沫生千涡。
险中得乐虽一快，何异水伯夸秋河。
我生乘化日夜逝，坐觉一念逾新罗。
纷纷争夺醉梦里，岂信荆棘埋铜驼。
觉来俯仰失千劫，回视此水殊委蛇。
君看岸边苍石上，古来篙眼如蜂窠。
但应此心无所住，造物虽驶如吾何！
回船上马各归去，多言哓哓师所呵。

百步洪，在彭城（今江苏徐州）东南二里，为汜水流经彭城外的一段。滩险石陡，水势迅急。苏轼为徐州知州时与友人参寥（僧道潜）放舟百步洪，作二诗，分赠二位朋友参寥与王定国，以上是赠参寥的一首。诗的前半写舟行急流中的惊险以及险中得乐的愉快。后半部分（“我生乘化”以下）借急流逝水言理，切入道家“委运乘化”和佛学“无住”的观念，既表达自己面对人生急流险滩乘化顺势、达观自在的胸怀，也切合所赠者参寥的僧人身份。全诗最精彩处在于“有如”四句连用七个比喻写放舟而下时所见所感的百步洪急流飞泻之态：水波如狡兔疾走，鹰隼急降，如骏马奔下千丈高坡；轻舟则如断弦离柱，飞箭脱手，如闪电过隙，如荷叶上跳跃的水珠。有声有势，渲染得淋漓恣肆。清人赵翼说：“形容水流迅驶，连用七喻，实古所未有。”（《瓯北诗话》卷五）《读孟郊诗二首》是对唐代诗人孟郊诗作的评论，其中“孤芳擢荒秽，苦语余诗骚。水清石凿凿，湍激不受篙。初如食小鱼，所得不偿劳；又似煮彭越，竟日嚼空螯”，也是使用博喻手法，以多个形象描绘孟郊诗风。“孤芳”句言孟诗有少许佳作夹杂在平庸之作中；“水清”二句比喻孟郊清瘦激切的诗风；“初如食小鱼”四句以两个比喻形容读孟诗的感觉：孟诗苦吟而成，气象局促，读之如吃小鱼小蟹，虽有可取而好处不多。由这里可看出，苏轼不仅以博喻写景，还以博喻论诗，将这种艺术运用得极其自如。

南宋词人辛弃疾的《沁园春》词将用典与博喻艺术结合，显得十分渊雅别致：

叠嶂西驰，万马回旋，众山欲东。
正惊湍直下，跳珠倒溅，小桥横截，缺月初弓。
老合投闲，天教多事，检校长身十万松。
吾庐小，在龙蛇影外，风雨声中。

争先见面重重。看爽气朝来三数峰。
似谢家子弟，衣冠磊落，相如庭户，车骑雍容。

我觉其间，雄深雅健，如对文章太史公。
新堤路，问偃湖何日，烟水蒙蒙。

这是一首笔力纵放的写景词，上片写层山叠嶂、惊湍飞瀑、十万长松的山间雄奇景色。下片写爽气朝来时自己看山的感觉。从“似谢家子弟”始，连用三典喻山。先以东晋谢家子弟比喻山的俊秀挺拔，典出《晋书·谢玄传》谢安与侄儿谢玄的一段对话。谢安问：“子弟亦何预人事，而正欲使其佳?”谢玄回答：“譬如芝兰玉树，欲使其生于庭阶耳。”接着用司马相如事形容山的雍容闲雅之态。典出《史记·司马相如列传》：“相如之临邛，从车骑，雍容闲雅，甚都（美）。”最后更出人意料地用上了韩愈对柳宗元文的评语“雄深雅健似司马子长（司马迁）”（见刘禹锡《唐故尚书礼部员外郎柳君集纪》），以比况山的高峻、深邃、典雅、遒劲。作者选用的典故，谢家子弟的衣冠，司马相如的车骑，太史公的文章，都是人们不太容易想到的，以人喻山，以文喻山，别出心裁而又生动传神。

在西方诗歌中，“博喻”也是常用手法，在诗中展示着诗人的才华和诗歌的艺术魅力。如钱锺书先生提到的“莎士比亚式的比喻”就是一种博喻。在莎士比亚的十四行诗和戏剧（实质也是一种散文诗）里，我们屡屡看到这种精彩的语言艺术。如《雅典的泰门》中，泰门诅咒金钱的著名段落：

金子！黄黄的、发光的、宝贵的金子！……只这一点点儿，就可以使黑的变成白的，丑的变成美的，错的变成对的，卑贱变成尊贵，老人变成少年，懦夫变成勇士。嘿！你们这些天神们啊，为什么要给我这东西呢？嘿，这东西会把你们的祭司和仆人从你们的身旁拉走，把壮士头颅底下的枕垫抽去；这黄色的奴隶可以使异教联盟，同宗分裂；它可以使受诅咒的人得福，使害着灰白色癞病的人为众人所敬爱；它可以使窃贼得到高爵显位，和元老们分庭抗礼；它可以使鸡皮黄脸的寡妇重做新娘，即使她的尊容会使身染恶疮的人见了呕吐，有了这东西也会恢复三春的娇艳。来，该死的土块，你这人尽可夫的娼妇，你惯会在乱七八糟的列国之间挑起纷争。……

借主人公之口，接二连三的比喻一气吐出，生动、形象、尖锐，喜爱莎士比亚戏剧的马克思曾将上文引用到《一八四四年经济学哲学手稿》中以说明货币的特性，并称赞“莎士比亚把货币的本质描绘得十分出色”。

匈牙利诗人裴多菲也是一位善用博喻艺术的诗人，他的抒情诗《我愿意是急流……》以博喻表现对爱人忠诚而无微不至的呵护，非常动人。他的《我的爱情并不是……》《我愿意是树……》等都是以博喻见长的爱情诗。“博喻”在表达爱的忠贞、急切、痴迷、灼热等情感状态时显示出无可比拟的优长。

诗歌是凝练精粹的艺术，讲究的是以简驭繁、以少胜多，但“博喻”却是反其道而行之。古今中外大量优秀诗作中“博喻”的使用，让我们看到“繁”也有一种独特的艺术效果，形象丰富、有力，集团作战式地出现，急管繁弦般的审美感受，给人以目不暇接、美不胜收的感觉。

“通感”是感觉“错位”的艺术。是在诗歌创作中把视觉、听觉、嗅觉、味觉、触觉等分属于眼、耳、鼻、舌、身的感觉沟通起来，有意识错位生成的特殊美感。于是音乐可以看，色彩可以听；冷暖会有重量，气味会有质感。

前文提到过的北宋宋祁的《玉楼春》词中的“红杏枝头春意闹”一句被王国维称作“着一‘闹’字而境界全出”(《人间词话》)，词人在当时就因此句获得“红杏枝头春意闹尚书”的美称。其实此词中“晓寒轻”、“春意闹”都是利用感觉错位生成特殊美感的。前者暗示“寒”有重量，后者则把事物的无声形态说成好像有声音的波动，在视觉中获得了听觉的感受。再加“轻”在语感上显得静，显得淡，正好衬托出“闹”的热闹、浓艳。烂漫春光，境界全出。

钱锺书曾撰《通感》一文，指出这种此前未被批评家和修辞学家认识的描写手法，称此艺术手法为“通感”或“感觉挪移”：

按逻辑思维，五官各有所司，不兼差也不越职，……“诗词中有言外之理”。声音不但会有气味——“哀响馥”、“鸟声香”，而且会有颜色、光亮——“红声”、“笑语绿”、“鸡声白”、“鸟话红”、“声皆绿”、“鼓［声］暗”。“香”不但能“闹”，而且能“劲”。流云“学声”，绿阴“生静”。花色和竹声都可以有温度：“热”、“欲燃”、“焦”。鸟语有时快利如“剪”，有时圆润如“丸”。五官感觉真算得有无相通、彼此相生了。

钱锺书还举例说明“通感”在西方诗文中出现很早、运用很广：

古希腊诗人和戏剧家的这类词句不算少，例如荷马那句使一切翻译者搔首搁笔的诗：“像知了坐在森林中一棵树上，倾泻下百合花也似的声音”。十六、七世纪欧洲的“奇崛诗派”爱用“五官感觉交换的杂拌比喻”。十九世纪前期浪漫主义诗人也经常采用这种手法，而十九世纪末象征主义诗人大用特用，滥用乱用，几乎使通感成为象征诗派的风格标志。

在中国，这种“感觉错位”艺术的运用也开始得很早，《礼记·乐记》中就有这样一段描述音乐的文字：

故歌者上如抗，下如队（坠），曲如折，止如槁木；倨中矩，句中钩，累累乎端如贯珠。

唐代孔颖达解释说：“声音感动于人，令人心想其形状如此。”这里说歌声高时像把声音用力高举起来，由高变低时像从高处坠落下来。这都是与视觉相联系。说声音静止时如枯木止而不动，圆转的歌声像珠子一个一个地串联起来，也都是使用视觉形象写音乐，用通感表现音乐的美。

不知是否受到《礼记·乐记》的影响，中国古代诗歌中使用“通感”最普遍的是听觉和视觉的沟通，尤其在音乐诗中更为突出。

试以几首唐人音乐诗为例，加深大家对“通感”的印象。

第一首是盛唐诗人李颀的《听董大弹胡笳声兼寄语房给事》：

蔡女昔造胡笳声，一弹一十有八拍。
胡人落泪沾边草，汉使断肠对归客。
古戍苍苍烽火寒，大荒沉沉飞雪白。
先拂商弦后角羽，四郊秋叶惊摵摵。
董夫子，通神明，深山窃听来妖精。
言迟更速皆应手，将往复旋如有情。
空山百鸟散还合，万里浮云阴且晴。
嘶酸雏雁失群夜，断绝胡儿恋母声。
川为净其波，鸟亦罢其鸣。
乌孙部落家乡远，逻娑沙尘哀怨生。
幽音变调忽飘洒，长风吹林雨堕瓦。
迸泉飒飒飞木末，野鹿呦呦走堂下。
长安城连东掖垣，凤凰池对青琐门。
高才脱略名与利，日夕望君抱琴至。

董大即宰相房琯的门客董庭兰，此人善弹琴，技艺高超。胡笳声即《胡笳》琴曲，传说蔡琰（文姬）将胡笳音乐改编成琴曲以抒情，这里说董庭兰弹的就是这支模仿胡笳曲的琴曲。房给事，指房琯。此诗从想象文姬改编、演奏胡笳曲写起，由“董夫子”至“野鹿呦呦走堂下”切入正题，描写董大的琴技。“空山百鸟散还合，万里浮云阴且晴”就是“听声类形”，利用视觉形象描绘诉诸听觉的音乐声。虽然此诗大多还是以声喻声——以多种具体的声音形象描摹不易形容的琴声，但毕竟已有了通感的运用。

第二首是白居易的《琵琶行》。此诗中有一节形容琵琶曲“大弦嘈嘈如急雨，小弦切切如私语。嘈嘈切切错杂弹，大珠小珠落玉盘。间关莺语花底滑，幽咽泉流冰下难”，若仔细体会一下，这只是以声喻声（以生活中熟悉的各种声音形容琵琶声），是博喻，而不是沟通各种感觉的通感。

第三首是韩愈的《听颖师弹琴》：

昵昵儿女语，恩怨相尔汝。
划然变轩昂，勇士赴敌场。
浮云柳絮无根蒂，天地阔远随飞扬。
喧啾百鸟群，忽见孤凤凰。
跻攀分寸不可上，失势一落千丈强。
嗟余有两耳，未省听丝篁。
自闻颖师弹，起坐在一旁。
推手遽止之，湿衣泪滂滂。
颖乎尔诚能，无以冰炭置我肠。

此诗虽也有以声喻声处，但大多是将听觉与视觉形象沟通起来，“心想形状如此”。如以“勇士赴敌场”的壮盛气势形容琴声的轩昂突起，以“浮云柳絮无根蒂，天地阔远随飞扬”描摹琴声的悠扬高旷，而“跻攀分寸不可上，失势一落千丈强”就是《乐记》“上如抗，下如坠”的诗化表达。与《琵琶行》相比，此诗娴熟地运用“通感”，不仅写出演奏者技艺的高超，乐声的美妙，更写出音乐扣人心弦的力量。

其实不仅是诗歌用“通感”，其他文体使用这一手法，也会达到极妙的效果。如晚清刘鹗《老残游记》第二回《历山山下古帝遗踪，明湖湖边美人绝调》中写在济南听鼓书艺人王小玉说书的一段：

声音初不甚大，只觉入耳有说不出来的妙境：五脏六腑里，像熨斗熨过，无一处不伏贴；三万六千个毛孔，像吃了人参果，无一个毛孔不畅快。唱了十数句之后，渐渐的越唱越高，忽然拔了一个尖儿，像一线钢丝抛入天际。……那知他于那极高的地方，尚能回环转折。几啭之后，又高一层，接连有三四叠，节节高起。恍如由傲来峰西面攀登泰山的景象：初看傲来峰削壁千仞，以为上与天通；及至翻到傲来峰顶，才见扇子崖更在傲来峰上；及至翻到扇子崖，又见南天门更在扇子崖上：愈翻愈险，愈险愈奇。那王小玉唱到极高的三四叠后，陡然一落，又极力骋其千回百折的精神，如一条飞蛇在黄山三十六峰半中腰里盘旋穿插。顷刻之间，周匝数遍。从此以后，愈唱愈低，愈低愈细，那声音渐渐的就听不见了。满园子的人都屏气凝神，不敢少动。约有两三分钟之久，仿佛有一点声音从地底下发出。这一出之后，忽又扬起，像放那东洋烟火，一个弹子上天，随化作千百道五色火光，纵横散乱。这一声飞起，即有无限声音俱来并发。那弹弦子的亦全用轮指，忽大忽小，同他那声音相和相合，有如花坞春晓，好鸟乱鸣。耳朵忙不过来，不晓得听那一声的为是。正在缭乱之际，忽听霍然一声，人弦俱寂。

这是借攀登泰山、飞蛇盘旋于黄山三十六峰、放“东洋烟火”等视觉形象描绘鼓书艺人唱腔的高低婉转，收放自如；还借熨斗熨过五脏六腑等触觉形容音乐带给听众的快感，可算是将“通感”运用得淋漓酣畅。

知道了“通感”这种艺术，我们会对前人诗作中一些独特之处有新的理解。如钱锺书先生在《谈艺录》中所说的“长吉曲喻（曲折的比喻）”，李贺的一些诗句，如“银浦流云学水声”（《天上谣》）、“羲和敲日玻璃声”（《秦王饮酒》）运用了“曲喻”手法，即云如水流，亦如水流而有声；日光明似玻璃（古指一种水晶石），亦必具玻璃声。若从“通感”的角度想，则这两句诗也同时在运用“感觉错位”艺术，前者从视觉联系到听觉，后者由触觉联系到听觉。

了解了“通感”艺术，我们对一些原来不大好理解的诗句，就又多了一种思考角度。如杜甫写竹“雨洗娟娟静，风吹细细香”（《严郑公宅同咏竹》）、李白写雪“瑶台雪花数千点，片片吹落春风香”（《酬殷明佐见赠五云裘歌》）、李贺写雨“依微香雨青氛氲”（《河南府试十二月乐词》），前人诗话只是说竹、雪、雨本无香，诗人笔补造化。周振甫在《诗词例话》中指出，这可能也是通感：

> 经过雨洗的竹子显得更其高洁，说“雨洗娟娟静”，它是那样洁静，唤起诗人说的“天寒翠袖薄，日暮倚修竹”，从修竹联想到佳人，所以用“娟娟”两字来形容它，娟娟不正是美好的佳人吗？佳人才有“风吹细细

香”来。这个“香”正和“娟娟”联系，正和诗人把修竹比佳人的用意相联系。诗人把“雪花”和“春风”联起来，在他眼里的雪花，已像春风中的“千树万树梨花开”了，把雪说成春风中的花，自然要说香了。把雨和云跟“氛氲”和“气”联起来，这就同氛氲的香气联起来了，这大概和春天的氛氲花香结合着，所以雨和云都香了。这样，视觉通于嗅觉，写出这些事物的“感动人意”来。用通感来解释，便可以体会得更深切些。

通感并不神秘，即使在日常语言中，也常有这种感觉的互通现象，当我们说声音“响亮”，说红色为“暖色”、绿色为“冷色”时，我们都在沟通不同的感觉，换作诗的语言表达就是“明亮的声音”、“暖红”、“寒碧”等等。诗歌不过是在充分发挥想象与联想作用的基础上，有意识地运用这种感觉的“乾坤大挪移”罢了。

【阅读】

菩萨蛮　敦煌曲子词

枕前发尽千般愿，要休且待青山烂。水面上秤锤浮，直待黄河彻底枯。　　白日参辰现，北斗回南面。休即未能休，且待三更见日头。

天上谣　［唐］李贺

天河夜转漂回星，银浦流云学水声。

玉宫桂树花未落，仙妾采香垂珮缨。
秦妃卷帘北窗晓，窗前植桐青凤小。
王子吹笙鹅管长，呼龙耕烟种瑶草。
粉霞红绶藕丝裙，青洲步拾兰苕春。
东指羲和能走马，海尘新生石山下。

秦王饮酒 ［唐］李贺

秦王骑虎游八极，剑光照空天自碧。
羲和敲日玻璃声，劫灰飞尽古今平。
龙头泻酒邀酒星，金槽琵琶夜枨枨。
洞庭雨脚来吹笙，酒酣喝月使倒行。
银云栉栉瑶殿明，宫门掌事报一更。
花楼玉凤声娇狞，海绡红文香浅清，黄鹅跌舞千年觥。
仙人烛树蜡烟轻，清琴醉眼泪泓泓。

蝴蝶飞 ［唐］李贺

杨花扑帐春云热，龟甲屏风醉眼缬。
东家蝴蝶西家飞，白骑少年今日归。

天涯 ［唐］李商隐

春日在天涯，天涯日又斜。
莺啼如有泪，为湿最高花。

寄永嘉崔道融　［唐］司空图

旅寓虽难定，乘闲是胜游。
碧云萧寺霁，红树谢村秋。
戍鼓和潮暗，船灯照岛幽。
诗家多滞此，风景似相留。

山园小梅　［宋］林逋

众芳摇落独暄妍，占尽风情向小园。
疏影横斜水清浅，暗香浮动月黄昏。
霜禽欲下先偷眼，粉蝶如知合断魂。
幸有微吟可相狎，不须檀板共金樽。

临江仙　［宋］晏几道

浅浅余寒春半，雪消蕙草初长。烟迷柳岸旧池塘。风吹梅蕊闹，雨细杏花香。　　月堕枝头欢意，从前虚梦高唐，觉来何处放思量。如今不是梦，真个到伊行。

菩萨蛮　［宋］晏几道

哀筝一弄湘江曲，声声写尽湘波绿。纤指十三弦，细将幽恨传。　　当筵秋水慢，玉柱斜飞雁。弹到断肠时，春山眉黛低。

读孟郊诗二首（其一）［宋］苏轼

夜读孟郊诗，细字如牛毛。

寒灯照昏花，佳处时一遭。
孤芳擢荒秽，苦语余诗骚。
水清石凿凿，湍激不受篙。
初如食小鱼，所得不偿劳；
又似煮彭越，竟日嚼空螯。
要当斗僧清，未足当韩豪。
人生如朝露，日夜火消膏。
何苦将两耳，听此寒虫号。
不如且置之，饮我玉色醪。

伊底眼 汪静之

伊底眼是温暖的太阳；
不然，何以伊一望着我，
我受了冻的心就热了呢？

伊底眼是解结的剪刀；
不然，何以伊一瞧着我，
我被镣铐的灵魂就自由了呢？

伊底眼是快乐的钥匙；
不然，何以伊一瞅着我，
我就住在乐园里了呢？

伊底眼变成忧愁的引火线了；
不然，何以伊一盯着我，
我就沉溺在愁海里了呢？

妹妹你是水　应修人

妹妹你是水——
你是清溪里的水。
无愁地镇日流，
率真地长是笑，
自然地引我忘了归路了。

妹妹你是水——
你是温泉里的水。
我底心儿他尽是爱游泳，
我想捞回来，
烫得我手心痛。

妹妹你是水——
你是荷塘里的水。
借荷叶做船儿，
借荷梗做篙儿，
妹妹我要到荷花深处来！

《欢乐》（节选） 何其芳

告诉我，欢乐是什么颜色？
像白鸽的翅膀？鹦鹉的红嘴？
欢乐是什么声音？
像一声芦笛？
还是从簌簌的松声到潺潺的流水？

我愿意是急流…… ［匈牙利］裴多菲

我愿意是急流，
山里的小河，
在崎岖的路上、
岩石上经过……
只要我的爱人，
是一条小鱼，
在我的浪花中
快乐地游来游去。

我愿意是荒林，
在河流的两岸，
对一阵阵的狂风，
勇敢地作战……
只要我的爱人
是一只小鸟，

在我的稠密的
树枝间做窠，鸣叫。

我愿意是废墟，
在峻峭的山岩上，
这静默的毁灭
并不使我懊丧……
只要我的爱人
是青青的常春藤，
沿着我荒凉的额，
亲密地攀援上升。

我愿意是草屋，
在深深的山谷底，
草屋的顶上
饱受风雨的打击……
只要我的爱人
是可爱的火焰，
在我的炉子里，
愉快地缓缓闪现。

我愿意是云朵，
是灰色的破旗，
在广漠的空中，

懒懒地飘来荡去，
　只要我的爱人
是珊瑚似的夕阳，
傍着我苍白的脸，
显出鲜艳的辉煌。

【思考】

1．就诗歌中的“博喻”思考“简”与“繁”的艺术辩证法。

2．找一二首使用“通感”有特色的诗歌试作点评。

3．林逋《山园小梅》首句说“众芳摇落独暄妍”，因“暄妍”意为和暖、美艳，被前人认为不符梅花特点，你怎样看？

第十三讲

风格与流派

风格，是指最能体现某一类型人物情性或艺术品的精神气质的外在风貌；诗歌风格则是指诗歌创作中各种因素有机结合后呈现出来的总的艺术风貌，属一种综合性的美学范畴。

在中国，“风格”一词原是指人的风度、品格、风韵等，以后才借用为文艺批评的术语。在传统诗歌批评中，人们谈及作家或作品的风格时常用的是“气”、“体”、“风”、“品”一类概念。如魏曹丕《典论·论文》就说“文以气为主”，“气”决定文学创作的“清浊”、“巧拙”等等，这里的“气”就接近我们今天所说的“风格”。刘勰《文心雕龙·体性》指出文（含诗赋）有八体：典雅、远奥、精约、显附、繁缛、壮丽、新奇、轻靡，这是从语言、修辞的角度讨论风格。唐代皎然将诗体概括为“高、逸、贞、忠、节、志、气、情、思、德、诫、闲、达、悲、怨、意、力、静、远”（《诗式》）十九字，其中大部分属于艺术风格的范畴。题为唐司空图所作的《二十四诗品》将诗“品”归纳为：雄浑、冲淡、纤秾、沉着、高古、典雅、洗练、劲健、绮丽、自然、含蓄、豪放、精神、缜密、疏野、清奇、委曲、实境、悲慨、形容、超诣、飘逸、旷达、流动。这里“品”的概念也与风格相类似，可理解为是从诗歌境界方面总结出的二十四种不同的风格。

一代有一代之文学，一代有一代之诗歌风格。刘勰说“文变染乎世情，兴废系乎时序”（《文心雕龙·时序》），就是指文学始终受时代环境和社会条件的影响。各时代的政治、社会风气、审美趣味不同，诗歌风格也就不同。先秦时期，人们就有这样的观念：“治世之音安以乐，其政和；乱世之音怨以怒，其政乖

（乖戾、反常）；亡国之音哀以思，其民困。”（《礼记·乐记》）汉代人借此言诗（见《毛诗序》），强调政治、道德、风俗等对诗歌风格的影响。在这样的影响下，一个时代的诗歌就会有一些共同的特征，这就是时代风格。如“梗概多气”的“建安风骨”，以陶渊明、谢灵运诗为代表的晋宋风流，唐诗中表现的浪漫、开阔、豪放、丰盈的美，宋诗中浓郁的书卷气，沉静、淡泊、劲健的气象，都是诗歌的时代风格。缪钺先生在《论宋诗》一文中对唐诗、宋诗的风格做了一个非常形象的描述：

唐诗以韵胜，故浑雅，而贵蕴藉空灵；宋诗以意胜，故精能，而贵深折透辟。唐诗之美在情辞，故丰腴；宋诗之美在气骨，故瘦劲。唐诗如芍药海棠，秾华繁采；宋诗如寒梅秋菊，幽韵冷香。唐诗如啖荔枝，一颗入口，则甘芳盈颊；宋诗如食橄榄，初觉生涩，而回味隽永。譬诸修园林，唐诗则如叠石凿池，筑亭辟馆；宋诗则如亭馆之中，饰以绮疏雕槛，水石之侧，植以异卉名葩。譬诸游山水，唐诗则如高峰远望，意气浩然；宋诗则如曲涧寻幽，情境冷峭。

试以两首小诗为例：

月落乌啼霜满天，江枫渔火对愁眠。
姑苏城外寒山寺，夜半钟声到客船。

（张继《枫桥夜泊》）

落帆江口月黄昏，小店无灯欲闭门。
侧出岸沙枫半死，系船应有去年痕。
（王安石《江宁夹口三首》其三）

二诗所写均为旅行途中客舟夜泊的感受，都是写景抒情之作。唐人张继通篇写优美清冷之景，而以“愁眠”二字贯串，一切景物都是诗人彻夜无眠的所见所闻，写景即写情，情在景中，空灵蕴藉，浑化无迹，富于韵味。宋人王安石也是通过写景抒情，但运思造境、炼字琢句的精深用力却清晰可见，如“小店无灯欲闭门”的曲折细致，“侧出沙岸枫半死”的崛峭瘦劲，都是诗人着意为之。而后两句所暗示的“树犹如此，人何以堪”的岁月迁逝感和寻觅旧迹动作中表现的人生倦旅的慨叹，更让人回味无穷，显示了宋诗“以意胜”的特点。时代的差异就是这样造就出风格的差别，孕育出美感形态各异的诗作。

除了时代风格，诗歌有时还有地域风格的差异。这种差异说明自然地理与人文地理对诗歌创作有一定的影响。一方面，诗人生活在特定的地理环境中，山川灵气、民情风俗甚至语言特点都可能影响到诗歌风格；另一方面，诗人从特定的风光景物、人文环境中获取素材，激发诗思，创造诗境，也会形成诗歌风格的地域特色。一个明显的例证是先秦时期《诗经》与《楚辞》的风格差异。《诗经》305篇作品的地理来源大致不出今陕西、山西、河南、河北、山东和湖北北部地区。虽有出自江汉流域的少量诗歌，但总体上以来自黄河流域的创作为主，浑朴、醇厚、写实的特色甚为明显。而作为“南方文学”的楚辞则呈现出与《诗经》全然不同的艺术风貌：浪漫、铺张、绚丽璀璨、奇瑰变幻，其成因虽是多方面的，但“江山之助”（刘勰语）也是重要原因之一。试想，与黄河流域的大野苍茫、山川雄浑相比，楚国有奇特而富于变化的自然环境，潇湘洞庭，幽谷峻岭，云水渺渺，朝烟夕岚，既诱人作丰富的美的遐想，又极易给人神秘、惶恐的感觉。楚文学的变幻多姿、自由浪漫，岂不是可从这里找到一部分根由吗？王国维先生说“凡一代有一代之文学，楚之骚，汉之赋，六朝之骈语，唐之诗，宋之词，元之曲，皆所谓一代之文学，而后世莫能继焉者也”（《宋元戏曲考》），指出了标志各时代文学最高成就的文学样式。“汉赋”、“六朝骈语”、“唐诗”、“宋词”、“元曲”都以时代标名，表明是某一时代的艺术成果，唯独“楚骚”是以地区标名，正是强调其鲜明的地域特点。南北朝时期南北方诗歌的风格差异也体现了这种地域特色。而南北朝民歌的地理差异就更加明显，南朝民歌的妩媚婉转、声情摇曳与北朝民歌的质朴刚健、生气勃勃相互映发，组成一道别致的风景，从我们较熟悉的《西洲曲》《敕勒歌》中就能看到这种地域风格的差异。

时代风格、地域风格只是一种总括的群体风格，是举其大概而言之。诗歌创作繁盛局面的出现更有赖于诗人成熟、完美的个体风格。人们标举“唐诗”、“宋词”、“元曲”，正是因为有大群风格各异的诗人，异曲同工地造就出某一诗体的辉煌。

诗人的个人风格中必然具有鲜明的时代、民族、地域色彩，但起决定作用的是诗人自身的气质个性、阅历才情和审美好尚，将这些因素浑融和谐地呈现于诗中，就形成了一种或数种风格。

如宋人说李白的诗“飘逸”，杜甫的诗“沉郁”，指的就是这种个体风格。个人风格的形成表明诗人已达到诗歌艺术相当高的境界，虽然并非所有诗人都有成熟风格（有的仅仅是具有一定特色），但优秀的诗人往往在一种主要风格之外还兼具其他的风格或特色，如陶渊明的平淡醇和之外还有沉郁浑厚甚至“金刚怒目”式的作品，李白除了豪迈飘逸之作还有不少清丽天真的小诗。

个人风格的差异使传统诗歌呈现出丰富多彩的面貌，登同一座终南山，闲雅的王维写下“白云回望合，青霭入看无”（《终南山》），诗情画境，细致空灵；愁苦的孟郊则说“南山塞天地，日月石上生”（《游终南山》），瘦硬奇崛，兀傲不平。孟浩然与杜甫都惊叹洞庭湖景色的壮观：“气蒸云梦泽，波撼岳阳城。”（孟浩然《临洞庭》）“吴楚东南坼，乾坤日夜浮。”（杜甫《登岳阳楼》）但孟浩然是借洞庭湖景物表达希望得人援引的用世之心，“冲淡中有壮逸之气”；杜甫则是以残年衰病之身对吞吐日月之景，家国多难，百感茫茫，涕泪交流，情绪沉重，风格沉郁。洞庭湖中秀美的君山，在中唐诗人雍陶眼中就像水仙梳妆后遗忘在明镜上的一颗画眉的黛墨：

风波不动影沉沉，碧色全无翠色深。
疑是水仙梳洗处，一螺青黛镜中心。

（《题君山》）

宁静，澄澈，美妙，如入仙境。而酒醉后的李白却觉得君山有些碍事，忽发奇想：

划却君山好，平铺湘水流。
巴陵无限酒，醉杀洞庭秋。
（《陪侍郎叔游洞庭醉后》其三）

真是妙想天开！奇异，壮阔，见诗如见人，活脱脱一个醉眼蒙胧的诗仙李太白！正因为这些异彩纷呈的风格的存在，诗的魅力才是那样迷人！

针对前人将诗文风格愈析愈细、名目繁多的状况，清代桐城派文学家姚鼐由博返约，用源于《易经》的天地阴阳之道说，将文学风格归纳为“阳刚”与“阴柔”两大基本类型。这两种审美类型大致相当于西方诗学中的“壮美”与“优美”。凡是雄浑、劲健、豪放、壮丽、博大等风格都可纳入阳刚一类；而修洁、淡雅、高远、飘逸、清新等风格则都可归入阴柔一类。（见《复鲁絜非书》）以阴阳刚柔论风格，姚鼐一方面指出两者的区别，另一方面又强调它们的相互联系。阴阳相生，刚柔相济，它们是对立的统一体，相反相成。自然之理是这样，诗文之道也是这样。人的气质有刚柔之分，吟诗撰文当然会偏于“阳刚”或“阴柔”的风格，但能“刚”中存“柔”或“柔”中见“刚”，相互调剂，形成和谐统一的风格，才会达到完美的艺术境界。这一观点有助于我们理解时代风格、诗人风格的复杂性。

当代学者钱锺书先生提出“诗分唐宋”的主张，概括了中国古典诗歌两大总体风格的对峙：“唐诗、宋诗，亦非仅朝代之别，乃体格性分之殊。天下有两种人，斯分两种诗。唐诗多以丰神情韵擅长，宋诗多以筋骨思理见胜。”因此，“诗分唐宋”只是大概而言，不一定“唐诗”必出唐人，“宋诗”必出宋人，唐代的杜甫、韩愈、白居易、孟郊，是“唐人开宋调者”；宋代的张耒、姜夔、九僧、四灵等，是“宋人之有唐音者”。钱锺书先生强调诗歌的不同风格主要不是由时代不同造成，而是由于诗人个性差异不期而然地形成的：“夫人禀性，各有偏至。发为声诗，高明者近唐，沉潜者近宋，有不期而然者。故自宋以来，历元、明、清，才人辈出，而所作不能出唐宋之范围，皆可分唐宋之畛域。唐以前之汉、魏、六朝，虽浑而未划，蕴而不发，亦未尝不可以此例之。”“且又一集之内，一生之中，少年才气发扬，遂为唐体，晚节思虑深沉，乃染宋调。”（《谈艺录》）按钱锺书先生的看法，可以跳出时代的限制，将“唐音”、“宋调”作为中国古典诗歌两大风格类型来认识：从汉魏至明清，以丰神情韵见长、张扬才气、格调高朗明爽（即“高明者”）的诗作，可归入“唐音”一类；以筋骨思理见胜，风格淡泊、沉静、内敛的诗作，可纳入“宋调”的范围。这样的见解，十分切合中国古典诗歌的创作实际，比之于在传统诗作上硬贴“现实主义”、“浪漫主义”或“古典主义”之类的标签，对我们阅读诗歌的启发要大得多。

一些诗人具有某种共同的风格，或是认同某一创作原则，或只是在审美趣味、创作倾向上彼此接近，于是就有了诗歌流派的兴起。在中国诗史上，有难以计数的大小流派，它们的构成形态、在当时的地位、对后世的影响千差万别，但大体上可分为广义的流派与狭义的流派两大类型。

广义的流派是一种松散的组合。他们不一定有共同的创作宗旨，个人风格也千差万别。但可能由于共处于某一特定的文化氛围中，或是在某种审美趣味上的接近，而自然形成一个诗人群落。如开创了“汉魏风骨”（又称“建安风骨”）传统的建安诗人就是这样的广义的流派，他们是以“三曹”（曹操、曹丕、曹植）为核心、“七子”（王粲、刘桢等）为羽翼、鼎盛期达到上百人的文学群落，由于主要活动于曹氏父子的政权中心邺城，今人也称其“邺下文人集团”。这群文人的集结，目的本不在文学。他们归依于曹氏父子政治势力，有志建功立业，结束社会灾难，实现个人价值。而曹操“外定武功，内兴文学”，一方面凭借政治上的优越地位团结了大群文士在周围；另一方面又以自己出色的文学创作领袖群英，振兴了凋敝已久的诗歌创作。这群文人适逢其会。虽然他们的创作个性有极大差异，但不约而同地抒发动乱时代悲天悯人的感慨和建立功业的雄心壮怀，形成了慷慨悲凉的总体风格，开创了《诗经》《楚辞》之后又一个诗歌的辉煌局面，“建安文学”也成为后人屡屡回顾、怀想的一个文学的理想时代。

被人们所熟悉的盛唐山水田园诗派和边塞诗派是一种更加松散的结构形态。唐代开元、天宝年间，诗坛上有两个诗人群落非常引人注目。一群诗人以人与自然的和谐为主题，以山水田园风光为主要素材，在诗中表现宁静、秀美的境界。王维、孟浩然是这群诗人中最出色者，此外还有储光羲、常建、裴迪、綦毋潜等若干诗人。另一群诗人则多涉笔边塞题材，塞外风光、边境战事、戍边将士的情感世界等都是他们笔下常见的内容，他们诗中表现的多是悲壮、豪迈之美。高适、岑参、王昌龄是这群诗人的代表，李颀、王之涣、王翰等人因为他们传世的边塞杰作，也被纳入这群诗人中。人们将前者称作山水田园诗派，又称王孟诗派；将后者称边塞诗派，又称高岑诗派。实际上这两个诗人群落既无任何人倡导、组织，也无共同的创作宗旨、原则，甚至不是着意弘扬某种风格以形成气候，总之，所谓“诗派”绝非有意为之。只是因为审美趣味、创作题材的接近，还有在“山水田园”、“边塞”这两大题材上的成就和影响，被后人归类而论。实际上，称他们为某某诗派还不如称某某诗人来得准确些。因为他们不是什么着意为之的“流派”，这两群诗人的创作显示出鲜明的个性色彩，如边塞诗人中，高适慷慨悲壮，岑参浪漫好奇，王昌龄委婉深情，他们边塞诗的取材、视角各不相同，共同形成盛唐边塞诗异彩纷呈的艺术面貌，引人瞩目。

在中国诗歌发展史上，也有一些狭义的流派。一群诗人认同或倡导某种艺术原则，提倡某种创作方法，或是集结在某种诗歌传统的旗帜下（比如宋代诗人将杜甫奉为诗学典范），同声相应，同气相求，经过师友、同乡、君臣等关系的承传推广，便成了一种诗歌流派。如南朝梁简文帝萧纲喜好情调轻艳的诗作，他当太子时和东宫僚属们写作了许多以轻靡风格咏艳情的诗歌，被人们称作“宫体诗”。赞同者认为其反教化的倾向、近距离表现女性美的方法有积极意义，批评者认为其题材狭窄，力度柔弱，少数作品有暗示色情之嫌。论者观点的不一也正说明这一诗派在当时和后世产生过较大影响。

中唐时期的韩孟诗派也是一个引人注目的诗歌派别。盛唐诗以浑融圆润、韵味无穷为美，韩愈却打破传统，刻意创造奇险硬僻的境界，意象雄奇，硬语盘空，在诗歌的意境与技巧上努力开拓出新路子。韩愈的周围集结起一群审美趣味接近的诗人，孟郊、贾岛、卢仝、马异……还有晚辈诗人李贺，他们的风格或瘦硬，或幽深，或冷僻，或怪异，成就高下有异，但都有反对圆熟平滑、追求奇险新异的共同倾向，在诗坛形成声势颇大的韩孟（孟郊）诗派。韩愈所倡导的这一流派风格被后人称为“唐诗之一大变”（清代叶燮语），对与“唐音”相对应的“宋调”的出现有开启之功。

在宋以前，即使是狭义的流派，其派别名称也大多是当时人或后人所予，宋代诗人才有了一种自觉的宗派意识。宋代不仅诗派空前繁密，而且诗人们喜好以自立门庭相号召。著名的“江西诗派”就是一个具有自觉的宗派意识、凝聚力和张扬力极强的诗歌流派。该诗派于北宋晚期在黄庭坚的影响下形成，他们以杜甫为旗帜，承递黄庭坚、陈师道等诗人崛奇生新、拗折透辟的诗风和诗法，不仅自立宗派之名，诗人众多，以大致相同的理论主张和创作倾向形成空前的规模，而且成员不断增加，亲属、师友、同乡承传，关联密切，交往频繁。这一流派在宋代即绵延二百多年，声势浩大，尤其是在南北宋之交时势头强劲。这种强大的声势甚至使得黄、陈诗风被人们当作“宋诗”以至“宋调”（不仅限于宋一代）的典型代表，可见其影响的深远巨大。

在中国诗歌的艺术长河中，众多的风格百卉争艳，众多的流派、创作倾向并存、包容、联结，促使中国诗歌的境域不断开拓，艺术不断新变，生生不息，源远流长。

【阅读】

西洲曲　南朝民歌

忆梅下西洲，折梅寄江北。单衫杏子红，双鬓鸦雏色。
西洲在何处？两桨桥头渡。日暮伯劳飞，风吹乌臼树。
树下即门前，门中露翠钿。开门郎不至，出门采红莲。
采莲南塘秋，莲花过人头。低头弄莲子，莲子青如水。
置莲怀袖中，莲心彻底红。忆郎郎不至，仰首望飞鸿。
鸿飞满西洲，望郎上青楼。楼高望不见，尽日栏杆头。
栏杆十二曲，垂手明如玉。卷帘天自高，海水摇空绿。
海水梦悠悠，君愁我亦愁。南风知我意，吹梦到西洲。

终南山　［唐］王维

太乙近天都，连山到海隅。
白云回望合，青霭入看无。
分野中峰变，阴晴众壑殊。
欲投人宿处，隔水问樵夫。

游终南山　［唐］孟郊

南山塞天地，日月石上生。
高峰夜留景，深谷昼未明。
山中人自正，路险心亦平。
长风驱松柏，声拂万壑清。

到此悔读书，朝朝近浮名。

庐山谣寄卢侍御虚舟 ［唐］李白

我本楚狂人，凤歌笑孔丘。
手持绿玉杖，朝别黄鹤楼。
五岳寻仙不辞远，一生好入名山游。
庐山秀出南斗旁，屏风九叠云锦张，影落明湖青黛光。
金阙前开二峰长，银河倒挂三石梁。
香炉瀑布遥相望，回崖沓嶂凌苍苍。
翠影红霞映朝日，鸟飞不到吴天长。
登高壮观天地间，大江茫茫去不还。
黄云万里动风色，白波九道流雪山。
好为庐山谣，兴因庐山发。
闲窥石镜清我心，谢公行处苍苔没。
早服还丹无世情，琴心三叠道初成。
遥见仙人彩云里，手把芙蓉朝玉京。
先期汗漫九垓上，愿接卢敖游太清。

临洞庭 ［唐］孟浩然

八月湖水平，涵虚混太清。
气蒸云梦泽，波撼岳阳城。
欲济无舟楫，端居耻圣明。
坐观垂钓者，徒有羡鱼情。

与夏十二登岳阳楼 ［唐］李白

楼观岳阳尽，川迥洞庭开。
雁引愁心去，山衔好月来。
云间连下榻，天上接行杯。
醉后凉风起，吹人舞袖回。

登岳阳楼 ［唐］杜甫

昔闻洞庭水，今上岳阳楼。
吴楚东南坼，乾坤日夜浮。
亲朋无一字，老病有孤舟。
戎马关山北，凭轩涕泗流。

雨中登岳阳楼望君山二首 ［宋］黄庭坚

投荒万死鬓毛斑，生入瞿塘滟滪关。
未到江南先一笑，岳阳楼上对君山。
满川风雨独凭栏，绾结湘娥十二鬟。
可惜不当湖水面，银山堆里看青山。

登岳阳楼二首（其一） ［宋］陈与义

洞庭之东江水西，帘旌不动夕阳迟。
登临吴蜀横分地，徙倚湖山欲暮时。
万里来游还望远，三年多难更凭危。
白头吊古风霜里，老木苍波无限悲。

燕歌行 ［唐］高适

汉家烟尘在东北，汉将辞家破残贼。
男儿本自重横行，天子非常赐颜色。
摐金伐鼓下榆关，旌旆逶迤碣石间。
校尉羽书飞瀚海，单于猎火照狼山。
山川萧条极边土，胡骑凭陵杂风雨。
战士军前半死生，美人帐下犹歌舞！
大漠穷秋塞草腓，孤城落日斗兵稀。
身当恩遇常轻敌，力尽关山未解围。
铁衣远戍辛勤久，玉筋应啼别离后。
少妇城南欲断肠，征人蓟北空回首。
边庭飘飖那可度，绝域苍茫无所有！
杀气三时作阵云，寒声一夜传刁斗。
相看白刃血纷纷，死节从来岂顾勋。
君不见沙场征战苦，至今犹忆李将军！

白雪歌送武判官归京 ［唐］岑参

北风卷地白草折，胡天八月即飞雪。
忽如一夜春风来，千树万树梨花开。
散入珠帘湿罗幕，狐裘不暖锦衾薄。
将军角弓不得控，都护铁衣冷难着。
瀚海阑干百丈冰，愁云惨淡万里凝。
中军置酒饮归客，胡琴琵琶与羌笛。
纷纷暮雪下辕门，风掣红旗冻不翻。

轮台东门送君去，去时雪满天山路。
山回路转不见君，雪上空留马行处。

古从军行 ［唐］李颀

白日登山望烽火，黄昏饮马傍交河。
行人刁斗风沙暗，公主琵琶幽怨多。
野云万里无城郭，雨雪纷纷连大漠。
胡雁哀鸣夜夜飞，胡儿眼泪双双落。
闻道玉门犹被遮，应将性命逐轻车。
年年战骨埋荒外，空见蒲桃入汉家。

从军行七首（其一）［唐］王昌龄

烽火城西百尺楼，黄昏独坐海风秋。
更吹羌笛关山月，无那金闺万里愁。

【思考】

1. 钱锺书先生所说的“唐音”、“宋调”应如何理解？

2. 西方批评家说“风格即人”，你赞同吗？请在你熟悉的中国诗歌中找几首说明你的观点。

3. 就【阅读】中所选的几首唐宋诗人登岳阳楼诗评述作者风格的差异。

4. 根据高适、岑参、王昌龄等诗人的边塞诗，思考流派风格和个人风格之间的关系。

第十四讲

诗与音乐

诗歌与音乐舞蹈，最早是融为一体的诗乐舞。儒家经典《尚书·尧典》有这样一段记载：

帝曰："夔，命汝典乐，教胄子……诗言志，歌永言，声依永，律和声，八音克谐，无相夺伦，神人以和。"夔曰："於！予击石拊石，百兽率舞。"

这是古史传说中的帝舜与乐官夔之间一段非常著名的对话。其中"诗言志"一语，被朱自清誉为中国诗论"开山的纲领"，成为《诗经》以来中国古典诗歌的主流传统。但在《尚书》原文中，并无后世赋予的道德或思想内涵，而是说的诗与乐舞之间的关系。"诗言志"相对"歌永言"，"志"是"意"，或"记忆"，"诗言志"即"诗言意"，或"诗言回忆"。"歌永言"，永的意思是延长，将言词缓缓唱出，一唱三叹。简而言之，"诗"是其词，"歌"是其乐；"击石拊石"，敲击石磬一类的乐器，"百兽率舞"中的兽，不是虎狼禽兽，而是化妆成图腾动物的舞蹈者。载歌载舞，所歌之词，就是诗歌。

事实上，无论中外，最早的诗歌都不是书面创作或案头读物，而是口头创作的歌曲。中国第一部诗歌总集《诗经》就是一部歌曲集，英文译名：Book of Songs。《诗经》又称"诗三百"，按音乐性质与特点，分为"风"、"雅"、"颂"三大类。"风"即十五国风，不是今日所谓"民歌"，民间歌谣，而是各国的乐歌；"雅"是西周王畿地区的乐歌，雅者正也，相对各国乐歌而言，自居为雅音为正乐；"颂"是周、鲁、商（商后裔宋国）的宗教祭祀乐歌。《左传》记吴公子季札访问鲁国，在宫廷观赏周乐，就是乐工为他歌唱“诗三百”，从十五国风唱到“小雅”“大雅”，最后唱到“颂”。不是诗歌朗诵会，而是音乐演唱会。据《史记·孔子世家》，“三百五篇，孔子皆弦歌之，以求合韶武雅颂之音”。由此可见，直到孔子时代，《诗经》还是可以弦歌之的，后来古乐失传，才变成案头读物。但诗与音乐浑然一体不可分割的关系，后代还是很清楚的，如汉儒《毛诗序》论“声音之道与政相通”：

情发于声，声成文谓之音。治世之音安以乐，其政和；乱世之音怨以怒，其政乖；亡国之音哀以思，其民困。故正得失，动天地，感鬼神，莫近于诗。

音乐诗歌与国家治乱兴亡之间，是否一定存在这样的必然联系，姑且不论，但诗乐一体，论乐即论诗，论诗即论乐，其义一也。

楚辞是《诗经》之后中国传统诗歌的又一典范。所谓“楚辞”，因其最早产生于楚国，“书楚语，作楚声，纪楚地，名楚物”，故名。与《诗经》整齐的四言句式不同，楚辞每句可长可短，句尾多用语气词“兮”字。楚辞中，除《九歌》等作品而外，已不再是可以载歌载舞的乐歌，而是贵族文人精心构制的书面文学，而且篇幅较长。楚辞代表作家屈原，以极具个性的文字，驰骋想象，反复述说着自己不被理解的苦闷，抒写着目睹故国文化衰亡的沉痛，乃至对整个宇宙人生的疑问，等等，鸿篇巨制，意蕴深厚，不可能也不适合歌唱。日本汉学家吉川幸次郎认为：“《楚辞》不像《诗经》那样是被歌唱的，而是被朗诵的。”（《中国诗史》）其实古人早有“不歌而诵谓之赋”的说法，因此将屈原的诗歌作品也称为“屈赋”。也就是说，中国诗歌从楚辞开始，逐渐脱离音乐而成为一种独立的文学形式。

但诗与音乐并未分道扬镳。我们今天当作古诗阅读欣赏的很多作品，当时是唱出来的。请看以下片段：

太子及宾客知其事者，皆白衣冠以送之。至易水上，既祖，取道，高渐离击筑，荆轲和而歌，为变徵之声，士皆垂泪涕泣。又前而为歌曰：“风萧萧兮易水寒，壮士一去兮不复还！”复为羽声慷慨，士皆瞋目，发尽上指冠。

（《史记·刺客列传》）

项王则夜起，饮帐中。有美人名虞，常幸从；骏马名骓，常骑之。于是项王乃悲歌慷慨，自为诗曰：“力拔山兮气盖世，时不利兮骓不逝。骓不逝兮可奈何，虞兮虞兮奈若何！”歌数阕，美人和之。

（《史记·项羽本纪》）

高祖还归，过沛，留。置酒沛宫，悉召故人父老子弟纵酒，发沛中儿得百二十人，教之歌。酒酣，高祖击筑，自为歌诗曰：“大风起兮云飞扬，威加海内兮归故乡，安得猛士兮守四方！”令儿皆和习之。

（《史记·高祖本纪》）

即使汉魏以降，文人五言诗七言诗相继成为抒情言志的主要形式，诗歌与音乐依旧交融一片，形成一道独特的风景线，这就是汉魏南北朝的乐府诗。乐府原是秦汉朝廷设立的音乐机构，后代朝廷也设有与乐府类似的官署，负责创作国家祭典所用的“郊庙歌辞”等，同时也采集各地民歌。这些合乐可唱的诗歌，蔚为大观，被后人统称为“乐府诗”，北宋郭茂倩编《乐府诗集》即汇集了从汉至唐的乐府诗。最有艺术价值的乐府诗是来自各地民间的歌谣，乐府民歌。

在唐代，诗被用于配乐演唱的形式，即被我们称为“歌诗”“声诗”的作品，达到了前无古人、后无来者的繁荣。音乐是离人心最近的东西，无论何时何地，当听到那些似曾相识的旋律在无意间浅吟低唱，你就会猛然地被抛入另一个时空，那些曾经存在过的人和事、那些你以为已经忘却的情感，刹那间就如潮水般将你淹没。这种音乐的魔力是你根本无法抗拒的！正是这种音乐繁荣的外部环境与诗人内心的共同作用，使唐歌诗达到了一个后世无法比拟的巅峰。

宋诗与音乐远离了。这种远离，首先不是形式上的远离，而是诗人心态上的远离。诗人的心态已有了太多的顾忌、束缚与扭曲，以才学为诗，以议论为诗，其诗已不再适合用来歌唱，但那些世俗的情绪仍需表达，这种功能转移到了在唐代就已产生的“曲子词”中。

前人称唐为“声诗极盛之时期”，李清照《词论》说“乐府、声诗（指乐府以外唐人采作歌词入乐歌唱的五七言诗）并着，最盛于唐开元、天宝间”。这位女词人在怀想盛唐乐与歌的空前盛况时，还叙述了一则唐代逸闻：

> 有李八郎者，能歌，擅天下。时新及第进士开宴曲江，榜中一名士，先召李，使易服隐名姓，衣冠故敝，精神惨沮，与同之宴所。曰："表弟愿与坐末。"众皆不顾。既酒行乐作，歌者进，时曹元谦、念奴为冠。歌罢，众皆咨嗟称赏。名士忽指李曰："请表弟歌。"众皆哂，或有怒者。及转喉发声，歌一曲，众皆泣下。罗拜，曰："此李八郎也。"

对歌唱者的熟悉、钦敬一至于此，可见唐代乐歌盛况之一斑。据任半塘《唐声诗》统计，现存唐声诗调有154调，其中80%是盛唐之作；同时，盛唐也是公认的中国诗歌史上的黄金时期，而这正是两者相互作用的结果。

明代胡震亨《唐音癸签》卷一列举了唐诗各题的名称："有曰'咏'者，曰'吟'者，曰'叹'者，曰'唱'者，曰'弄'者。咏以永其言，吟以申其郁，叹以抒其伤，唱则吐于喉吻，弄则被诸丝管。此皆以其声为名者也。"胡氏把唐诗称为"唐音"就是取其歌唱的特点。

> 与君歌一曲，请君为我倾耳听。（李白《将进酒》）
>
> 独酌甘泉歌，歌长击樽破。（杜甫《屏迹三首》其三）
>
> 座中薛华善醉歌，歌辞自作风格老。
>
> （杜甫《苏端薛复筵简薛华醉歌》）
>
> 白头老罢舞复歌，杖藜不睡谁能那。（杜甫《夜归》）

今日便令歌者，唱兄诗送一杯。

（刘禹锡《酬令狐相公六言见寄》）

唐诗中有大量这样的诗句，我们不能把“歌”仅仅理解为朗诵，实际上唐人自歌自舞的情况非常普遍。“音乐性是诗歌的生命”，这不仅体现在其外在特征上，更是贯穿于诗人创作之中，尤其是在唐代。如李白《月下独酌》“我舞影凌乱，我歌月徘徊”；杜甫《自京赴奉先县咏怀五百字》“沉饮聊自遣，放歌破愁绝”，《闻官军收河南河北》“白日放歌须纵酒，青春做伴好还乡”；韩愈《八月十五夜赠张功曹》“君歌且休听我歌，我歌今与君殊科”；白居易《和梦游春诗一百韵》“酩酊歌鹧鸪，癫狂舞鸲鹆”；刘禹锡《酬乐天扬州初逢席上见赠》“今日听君歌一曲，暂凭杯酒长精神”；等等，不胜枚举。

任半塘《唐声诗》说：“此事最特殊者，端在盛唐一君李隆基之身：自幼至老，自得政权，至解政权，均有诗乐声容以围绕之，或直接写照，或间接渲染。今及知者，尚有二十余曲……”而中国历史上这位最多情的皇帝的可爱之处也正在这里，他的歌并不单纯是为了娱乐，更多的是真情的流露，《明皇杂录》载曰：“明皇既幸蜀，西南行初入斜谷，属霖雨涉旬，于栈道雨中闻铃，音与山相应。上既悼念贵妃，采其声为《雨霖铃》曲，以寄恨焉。时梨园弟子善吹筚篥者，张野狐为第一，此人从致蜀，上因以其曲授野狐。洎至德中，车驾复幸华清宫，从官嫔御多非旧人，上于望京楼中命野狐奏《雨霖铃》曲，未半，上四顾凄凉，不觉流涕。左右感动，与之歔欷。”

音乐这种最容易激发人们内心情感的艺术在唐代得到了前所未有的张扬，朝廷经常举办的大型歌舞活动，不仅大大刺激了诗人们的创作热情，也赋予了诗人们无限的创作冲动，同时还使诗歌有了其通俗的一面而得以在民间广为流传。唐人所唱之诗可大概分为两种情况：一是诗人主动为乐曲填词；二是诗被民间乐人采之，被以管弦以入乐。

胡震亨《唐音癸签》云：“唐人诗谱入乐者，初、盛王维最多，中、晚李益、白居易为多。”以王维为例，《王右丞集》中载有为朝廷所作的《扶南曲》歌词五首、为李龟年所填的《胡渭州》等，《送元二使安西》更是在唐代就成为广泛流传的送别歌曲。再如：“红绽樱桃含白雪，断肠声里唱阳关”（李商隐《赠歌妓二首》其一）、“旧人唯有何戡在，更与殷勤唱渭城”（刘禹锡《与歌者诗》）；歌手们在演唱时对诗句反复迭唱，“相逢且莫推辞醉，听唱阳关第四声”（白居易《对酒诗》），“唱尽阳关无限叠”（李商隐《饮席戏赠同舍》）。《阳关三叠》因此得名。唐以后，该曲被谱出多种曲调，歌词也在反复迭唱中不断扩展。清末张鹤《琴学入门》所载的琴歌《阳关三叠》，歌辞已由七绝扩为长短句了，由三个段落加一小段尾声构成。其前两段如下：

清和节当春，
渭城朝雨浥轻尘，客舍青青柳色新。
劝君更尽一杯酒，西出阳关无故人。
霜夜与霜晨，遄行、遄行，
长途越度关津，惆怅役此身。

历苦辛，历苦辛，历历苦辛。
宜自珍，宜自珍。

渭城朝雨浥轻尘，客舍青青柳色新。
劝君更尽一杯酒，西出阳关无故人。
依依顾恋不忍离，
泪滴沾巾，无复相辅仁。
感怀，感怀，思君十二时辰，
商参各一垠。
谁相因，谁相因，谁可相因？
日驰神，日驰神。

其尾声唱道：

噫！从今一别，两地相思入梦频，闻雁来宾。

从现存的资料看，盛唐时，几乎所有的诗人都进行过歌诗的创作。如贺知章《咏柳》“碧玉妆成一树高，万条垂下绿丝绦。不知细叶谁裁出，二月春风似剪刀”，是乐曲《杨柳枝》的歌词；金昌绪《春怨》“打起黄莺儿，莫教枝上啼。啼时惊妾梦，不得到辽西”，是为唐曲《黄莺儿》所作之歌词；王昌龄《长信怨》“奉帚平明金殿开，且将团扇共徘徊。玉颜不及寒鸦色，犹带昭阳日影来”，属乐府《相和歌·楚调曲》。而李白作《清平调》一事更是文林盛谈，唐玄宗与杨贵妃在沉香亭看牡丹，玄宗说：“赏名花，对妃子，焉用旧辞为！”于是让李白作《清平调》三章，其词曰：

云想衣裳花想容，春风拂槛露华浓。
若非群玉山头见，会向瑶台月下逢。

一枝红艳露凝香，云雨巫山枉断肠。
借问汉宫谁得似，可怜飞燕倚新妆。

名花倾国两相欢，常得君王带笑看。
解释春风无限恨，沉香亭北倚阑干。

李白作歌当然不止这一次，以李白恣意豪迈之性格，应有大量艳歌狂辞存在。《旧唐书·李白传》云：“玄宗度曲，欲造乐府新词，亟招白，白已卧于酒肆矣。召入，以水洒面，即令秉笔，顷之成十余章，帝颇嘉之。”《乐府诗集》中载其《宫中行乐词八首》想来正是在这种情况下所作。

被民间音乐的丰富、活泼所吸引，有时诗人们还模仿民歌，为民间小曲填写新词。如刘禹锡在流放“巴山楚水”时所写的《竹枝词》：

山桃红花满上头，蜀江春水拍山流。
花红易衰似郎意，水流无限似侬愁。

（《竹枝词九首》其二）

瞿塘嘈嘈十二滩，此中道路古来难。
长恨人心不如水，等闲平地起波澜。
（《竹枝词九首》其七）

杨柳青青江水平，闻郎江上唱歌声。
东边日出西边雨，道是无晴却有晴。
（《竹枝词二首》其一）

郭茂倩《乐府诗集》说：“《竹枝》本出于巴渝。唐贞元中，刘禹锡在沅湘，以俚歌鄙陋，乃依骚人《九歌》作《竹枝》新辞九章，教里中儿歌之，由是盛于贞元、元和之间。”

晚唐文人皇甫松仿民歌的《竹枝》《采莲子》等还保留着民歌的“和声”形式，我们可从中略窥当时演唱的生动活泼：

木棉花尽（竹枝）荔枝垂（女儿），
千花万花（竹枝）待郎归（女儿）。
筵中蜡烛（竹枝）泪珠红（女儿），
合欢核桃（竹枝）两人同（女儿）。
斜江风起（竹枝）动横波（女儿），
劈开莲子（竹枝）苦心多（女儿）。
（《竹枝》）

菡萏香连十顷陂（举棹），小姑贪戏采莲迟（年少）。

晚来弄水船头湿（举棹），更脱红裙裹鸭儿（年少）。

（《采莲子》其一）

我们常说唐诗繁盛的原因之一是唐人普遍能欣赏诗歌，从而促进了诗歌创作的繁荣，而这种“普遍的欣赏”正是其诗被普遍歌唱的结果。唐之时仍无人专门从事歌曲创作，而以乐工之资质又不足以作出婉转华美之歌辞，所以唐时诗人，正如今之文艺界红人一样被追捧，乐工取其诗或诗中之句入乐歌唱在当时实为非常普遍之事实。如王灼《碧鸡漫志》所载：“李益与贺诗名相埒，每成一篇，乐工争以赂求取之，被声歌以供天子。”任半塘《唐声诗》也说：“至于盛唐大曲，今日仅传之《水调歌》《凉州歌》《伊州歌》《陆州歌》《大和》数套中，多有借用当时名家之五七言绝律者，……而被取之作原无不为徒诗（与歌诗相对应，指不能歌唱的诗）。……疑多出于当时乐工歌伎之手。”

按照我们今天的文学观念，被古人视为小道排斥在所谓“诗”之外的词曲，也属于诗歌的范畴。词又称“曲子词”，也称“乐府”，是在隋唐时代新音乐基础上产生的新诗体。散曲也称“乐府”，是在宋元时代新音乐基础上产生的新诗体。总之，词曲都是音乐文学，是当时的流行歌曲。与现代先有歌词然后谱曲的创作方式不同，词曲都是先有曲调（词牌曲牌），然后按曲拍调谱来填写歌词，即“倚声填词”。后来曲调渐渐失传，我们能欣赏到的只是歌词。今天的汉语母语读者还很容易体会到诗词曲之间在语言、韵律、句式等方面的明显差异，但翻译为外文，这些差异就消失了。英文将汉语“诗”“词”“曲”分别译为 Shi poetry，Ci poetry ，Qu poetry，都是诗歌 poetry。

“五四”新文学运动以后，受美国诗人惠特曼等人的影响，产生了一种新诗，句式、韵律乃至长短，完全是自由的，所以也叫“自由诗”。自由诗与音乐几乎没有联系，能谱曲传唱者屈指可数，最著名者是刘半农的《教我如何不想她》：

天上飘着些微云，
地上吹着些微风。
啊！
微风吹动了我的头发，
教我如何不想她？

月亮恋爱着海洋，
海洋恋爱着月光。
啊！
这般蜜也似的银夜，
教我如何不想她？

水面落花慢慢流，
水底鱼儿慢慢游。
啊！
燕子你说些什么话？
教我如何不想她？

枯树在冷风里摇，
野火在暮色中烧。
啊！
西天还有些儿残霞，
教我如何不想她？

此诗为作者1920年于英国伦敦大学留学期间所作，后经赵元任谱曲，传唱至今。1934年刘半农逝世，赵元任作挽联曰："十载凑双簧，无词今后难成曲；数人弱一个，叫我如何不想他。"曲成半个多世纪后，1981年赵元任回国探亲时还深情地谈及此事："近年来，每有聚会，总爱高歌一曲《教我如何不想她》。""'她'可以是男的，女的，代表着一切心爱的他、她、它。歌词是刘半农当年在英国写的，有思念祖国和念旧之意。"（见《人物》杂志1982年第2期文《一代学人赵元任》）

戴望舒的《闻曼陀铃》虽不是为乐曲而作的歌词，但诗人努力在诗中传达一种音乐感，全诗读起来就像一支忧伤缠绵、若隐若现、渐行渐远的乐曲：

从水上飘起的，春夜的曼陀铃，
你咽怨的亡魂，孤寂又缠绵，
你在哭你的旧时情？

你徘徊到我的窗边，
寻不到昔日的芬芳，

你惆怅地哭泣到花间。

你凄婉地又重进我的纱窗，
还想寻些坠鬟的珠屑——
啊，你又失望地咽泪去他方。

你依依地又来到我耳边低泣；
啼着那颓唐哀怨之音；
然后，懒懒地，到梦水间消歇。

诗与音乐的天然亲缘、诗的音乐性特质又一次展现在这里。但是当代诗歌中的大量作品却实实在在地与音乐分离了：

手枪可以拆开
拆作两件不相关的东西
一件是手
一件是枪

枪变长可以成为一个党
手涂黑可以成为另一个党
而东西本身可以再拆
直到成为相反的向度
世界在无穷的拆字法中分离

人用一只眼睛寻找爱情
另一只眼睛压进枪膛
子弹眉来眼去
鼻子对准敌人的客厅
政治向左倾斜

（欧阳江河《手枪》节选）

在后现代诗歌里，无论是其外在还是其内在，音乐性都几乎消失殆尽，取而代之的是对文字的拆解与对传统的反叛。但与此同时，歌的诗性却加强了（尤其是摇滚乐），甚至与后现代的诗一样，成了思想的阵地。以中国的摇滚乐为例，其歌词在很多时候甚至可以说就是现代的诗歌。

我们生活的世界
就像一个垃圾场
人们就像虫子一样
在这里你挣我抢
吃的都是良心
拉的都是思想

…………

我们生活的世界
就像一个垃圾场
只要你活着就不能停止幻想

有人减肥　有人没粮
有没有希望
有没有希望　（何勇《垃圾场》）

菊花古剑和酒
被咖啡泡入喧嚣的亭院
异族在日坛膜拜古人的月亮
开元盛世令人神往
风 吹不散长恨
花 染不透乡愁
雪 映不出山河
月 圆不了古梦
沿着掌纹烙着宿命
今宵酒醒无梦
沿着宿命走入迷思
梦里回到唐朝
…………　（唐朝乐队《梦回唐朝》）

德国保罗·贝克在《音乐的故事》一书中说，音乐与诗结合产生了歌曲，这样音乐与诗就逐渐改变了其晦涩难懂的面孔，成了世俗的形式。正如前文所言，歌属声音，比语言更为先天、自然，是人类最本能的、抒发自己不能抑制的真性情的、最直接的手段，所以，它自诞生之日起就与我们芸芸众生的平凡生活相交融。从《诗经》到汉乐府，到六朝民歌，再到唐歌诗、宋词、元曲、明清的时调山歌，歌，一直就世俗而实在地存在于我们的琐碎生活中，所以即使一个文盲也会放声歌唱。而诗与纯粹的音乐，有时候过于精美细致，像名贵而易碎的瓷器，非糟糠之家所能享用也。这也许就是现代诗歌日益消亡，而流行歌曲日盛的原因。

诗歌与戏剧也有密切的关系。戏剧是综合艺术，但就戏剧文学而言，它是语言艺术。十九世纪之前，西方戏剧大多都是“诗剧”，人物台词是以诗歌形式写成的。例如莎士比亚的《罗密欧与朱丽叶》《哈姆雷特》等名作，原文是无韵诗或称“素体诗”，汉语译本采用散文体，那是无可奈何之事。而诗歌中除有抒情诗、叙事诗，还有“戏剧诗”（dramatic poetry）一体，即以戏剧形式写成的诗歌，如歌德的《浮士德》，尽管其中有人物，有情节，有场景，但却不可能原样搬上舞台演出，而只能供案头阅读欣赏。

中国传统既无“诗剧”也无“戏剧诗”的名称，这些概念都是从西方文学中移植过来的。但中国诗歌与戏剧之间，也有着非常紧密的联系。上古时代诗乐舞是一体的，而在舞曲之中也含有某些戏剧的成分。如《礼记·乐记》记载西周舞曲《大武》的表演：“武始而北出，再成而灭商，三成而南，四成而南国是疆，五成而分周公左、召公右，六成复缀以崇。”这里说的是，《大武》舞分六场：第一场“出征”，第二场“灭商”，第三场“南征”，第四场“平南”，第五场“东西分治”，第六场“凯旋”。显然是一部歌颂西周“文治武功”的“音乐舞蹈史诗”，其中有情节，有无台词虽不可知，但每场表演配有歌诗，载歌载舞，却是可以肯定的。现代学者高亨考证出《诗经·周颂》中的《我将》《武》《赉》《般》《酌》《桓》等六篇，即是《大武》表演时所演唱的乐歌。楚国诗人屈原所作的《九歌》原来也是祭神的歌舞剧，表演的具体细节虽然失传，但它的歌词却流传了下来。有人根据楚国风俗与屈原诗意，构想出表演场景。如《湘夫人》：

（深秋。黄昏。洞庭湖畔。主祭男巫扮湘君，缓上。）

湘君（唱）：

帝子降兮北渚，目眇眇兮愁予。

嫋嫋兮秋风，洞庭波兮木叶下。

助祭女巫（合唱）：

嫋嫋兮秋风，洞庭波兮木叶下。

（湘君惆怅徘徊，极目远望。）

湘君（唱）：

登白薠兮骋望，与佳期兮夕张。

鸟何萃兮蘋中，罾何为兮木上？

（暮色苍茫。远处隐隐传来湘夫人的歌声。女巫扮湘夫人，飘然而上。）

湘夫人（唱）：

沅有茝兮醴有兰，思公子兮未敢言。

（湘夫人逐渐隐去。）

湘君（神情恍惚，唱）：

荒忽兮远望，观流水兮潺湲。

湘君（绝望地，唱）：

麋何食兮庭中，蛟何为兮水裔？

湘君（诉说地，唱）：

朝驰余马兮江皋，夕济兮西澨。

闻佳人兮召予，将腾驾兮偕逝。

助祭男巫（合唱）：

筑室兮水中，葺之兮荷盖。

荪壁兮紫坛，播芳椒兮成堂。

桂栋兮兰橑，辛夷楣兮药房。

助祭女巫（合唱）：

罔薜荔兮为帷，擗蕙櫋兮既张。

白玉兮为镇，疏石兰兮为芳。

助祭男巫（合唱）：

芷葺兮荷屋，缭之兮杜衡。

合百草兮实庭，建芳馨兮庑门。

（祥光霭霭，仙云缥缈，湘君在幻觉中看见九嶷山神去迎接湘夫人。）

湘君（满怀喜悦，唱）：

九嶷缤兮并迎，灵之来兮如云。

（幻觉消失。湘君大失所望。）

湘君（怨恨地，唱）：

捐余袂兮江中，遗余褋兮醴浦。

湘君（徘徊，采花一束，唱）：

搴汀洲兮杜若，将以遗兮远者。

时不可兮骤得，聊逍遥兮容与！

男女众巫（围绕湘君载舞载歌）：

时不可兮骤得，聊逍遥兮容与！

（歌声渐消。幕缓缓落下。）

这也许是想当然，但《九歌》不是朗诵诗，而是伴有音乐舞蹈的歌唱表演，却是不可否认的事实。也就是说，中国古代的歌舞表演与诗歌有着不可分割的联系，而宋元时代已经成熟的戏剧，正是诗乐舞的综合艺术，既有戏（情节与台词），又有曲（唱词），所以王国维将宋元以来的中国传统戏剧称为“戏曲”，包括元杂剧、明传奇以及清代中期形成的京剧与各种地方戏。所谓“戏曲”，与现代话剧不同，它实际上是一种“歌剧”。传统戏曲之妙，不在戏剧结构，也不在戏剧冲突，而在其唱词的文情并茂。王国维先生在《宋元戏曲史》中曾说：“元剧最佳之处，不在其思想结构，而在其文章。其文章之妙，亦一言以蔽之曰：有意境而已矣。何以谓之有意境？曰：写情则沁人心脾，写景则在人耳目，述事则如出其口是也。古诗词之佳者，无不如是，元曲亦然。”元曲的这些文情并茂的唱词，就是广义的诗歌。明清戏曲名著中的唱词，也无不洋溢着诗情画意。但其抒情、写景、叙事与古典诗词不同，它是为舞台表演而写的，所以更加口语化，不避俚俗，曰“当行本色”；再则它与剧情融为一片，因而更富有现场感，让人有身临其境的感觉，很容易引起读者情绪上的共鸣。试读《西厢记》“长亭送别”一折崔莺莺的三段唱词：

（崔莺莺云）今日送张生上朝取应去，早是离人伤感，况值

那暮秋天气，好烦恼人也呵！“悲欢聚散一杯酒，南北东西万里程。”（唱）

【正宫】【端正好】碧云天，黄花地，西风紧，北雁南飞。晓来谁染霜林醉？总是离人泪。

【滚绣球】恨相见得迟，怨归去得疾。柳丝长玉骢难系，恨不得倩疏林挂住斜晖。马儿迍迍的行，车儿快快的随。却告了相思回避，破题儿又早别离。听得道一声“去也”，松了金钏；遥望见十里长亭，减了玉肌。——此恨谁知！

（红娘云）姐姐今日不打扮？（崔莺莺）红娘呵，你哪里知道我的心哩？（唱）

【叨叨令】见安排着车儿、马儿，不由人熬熬煎煎的气；有什么心情花儿、靥儿，打扮得娇娇滴滴的媚；准备着被儿、枕儿，只索昏昏沉沉的睡；从今后衫儿、袖儿，都揾湿做重重叠叠的泪。兀的不闷杀人也么哥，兀的不闷杀人也么哥！久已后书儿、信儿，索与我恓恓惶惶的寄。

再读《牡丹亭》“惊梦”一出中杜丽娘触景伤怀的“咏叹”：

（杜丽娘唱）

【绕池游】梦回莺啭，乱煞年光遍。人立小庭深院。炷尽沉烟，抛残绣线，恁今春关情似去年？

（杜丽娘云）春香，可曾叫人扫除花径？（春香云）分付了。（杜丽娘云）取镜台衣服来。……（唱）

【步步娇】袅晴丝吹来闲庭院，摇漾春如线。停半晌，整花钿。没揣菱花，偷人半面，迤逗的彩云偏。步香闺怎便把全身现！

（春香云）今日穿插的好。（杜丽娘唱）

【醉扶归】你道翠生生出落的裙衫儿茜，艳晶晶花簪八宝填，可知我常一生儿爱好是天然。恰三春好处无人见。不提防沉鱼落雁鸟惊喧，则怕的羞花闭月花愁颤。

（杜丽娘云）不到园林，怎知春色如许！（唱）

【皂罗袍】原来姹紫嫣红开遍，似这般都付与断井颓垣。良辰美景奈何天，赏心乐事谁家院！朝飞暮卷，云霞翠轩，雨丝风片，烟波画船，锦屏人忒看的这韶光贱！

（春香云）是花都放了，那牡丹还早。（杜丽娘唱）

【好姐姐】遍青山啼红了杜鹃，荼蘼外烟丝醉软。牡丹虽好，他春归怎占的先！闲凝眄，生生燕语明如翦，呖呖莺歌溜的圆。

以所选唱段而言，《西厢记》唱的是“送别”，《牡丹亭》唱的是“伤春”，这些都是古典诗词常见的主题，但在戏曲中，作者能更加细致入微地抒写人物的心情，可谓一唱三叹曲尽形容。诗词限于篇幅，往往是捕捉瞬间的感觉瞬间的意象，含蓄隽永回味无穷；而戏曲唱词则以铺张淋漓工于刻画擅场。戏曲也有雅俗之分，《西厢记》和《牡丹亭》等都是敷演才子佳人的恋爱故事，所以其唱词大都写得文采斐然，意境优美。明清文人传奇更是大量融入唐诗宋词的语句与意境，如明末清初的大诗人吴伟业《秣陵春》中的唱词：

【北骂玉郎带上小楼】小殿笙歌春日闲，恰是无人处，整翠鬟。楼头吹彻玉笙寒，注沉檀。低低语，影在秋千。柳丝长易攀，柳丝长易攀。玉钩手卷珠帘，又东风乍还，又东风乍还。闲思想朱颜凋换，禁不住泪珠何限。知犹在玉砌雕栏，知犹在玉砌雕栏，正月明回首，春事阑珊。一重山，两重山，想故国依然。没乱煞许多愁，向春江怎挽。

【前腔】山远天高烟水寒，留得相思苦，枫叶丹。别时容易见时难，莫凭栏。遥望见，初燕飞还。听花边漏残，听花边漏残。梦中一晌贪欢，叹罗衾正寒，叹罗衾正寒。回想着嫔妃鱼贯，寂寞锁梧桐深院。现隔那无限江山，现隔那无限江山。叹落花流水，天上人间。菊花开，菊花残，双泪潸潸。几时得旧红妆花前再看。

要听懂或读懂这些唱词，理解它们的含义，显然需要有古典诗词的修养。然而，戏曲唱词的雅化，虽然很符合文人的审美情趣，却也大大削弱了舞台表演的效果，以至许多戏曲变成适合案头阅读而不能演出的作品。即使那些唱词通俗的作品，由于种种原因，也很难再原样搬上舞台，我们今天也只能将其作为案头文学欣赏。

【阅读】

击壤歌

日出而作，日入而息。
凿井而饮，耕田而食。
帝力于我何有哉！

郑风·将仲子 《诗经》

将仲子兮，无逾我里，无折我树杞。岂敢爱之？畏我父母。仲可怀也，父母之言，亦可畏也。

将仲子兮，无逾我墙，无折我树桑。岂敢爱之？畏我诸兄。仲可怀也，诸兄之言，亦可畏也。

将仲子兮，无逾我园，无折我树檀。岂敢爱之？畏人之多言。仲可怀也，人之多言，亦可畏也。

鄘风·桑中 《诗经》

爰采唐矣？沬之乡矣。云谁之思？美孟姜矣。期我乎桑中，要我乎上宫，送我乎淇之上矣。

爰采麦矣？沬之北矣。云谁之思？美孟弋矣。期我乎桑中，要我乎上宫，送我乎淇之上矣。

爰采葑矣？沬之东矣。云谁之思？美孟庸矣。期我乎桑中，要我乎上宫，送我乎淇之上矣。

小雅·鹤鸣 《诗经》

鹤鸣于九皋，声闻于野。鱼潜在渊，或在于渚。乐彼之园，爰有树檀，其下维萚。它山之石，可以为错。
鹤鸣于九皋，声闻于天。鱼在于渚，或潜在渊。乐彼之园，爰有树檀，其下维榖。它山之石，可以攻玉。

孺子歌

沧浪之水清兮，可以濯我缨；
沧浪之水浊兮，可以濯我足。

越人歌

今夕何夕兮，搴舟中流；
今日何日兮，得与王子同舟。
蒙羞被好兮，不訾诟耻，
心几烦而不绝兮，得知王子。
山有木兮木有枝，
心悦君兮君不知。

西极天马歌　刘彻

天马徕兮从西极，经万里兮归有德。
承灵威兮降外国，涉流沙兮四夷服。

汉郊祀歌·日出入

日出入安穷？时世不与人同。
故春非我春，夏非我夏，
秋非我秋，冬非我冬。

泊如四海之池，遍观是耶谓何？
吾知所乐，独乐六龙。
六龙之调，使我心若。訾黄其何不徕下？

歌　李延年

北方有佳人，绝世而独立。
一顾倾人城，再顾倾人国。
宁不知倾城与倾国，佳人难再得。

悲歌

悲歌可以当泣，远望可以当归。
思念故乡，郁郁累累。
欲归家无人，欲渡河无船。
心思不能言，肠中车轮转。

古歌

秋风萧萧愁杀人，出亦愁，入亦愁。
座中何人，谁不怀忧？令我白头。
胡地多飚风，树木何修修。
离家日趋远，衣带日趋缓。
心思不能言，肠中车轮转。

江南　［汉］无名氏

江南可采莲，莲叶何田田。鱼戏莲叶间。

鱼戏莲叶东，鱼戏莲叶西，鱼戏莲叶南，鱼戏莲叶北。

短歌行 ［三国］曹操

对酒当歌，人生几何！譬如朝露，去日苦多。
慨当以慷，忧思难忘。何以解忧？唯有杜康。
青青子衿，悠悠我心。但为君故，沉吟至今。
呦呦鹿鸣，食野之苹。我有嘉宾，鼓瑟吹笙。
明明如月，何时可掇？忧从中来，不可断绝。
越陌度阡，枉用相存。契阔谈讌，心念旧恩。
月明星稀，乌鹊南飞。绕树三匝，何枝可依？
山不厌高，海不厌深。周公吐哺，天下归心。

子夜四时歌 ［南朝］无名氏

春风动春心，流目瞩山林。山林多奇采，阳鸟吐清音。（其一）
春林花多媚，春鸟意多哀。春风复多情，吹我罗裳开。（其十）

采莲曲 ［唐］李康成

采莲去，月没春江曙。翠钿红袖水中央，青荷莲子杂衣香。
云起风生归路长。归路长，哪得久？各回船，两摇手。

杨柳枝 ［唐］白居易

六么水调家家唱，白雪梅花处处吹。
古歌旧曲君休听，听取新翻杨柳枝。

杨柳枝　［唐］刘禹锡

塞北梅花羌笛吹，淮南桂树小山词。
请君莫奏前朝曲，听唱新翻杨柳枝。

诉衷情　［五代］顾夐

永夜抛人何处去？绝来音。香阁掩，眉敛，月将沉。
争忍不相寻？怨孤衾。换我心，为你心，始知相忆深。

浣溪沙　［宋］晏殊

一向年光有限身，等闲离别易销魂，酒宴歌席莫辞频。
满目山河空念远，落花风雨更伤春，不如怜取眼前人。

凤栖梧　［宋］柳永

伫倚危楼风细细，望极春愁，黯黯生天际。草色烟光残照里，无言谁会凭栏意？　　拟把疏狂图一醉，对酒当歌，强乐还无味。衣带渐宽终不悔，为伊消得人憔悴。

清平乐　［宋］黄庭坚

春归何处？寂寞无行路。若有人知春去处，唤取归来同住。
春无踪迹谁知？除非问取黄鹂。百啭无人能解，因风飞过蔷薇。

声声慢　［宋］李清照

寻寻觅觅，冷冷清清，凄凄惨惨戚戚。乍暖还寒时候，最难将息。三杯两盏淡酒，怎敌他，晚来风急！雁过也，正伤心，却是旧时相识。　　满地黄花堆积，憔悴损，如今有谁堪摘！守着窗儿，独自怎生得黑！梧桐更兼细雨，到黄昏、点点滴滴。这次第，怎一个愁字了得！

【南吕·一枝花】不伏老（节选）［元］关汉卿

我是个蒸不烂煮不熟捶不匾炒不爆响珰珰一粒铜豌豆。恁子弟谁教你钻入他锄不断斫不下解不开顿不脱慢腾腾千层锦套头。我玩的是梁园月，饮的是东京酒，赏的是洛阳花，攀的是章台柳。我也会围棋会蹴鞠会打围会插科，会歌舞会吹弹会咽作会吟诗会双陆。你便是落了我牙歪了我嘴瘸了我腿折了我手，天赐与我这几般儿歹症候，尚兀自不肯休。则除是阎王亲自唤，神鬼自来勾，三魂归地府，七魄丧冥幽。天哪，那其间才不向烟花路儿上走！

单刀会（节选）［元］关汉卿

（正末关公引周仓上，云）周仓，将到那里也？（周云）来到大江中流也。（正云）看了这大江，是一派好水也呵！（唱）

【双调新水令】大江东去浪千叠，引着这数十人，驾着这小舟一叶。又不比九重龙凤阙，可正是千丈虎狼穴。大丈夫心烈，我觑这单刀会似赛村社。

（云）好一派江景也呵！（唱）

【驻马听】水涌山叠，年少周郎何处也？不觉的灰飞烟灭！可怜黄盖转伤嗟，破曹的樯橹一时绝，鏖兵的江水犹然热，好教我情惨切！（云）这也不是江水，（唱）二十年流不尽的英雄血！

汉宫秋（节选）［元］马致远

（番使云）请娘娘行罢，臣等来多时了也。（驾云）罢，罢，罢。明妃，你这一去，休怨朕躬也。（作别科。驾云）我那里是大汉皇帝！（唱）

【雁儿落】我做了别虞姬楚霸王，全不见守玉关征西将。那里取保亲的李左车，送女客的萧丞相？

（尚书云）陛下不必挂念。（驾唱）

【得胜令】他去也不沙架海紫金梁，枉养着那边庭上铁衣郎。您也要左右人扶持，俺可甚糟糠妻下堂！你但提起刀枪，却早小鹿儿心头撞。今日央及煞娘娘，怎做的男儿当自强！

（尚书云）陛下，咱回朝去罢。（驾唱）

【川拨棹】怕不待放丝缰，咱可甚鞭敲金镫响。你管燮理阴阳，掌握朝纲，治国安邦，展土开疆；假若俺高皇，差你个梅香，背井离乡，卧雪眠霜，若是他不恋恁春风画堂，我便官封你一字王。

（尚书云）陛下不必苦死留他，着他去了罢。（驾唱）

【七弟兄】说什么大王不当恋王嫱，兀良，怎禁他临去也回头望！那堪这散风雪旌节影悠扬，动关山鼓角声悲壮！

【梅花酒】呀！俺向着这迥野悲凉。草已添黄，兔早迎霜。犬褪得毛苍，人搠起缨枪，马负着行装，车运着糇粮，打猎起围场。他他他，伤心辞汉主；我我我，携手上河梁。他部从入穷荒，我銮舆返咸阳。返咸阳，过宫墙；过宫墙，绕回廊；绕回廊，近椒房；近椒房，月昏黄；月昏黄，夜生凉；夜生凉，泣寒螀；泣寒螀，绿纱窗；绿纱窗，不思量！

【收江南】呀！不思量，除是铁心肠；铁心肠，也愁泪滴千行。美人图今夜挂昭阳，我那里供养，便是我高烧银烛照红妆。

倩女离魂（节选）［元］郑光祖

（夫人慌上，云）欢喜未尽，烦恼又来。自从倩女孩儿在折柳亭与王秀才送路，辞别回家，得起疾病，一卧不起。请的医人看治，不得痊可，十分沉重，如之奈何？则怕孩儿思想汤水吃，老身亲自去绣房中探望一遭去来。（下。正末上，云）小生王文举，自与小姐在折柳亭相别，使小生切切于怀，放心不下。今舣舟江岸，小生横琴于膝，操一曲以适闷咱。（做抚琴科。正旦别扮离魂上，云）妾身倩女，自与王生相别，思想的无奈，不如跟他同去，背着母亲，一径的赶来。王生也，你只管去了，争知我如何过遣也呵！（唱）

【越调斗鹌鹑】人去阳台，云归楚峡。不争他江渚停舟，几时得门庭过马？悄悄冥冥，潇潇洒洒，我这里踏岸沙，步月华。我觑这万水千山，都只在一时半霎。

【紫花儿序】想倩女心间离恨，赶王生柳外兰舟，似盼张骞天上浮槎。汗溶溶琼珠莹脸，乱松松云髻堆鸦，走的我筋力疲乏。你莫不夜泊秦淮卖酒家？向断桥西下，疏剌剌秋水菰蒲，冷清清明月芦花。

（云）走了半日，来到江边，听的人语喧闹，我试觑咱。（唱）

【小桃红】我蓦听得马嘶人语喧哗，掩映在垂杨下，唬的我心头丕丕那惊怕，原来是响珰珰鸣榔板捕鱼虾。我这里顺西风悄悄听沉罢，趁着这厌厌露华，对着这澄澄月下，惊的那呀呀呀寒雁起平沙。

【调笑令】向沙堤款踏，莎草带霜滑；掠湿湘裙翡翠纱，抵多少苍苔露冷凌波袜。看江上晚来堪画，玩冰壶潋滟天上下，似一片碧玉无瑕。

【秃厮儿】你觑远浦孤鹜落霞，枯藤老树昏鸦，听长笛一声何处发，歌欸乃，橹咿呀。

（云）兀那船头上琴声响，敢是王生？我试听咱。（唱）

【圣药王】近蓼洼，望蘋花，有折蒲衰柳老蒹葭；近水凹，傍短槎，见烟笼寒水月笼沙，茅舍两三家。

西厢记（节选）［元］王实甫

（旦引红娘上，云）自张生去京师，不觉半年，杳无音信。这些时神思不快，妆镜懒抬，腰肢瘦损，茜裙宽褪，好烦恼人也呵！

【商调】【集贤宾】虽离了我眼前，却在心上有；不甫能离了心上，又早眉头。忘了时依然还又，恶思量无了无休。大都来一寸眉峰，怎当他许多颦皱。新愁近来接着旧愁，厮混了难分新旧。旧愁似太行山隐隐，新愁似天堑水悠悠。

（红云）姐姐往常针尖不倒，其实不曾闲了一个绣床，如今百般的闷倦。往常也曾不快，将息便可，不似这一场清减得十分利害。（旦唱）

【逍遥乐】曾经消瘦，每遍犹闲，这番最陡。

（红云）姐姐心儿闷呵，那里散心耍咱。（旦唱）

何处忘忧？看时节独上妆楼，手卷珠帘上玉钩，空目断山明水秀；见苍烟迷树，衰草连天，野渡横舟。

（旦云）红娘，我这衣裳这些时候都不似我穿的。（红云）姐姐正是"腰细不胜衣"。（旦唱）

【挂金索】裙染榴花，睡损胭脂皱；纽结丁香，掩过芙蓉扣；线脱珍珠，泪湿香罗袖；杨柳眉颦，人比黄花瘦。

道情（选段）［清］郑板桥

老渔翁，一钓竿，靠山崖，傍水湾，扁舟来往无牵绊。沙鸥点点清波远，荻港萧萧白昼寒，高歌一曲斜阳晚。一霎时波摇金影，猛抬头月上东山。　　掩柴扉，怕出头，剪西风，菊径秋。看看又是重阳后，几行衰草迷山郭。一片残阳下酒楼，栖鸦点上萧萧柳。撮几句盲辞瞎话，交还他铁板歌喉。

屈原（节选）郭沫若

屈原（向风及雷电）风，你咆哮吧！咆哮吧！尽力地咆哮吧！在这暗无天日的时候，一切都睡着了，都沉在梦里，都死了的时候，正是应该你咆哮的时候，应该你尽力咆哮的时候！

…………

啊，我思念那洞庭湖，我思念那长江，我思念那东海，那浩浩荡荡的无边无际的波澜呀！那浩浩荡荡的无边无际的伟大的力呀！那是自由，是跳舞，是音乐，是诗！

啊，这宇宙中的伟大的诗！你们风，你们雷，你们电，你们在这黑暗中咆哮着的，闪耀着的一切的一切，你们都是诗，都是音乐，都是跳舞。你们宇宙中伟大的艺人们呀，尽量发挥你们的力量吧。发泄出无边无际的怒火，把这黑暗的宇宙，阴惨的宇宙，爆炸了吧！爆炸了吧！

雷！你那轰隆隆的，是你车轮子滚动的声音？你把我载着拖到洞庭湖的边上去，拖到长江的边上去，拖到东海的边上去呀！我要看那滚滚的波涛，我要听那鞺鞺鞳鞳的咆哮，我要漂流到那没有阴谋，没有污秽，没有自私自利的没有人的小岛上去呀！我要和着你，和着你的声音，和着那茫茫的大海，一同跳进那没有边际的没有限制的自由里去！

啊，电！你这宇宙中最犀利的剑呀！我的长剑是被人拔去了，但是你，你能拔去我有形的长剑，你不能拔去我无形的长剑呀。电，你这宇宙中的剑，也正是，我心中的剑。你劈吧，劈吧，劈吧！把这比铁还坚固的黑暗，劈开，劈开，劈开！虽然你劈它如同劈水一样，你抽掉了，它又合拢了来，但至少你能使那光明得到暂时间的一瞬的显现，哦，那多么灿烂的，多么眩目的光明呀！

光明呀，我景仰你，我景仰你，我要向你拜手，我要向你稽首。我知道，你的本身就是火，你，你这宇宙中的最伟大者呀，火！你在天边，你在眼前，你在我的四面，我知道你就是宇宙的生命，你就是我的生命，你就是我呀！我这熊熊地燃烧着的生命，我这快要使我全身炸裂的怒火，难道就不能迸射出光明了吗？

炸裂呀，我的身体！炸裂呀，宇宙！让那赤条条的火滚动起来，像这风一样，像那海一样，滚动起来，把一切的有形，一切的污秽，烧毁了吧，烧毁了吧！把这包含着一切罪恶的黑暗烧毁了吧！

【思考】

1．是什么原因导致了诗词逐渐远离歌唱而成为案头读物？

2．唐宋词、元散曲与今天的流行歌曲有何异同？

3．选一首你认为有诗意的流行歌曲进行分析。

4．戏曲唱词与古典诗词的抒情方式有何不同？

5．郭沫若的话剧《屈原》中有一长段独白，也被称为“雷电颂”，可否当作诗歌来读？为什么？

第十五讲

诗与画

唐代诗人王维有一首备受后人称赞的小诗《山中》：

荆溪白石出，天寒红叶稀。
山路元无雨，空翠湿人衣。

仅仅二十个字，美若图画，却又有绘画描绘不出的妙趣。山林溪涧，红叶点缀着白石，色彩明媚且沉着，仅此两句，已好作一幅《林泉秋艳图》了，但继续读下去，才发觉重点并不在此，盒子虽美丽，弥足珍贵者当为盒中明珠：“山路元无雨，空翠湿人衣。”这弥漫于空气中的、秾丽欲滴的翠色，甚至在缓缓流动，沾衣欲湿，直沁心脾！这一幕，真是诗与画完美融合出的艺术品。

苏轼评论王维的诗与画“味摩诘之诗，诗中有画；观摩诘之画，画中有诗”(《书摩诘蓝田烟雨图》)。现代著名画家林风眠在其画论中也提到：“(王维)后隐居于辋川的别舍，乐水石而友琴书，襟怀高旷，魄力雄大，变从来之钩斫，创演淡的墨法。他又是一个伟大的诗人。诗与画很有关系，宋苏东坡，谓维诗中有画，画中有诗，诚可谓知言。”(《林风眠艺术随笔》)

王维的山水画有两种：一种与李思训、李昭道父子的“钩斫”式山水相去不远；另一种极具独创性者，所谓“淡的墨法”，亦即是泼墨山水。王维晚年隐居辋川别业，信佛理，与山水琴书为友，襟怀高澹，放笔迥异尘俗，遂为水墨皴擦之法，所作山水，极具超然洒落高远澹泊之致，富于诗趣。遗憾的是王维此类山水画真迹，今人已无缘目睹，只能从传为其所作之《雪溪图》

《江山雪霁图》中努力感受而已。万幸的是，王维诗作流传至今者为数颇多，而观其诗作，有相当大的一部分，的确是融入了绘画方面的种种观念与技巧，又兼用笔清丽，刻画细致，诗笔如画笔，真所谓诗中有画也。

《终南山》诗云：

太乙近天都，连山接海隅。
白云回望合，青霭入看无。
分野中峰变，阴晴众壑殊。
欲投人宿处，隔水问樵夫。

一读之下，眼前已不由自主地浮现出一幅极清隽之水墨丹青来。细细品鉴，首联云太乙连山接海隅，太乙乃终南主峰，此代指终南，当然，再辽阔无尽亦不可能直抵海隅，然如此一来，画面大背景遂尽是苍茫高远了。颔联描绘缭绕山间、迷离缥缈的白云青霭，颈联则点染阴晴各异的群峰。到了最末一联，这必定是画面最下端的一幕，是大近景，细节描写：只见清溪之旁，林影深处，一樵者缓缓行来。多么生动的构图，多么鲜明的层次感！这样的作品，诗耶画耶，竟尔无从分辨了。

湖南张家界有著名景点“十里画廊”，一径蜿蜒，两旁山石，千姿百态，移步换景，观之不尽。王维《青溪》诗，便是这种趣味：

言入黄花川，每逐青溪水。

随山将万转，趣途无百里。
声喧乱石中，色静深松里。
漾漾泛菱荇，澄澄映葭苇。
我心素已闲，清川澹如此。
请留磐石上，垂钓将已矣。

一叶轻舟，随着流水漂去，沿途景致如画，一忽儿是喧喧乱石滩，一忽儿是幽幽古松林；一忽儿是菱荇漾于溪中，一忽儿是葭苇映于水上，岂非“百里画廊”乎？

《红楼梦》第四十八回“慕雅女雅集苦吟诗”中，香菱读毕王摩诘五言律诗一百首，到林黛玉跟前去谈读后感：“诗的好处，有口里说不出来的意思，想去却是逼真的；有似乎无理的，想去竟是有理有情的。”何以见得呢？香菱接着说道：“我看他《塞上》一首，那一联云：‘大漠孤烟直，长河落日圆。’想来烟如何直？日自然是圆的。这‘直’字似无理，‘圆’字似太俗。合上书一想，倒像是见了这景的。”“还有‘渡头余落日，墟里上孤烟’，这‘余’字和‘上’字，难为他怎么想来！我们那年上京来，那日下晚便湾住船，岸上又没有人，只有几棵树，远远的几家人家作晚饭，那个烟竟是碧青，连云直上。谁知我昨日晚上读了这两句，倒像我又到了那个地方去了。”曹雪芹借香菱之口论诗，满幅诗情画意，这种“诗中有画，画中有诗”的表述，是中国诗话的一大好处，是“有中国特色的美学理论”之体现。这在西方观点看来，是很不可思议的一件事。

十八世纪德国启蒙运动时期著名的戏剧家、美学家莱辛，在他的《拉奥孔》中，讲的就是绘画或造型艺术与诗歌或文字艺术在表现上的差异："既然绘画用来摹仿的媒介符号和诗所用的确实完全不同，这就是说，绘画用空间中的形体和颜色而诗却用在时间中发出的声音；既然符号无可争辩地应该和符号所代表的事物互相协调；那么，在空间中并列的符号就只宜于表现那些全体或部分本来也是在空间中并列的事物，而在时间中先后承继的符号也就只宜于表现那些全体或部分本来也是在时间中先后承继的事物。"简单说来，就是莱辛认为绘画是空间艺术，宜于表现物体或形态，却不宜处理事物在时间中的运动变化和情节；而诗歌则恰恰相反，宜于叙述动作和事情发展，却不宜描绘静止的物体。然后他进一步剖析原因，指出诗与画各自和认识的两个基本范畴——时间与空间相联系。诗歌以语言为媒介，这决定了人们的基本接受方式为"读"和"听"，这种艺术以声音之方式诉诸人的听觉，当化而为文字时也同样，文字只能一个个地看，文字前边与后边的联系在具体的阅读中体现为一种时间的延续性，这就是诗歌擅长于述说的原因。至于绘画，作为一种空间艺术，只能表现最小限度的时间，是一瞬间的物态和景象，自然宜于表现物体和形态了。

那么，为什么为莱辛所截然划分开的诗与画，在中国，却可以奇妙地融合在一起呢？朱光潜先生在《诗论》中就点明："艺术受媒介的限制，固无可讳言。但是艺术最大的成功往往在征服媒介的困难"，"画家用形色而能产生语言声音的效果，诗人用语言声音而能产生形色的效果，都是常有的事"，因此"媒介的限制并不能叫一个画家不能说故事，或是叫一位诗人不能描写物体”(《朱光潜美学文集》第二卷)。创作实践中，高明的艺术家正是在理解到两者局限后，努力去打破这种界限，征服媒介的困难。况且，莱辛所说的诗与画，是西方人对诗与画的认识，尤其是诗，那指的是叙事诗，包括史诗和戏剧诗之类的。而中国诗歌，却向来对叙事不大感兴趣——当然也不是没有，但大部分，更脍炙人口，更有代表性的，都是诸如抒情诗、田园诗、山水诗、咏物诗之类，咏史诗其实也是借古喻今，抒怀成分很重。凡此种种，与绘画都有着密不可分的联系。

南朝以来，诗歌的艺术形式愈来愈考究，诗行关系偏于并列、铺排和对比，这对于静态景物的描绘，是相当合用的。这时，莱辛所谓的诗的叙述功能已被淡化，诗和画的界限悄悄地变得模糊了，一句句对仗工稳、意态鲜明的诗歌在显影液中冉冉升起，“江作青罗带，山如碧玉簪”，不愧为桂林山水甲天下；“菱荇鹅儿水，桑榆燕子梁”，可不是活灵灵的一个稻香村！当然，这样的诗句，王维集子里大概最多：“泉声咽危石，日色冷青松”、“明月松间照，清泉石上流”、“漠漠水田飞白鹭，阴阴夏木啭黄鹂”，还有“竹喧归浣女，莲动下渔舟”，不一而足。

词曲中之画意，或绮丽或含蓄或阔朗或纤巧，随手撷来，也是佳妙无穷。譬如写江南春色者，白居易说“日出江花红胜火，春来江水绿如蓝”，韦庄说“春水碧于天，画船听雨眠”，真真是莺啼柳岸、不折不扣的一个明丽水乡。写月者，莫如白居易《长相思》“月明人倚楼”，画面简淡，唯一月一人一楼而已，然此佳人妆楼颙望，竟不知将误几回、天际识归舟？只觉满地银霜，皆为惆怅，佳人之幽怨，可想而知。又有温庭筠《菩萨蛮》

的“江上柳如烟，雁飞残月天”，轻盈，淡薄，纤丽，真像用最好的一管玉柄羊毫，屏住呼吸，轻轻晕染而出。又有冯延巳《归自遥》的“芦花千里霜月白”，风拂苇岸，月映寒江，这无边无际的空廓景象，令人油然而生茫茫无依之感。而马致远的“枯藤老树昏鸦”一首，真真是“断肠人在天涯”！画的是夕阳下西行的一个背影，洒落无数寂寥与悲伤。

在中国传统艺术中，诗书画三者是统一的。一幅完整意义上的图画，应该是诗、书、画的完美融合，再加上一方或数方殷红朱印，画龙点睛，方始大功告成。在唐宋日趋成熟的文人画中，这种诗书画统一的状况为画家和欣赏者所普遍接受，直至今日依然如此。画家黄宾虹先生便把“诗书画合一不朽”列为中国画“三不朽”之一（《黄宾虹画论》），又认为“中国文人书画，书中当有画意，画中当有诗意”（同前）。古代中国，诗文出众，翰墨尤高，又兼雅擅丹青之才子士人纷纷涌现。较早获“三绝”之名的是唐代郑虔，他善画山水，曾经把自己作的诗题在画上献给玄宗皇帝，皇帝十分赞赏，大笔一挥，曰“郑虔三绝”。当然，最是鼎鼎大名者当数东坡居士苏轼。苏轼工诗文，笔力雄健，纵横开阖，举重若轻；工书法，北宋书法“苏黄米蔡”四大家，苏居其一；工画，最擅竹木怪石，与那位画竹时“成竹在胸”的文同有亲戚关系，又是至交好友。苏轼自称“派出湖州”，因文同被称为“文湖州”，故以后学其墨竹画法者被称为“湖州竹派”，苏大学士也是其中一员。不过苏轼不单师其画法，且以一份挚友的情怀及艺术家的如炬目光为文同的画撰写诗文，阐述画论，奠定了文人画的基础，即所谓“不求形似”与“得之于象外”。据说东坡尝以朱笔画竹，人多惊讶，问道：“怎么会有朱色的竹子呢?”东坡马上回敬：“可是你难道又见过墨色竹子吗?”文人画崇尚笔墨意趣，强调寓意抒情，正是画中有诗的表现，于是水墨梅竹成为独立画科，惠崇等人的“小景山水”也兴盛起来，丹青写意，名副其实。

到了明代，莺飞草长、杏花春雨的江南水乡，孕育成全了一众才士。沈周、唐寅、文徵明工画，加上仇英，合称“明四家”，又或是“吴门四家”；唐寅、文徵明、祝允明善诗文，与徐祯卿合称“吴中四才子”；且唐、祝、文三人又极长于书法。当然，其中最有名的，非唐寅莫属。唐寅字伯虎，又字子畏，吴县（今江苏苏州）人。这位留下许多传说的人物，据说曾自镌图章一枚，上刻“江南第一才子”，何等样的自信自傲！只可惜命途坎坷，被牵连进一桩“科场舞弊案”，只有回家筑个“桃花坞”，以卖文、卖字画为生，勉强地“寓工作于娱乐”，表面上诗酒琴棋，好不风光，亦堪称普通人眼中的传奇人物了。

明代还有一位徐青藤（徐渭），也是诗书画全才，且擅戏曲创作。他性情纵放，却又有着凄厉的经历——遭遇过复杂的家庭变故，参加过抗倭斗争，受过政治牵连，自杀多次（未遂），还误杀了妻子！在常人眼中，他迹近疯狂，但是他的诗，他的字，他的画，却有惊人的表现力。尤其是画，《墨葡萄》《牡丹蕉石图》《十二墨花图》，那种神奇迸射而出的墨色与线条，那种不驯与无奈，仿佛是心灵稍微脆弱的人都承受不住似的。听说清代郑板桥就刻了一枚图章曰“青藤门下走狗”，这种穿越时空的相知相惜，正源自笔墨艺术中蕴含着的强大感染力，是历尽千载不会有丝毫改变的生命本色，绵绵然，汩汩然，生生不已，纵横恣肆，上穷碧落下黄泉！板桥痴心，又岂是感动二字了得！

郑板桥名郑燮，是清代“扬州八怪”中最有名的一位，也是中国历史上常为人所称道的清高孤傲之士之一，诗书画皆精，工画兰竹石，尤精墨竹。他笔下的竹，往往便是自身思想与人格之化身，挺劲孤直，极具倔强不驯之气，加上那一笔如“乱石铺街”般的“六分半”书题诗于画上：“唯有竹为君子伴，更无众卉许同栽。”朗月清风，若见其人。

诗心可激活画趣。有人问林风眠先生怎样在创作过程中，面对自然景物，根据情绪的需要，进行刻意创造，画家并未直接回答，而是述说起《秋鹜》这一类作品的创作过程来。多年前画家在西湖养病之时，听从医嘱，天天到苏堤上散步，西湖景象，晨雾夕岚，气象万千。有时会看到平静的湖面上，一群水鸟低低飞过水面的芦苇，这一画面深植脑海，但当时并未想过要去画下来。直到多年后在上海偶然想起杜甫的“渚清沙白鸟飞回”，遂激发尘封记忆，始作这一类的画。画家悠悠然懵懵然感受了无限美好的湖光山色之后，忽然有诗词，如一颗莹莹珠翠，铿然落入平静的心湖中，涟漪渐平之后，倒映出另一番风光。当然不是所有绘画作品均受诗歌之激引，但中国画，尤其是唐以后的文人画，或多或少，总存在着这样的情况。有时是前人的诗，有时又是自己的诗；有时先诗后画有明显的界线，有时是受一种莫名的情绪所左右而使诗画的创作过程交融在一起。不过必须补充的是，画自身也是相当争气的，一经提点，画意便绵绵无尽，自行发挥开去了。

反过来想，画意自也可刺激诗情，大多数的题画诗，便是画意引发诗情的最好例证。只是有一点必须注意，题画诗所看重的，不单单是画面上的景物本身，假如画什么你便写什么，充其量只可算作小学一、二年级的“看图说话”而已。重要的是题诗者应充分领悟那寄于丹青之外的意韵，使诗与画出于形合而趋于神合，两者融为一体，方是正途。这是有一定难度的。一不留神，或“看图说话”，或离题万里了。须知纸鸢虽远在天际，终究是有游丝一线相系，诗兴勃发者无论如何也不能放脱这一缕纤纤。兴许是内里难度颇高，故才女张爱玲顶顶不赞成往画上题诗：“中国画上题的诗词，也只能拿它当做字看，有时候的确写得好，而且给了画图的结构一种脱略的，有意无意的均衡，成为中国画的特点。然而字句的本身对于图画总没有什么好影响，即使用的是极优美的成句，一经移植在画上，也觉得不妥当。”（《谈画》，见《张爱玲典藏全集·散文卷二》）这种“有意无意的均衡”作用，的确是中国画的特点。国画注重“留白”，描画远景云水苍茫处，隐约两三峰之时，总伴以大片大片的空白，这在西画中是不可想象的，却正是中国哲学“不欲盈”的思想之体现。而恰当地题在空白处的诗词，不仅不会破坏画面，反而产生了奇妙的均衡作用，不盈而盈，盈而不盈。更有特别者如郑板桥一幅竹石，竹与石，尤其是石，占去了画面的大部分空间，似乎显得“满”，但大面积的“石头表面”，不作太多皴擦，却又是“空”的，而郑氏题诗，潇潇洒洒错错落落地“嵌”在石表，虚与实，空与盈，完全融于一体，斯为别致。不过张爱玲的批评本身却是有失偏颇的。譬如东坡那首脍炙人口的《惠崇春江晓景》：

“竹外桃花三两枝，春江水暖鸭先知。蒌蒿满地芦芽短，正是河豚欲上时。”不是很清新可喜，与同样简洁清丽的“小景山水”配合起来妙到毫巅么？又如徐渭的《墨葡萄》：“半生落魄已成翁，独立书斋啸晚风。笔底明珠无处卖，闲抛闲掷野藤中。”这幅《墨葡萄》现藏于故宫博物院，藤条错落低垂，枝叶纷披离乱，而枝条上悬垂的累累葡萄，一颗颗，晶莹欲滴，竟仿佛有寥落不平之气。而读郑板桥的题竹句：“不是春风，不是秋风。新篁初放，在夏月中。能驱吾暑，能豁吾胸。”闷郁之气，却又似随风而去了。

除了题画诗之外，还有一种咏画诗，作者就多数不是绘画之人了。咏画诗中多寓欣赏赞美之意，亦论及画之笔墨意趣，虽并非质实画论，但往往能阐奇发幽，令人勃然动好画之心，于是图画之类，随诗文之传诵，分映于人人脑壁心间，又对当时的文艺思想有极大影响。这类诗歌，兹录于文后，此处不再赘述。

题画诗颇具难度，同样的，以诗入画，也不易为。除了与题画诗一样恪守“若即若离，不即不离”的大原则之外，还须绞尽脑汁，突破很多技术上的局限。当然，有些局限，的确是无法打破的，比如前文提及王维《山中》一诗，“空翠湿人衣”如何表达？又如“洞庭湖西秋月辉，潇湘江北早鸿飞”，美则美矣，可这“话分两头”，画者又如何能“双管齐下”呢？“疏影横斜水清浅，暗香浮动月黄昏。”一切都好办，唯独是“暗香”，恐画不就尔！

不过，尽管如此，还是有许多画家勇于挑战自己，尤其是北宋徽宗时期的画家，皆因道君皇帝自身书画造诣颇高，一笔“瘦金体”遒丽瘦硬，筋骨历历；又是工笔花鸟大师，作品工整妍丽，精密奇巧。宋徽宗崇宁三年（1104）设立画学，此乃中国历史上最早的皇家美术教育机构。画学内分佛道、人物、山水、鸟兽、花竹、屋木六科，学生们除学画外，还得学《说文》《尔雅》《方言》《释名》等。平时须按期考核以决定升迁，而题目，很多时候便是“以诗入画”，足见当时诗歌对绘画的影响何等之深！画作必须不仿前人，情态自然，笔韵高简，意思超拔，方为上品。有出“野水无人渡，孤舟尽日横”句，一般画手多系空舟于岸侧，或船间立一鹭鸶，或船篷落一乌鸦，然头名得主乃画一舟子伏卧船尾，横置一笛，表现因无人渡河，舟子颇为清闲的意趣。又有“竹锁桥边卖酒家”句，应试者无不向酒家上着工夫，惟有一人，但于桥头竹外，挂一酒帘，书酒字而已，便见得酒家在竹内也。“嫩绿枝头红一点，动人春色不须多。”众人皆用尽十八般武艺点染花卉，惟一人于危亭缥缈绿柳掩映之处，画一美人，凭栏而立，众人遂服。

诗与画天涯相聚，似乎擦出了不少火花，但这对好伙伴，终究各有各的路要走。后人有些时候把两者的关系说得过于密切，诸如“诗是无形画，画是有形诗”一类，在特殊环境下用用无妨，当了真就会造成误导，仿佛两者变成了连体婴似的，那就大错而特错了，钱锺书先生在《中国诗与中国画》里已说得很明白。诗与画依依惜别，各自踏上征途。画对诗的依赖性也许比较大，因为讲究诗意、神韵的南宗画风是中国画中的高品，但诗呢？中国诗歌的道路多么宽阔，绝非只有“诗中有画”一条路可走的。

丰子恺先生的漫画名作《人散后，一钩新月天如水》，画题来自宋谢无逸的《千秋岁·咏夏景》，境界宁静闲淡，可见诗歌与漫画同样可以融合得这般美妙。近些年非常受欢迎的台湾漫画家几米为自己一幅幅漫画所撰写的文字，清新隽永，既饱含童心，又同时具有洞悉人生的哲思，几可视作一首首现代小诗了。这种新形式也可看作传统诗画关系在今天的一种延续。

【阅读】

辋川闲居赠裴秀才迪　[唐] 王维

寒山转苍翠，秋水日潺湲。
倚杖柴门外，临风听暮蝉。
渡头余落日，墟里上孤烟。
复值接舆醉，狂歌五柳前。

田园乐七首（其六）　[唐] 王维

桃红复含宿雨，柳绿更带朝烟。
花落家僮未扫，莺啼山客犹眠。

木兰柴　[唐] 王维

秋山敛余照，飞鸟逐前侣。
彩翠时分明，夕岚无处所。

山居秋暝　[唐] 王维

空山新雨后，天气晚来秋。

明月松间照，清泉石上流。
竹喧归浣女，莲动下渔舟。
随意春芳歇，王孙自可留。

过香积寺 ［唐］王维

不知香积寺，数里入云峰。
古木无人径，深山何处钟。
泉声咽危石，日色冷青松。
薄暮空潭曲，安禅制毒龙。

戏题王宰画山水图歌 ［唐］杜甫

十日画一水，五日画一石。
能事不受相促迫，王宰始肯留真迹。
壮哉昆仑方壶图，挂君高堂之素壁。
巴陵洞庭日本东，赤岸水与银河通，中有云气随飞龙。
舟人渔子入浦溆，山木尽亚洪涛风。
尤工远势古莫比，咫尺应须论万里。
焉得并州快剪刀，剪取吴淞半江水。

丹青引赠曹将军霸 ［唐］杜甫

将军魏武之子孙，于今为庶为清门。
英雄割据虽已矣，文采风流今尚存。
学书初学卫夫人，但恨无过王右军。
丹青不知老将至，富贵于我如浮云。

开元之中常引见，承恩数上南薰殿。
凌烟功臣少颜色，将军下笔开生面，
良相头上进贤冠，猛将腰间大羽箭。
褒公鄂公毛发动，英姿飒爽来酣战。
先帝御马玉花骢，画工如山貌不同。
是日牵来赤墀下，迥立阊阖生长风。
诏谓将军拂绢素，意匠惨淡经营中。
斯须九重真龙出，一洗万古凡马空。
玉花却在御榻上，榻上庭前屹相向。
至尊含笑催赐金，圉人太仆皆惆怅。
弟子韩干早入室，亦能画马穷殊相。
干惟画肉不画骨，忍使骅骝气凋丧。
将军善画盖有神，必逢佳士亦写真。
即今飘泊干戈际，屡貌寻常行路人。
途穷反遭俗眼白，世上未有如公贫。
但看古来盛名下，终日坎壈缠其身。

滁州西涧　［唐］韦应物

独怜幽草涧边行，上有黄鹂深树鸣。
春潮带雨晚来急，野渡无人舟自横。

画竹歌　［唐］白居易

植物之中竹难写，古今虽画无似者。
萧郎下笔独逼真，丹青以来唯一人。

人画竹身肥拥肿，萧画茎瘦节节竦。
人画竹梢死羸垂，萧画枝活叶叶动。
不根而生从意生，不笋而成由笔成。
野塘水边碕岸侧，森森两丛十五茎。
婵娟不失筠粉态，萧飒尽得风烟情。
举头忽看不似画，低耳静听疑有声。
西丛七茎劲而健，曾向天竺寺前石上见。
东丛八茎疏且寒，忆曾湘妃庙里雨中看。
幽姿远思少人别，与君相顾空长叹。
萧郎萧郎老可惜，手颤眼昏头雪色，
自言便是绝笔时，从今此竹犹难得。

长相思 ［唐］白居易

汴水流，泗水流。流到瓜洲古渡头，吴山点点愁。
思悠悠，恨悠悠。恨到归时方始休，月明人倚楼。

菩萨蛮 ［唐］温庭筠

水精帘里颇黎枕，暖香惹梦鸳鸯锦。江上柳如烟，雁飞残月天。
藕丝秋色浅，人胜参差剪。双鬓隔香红，玉钗头上风。

淮中晚泊犊头 ［宋］苏舜钦

春阴垂野草青青，时有幽花一树明。
晚泊孤舟古祠下，满川风雨看潮生。

李思训画长江绝岛图　［宋］苏轼

山苍苍，水茫茫，大孤小孤江中央。
崖崩路绝猿鸟去，惟有乔木搀天长。
客舟何处来？棹歌中流声抑扬。
沙平风软望不到，孤山久与船低昂。
峨峨两烟鬟，晓镜开新妆。
舟中贾客莫漫狂，小姑前年嫁彭郎。

书李世南所画秋景二首（其一）［宋］苏轼

野水参差落涨痕，疏林欹倒出霜根。
扁舟一棹归何处？家在江南黄叶村。

题阳关图二首（其一）［宋］黄庭坚

断肠声里无形影，画出无声亦断肠。
想得阳关更西路，北风低草见牛羊。

题子瞻枯木　［宋］黄庭坚

折冲儒墨阵堂堂，书入颜杨鸿雁行。
胸中元自有丘壑，故作老木蟠风霜。

杨妃春睡图　［明］徐渭

守宫夜落胭脂臂，玉阶草色蜻蜓醉。
花气随风出御墙，无人知晓杨妃睡。
皂纱帐底绛罗委，一团红玉沉秋水。

画里犹能动世人，何怪当年走天子。
欲呼与语不得起，走向屏西打鹦鹉。
为向华清日影斜，梦里曾飞何处雨？

渔父 ［清］纳兰性德

收却纶竿落照红，秋风宁为翦芙蓉。
人淡淡，水濛濛，吹入芦花短笛中。

水调歌头·题西山秋爽图 ［清］纳兰性德

空山梵呗净，水月影俱沉。悠然一境人外，都不许尘侵。岁晚忆曾游处，犹记半竿斜照，一抹界疏林。绝顶茅庵里，老衲正孤吟。　　云中锡，溪头钓，涧边琴。此生著几两屐，谁识卧游心？准拟乘风归去，错向槐安回首，何日得投簪。布袜青鞋约，但向画图寻。

航 辛笛

帆起了
帆向落日的去处
明净与古老
风帆吻着暗色的水
有如黑蝶与白蝶

明月照在当头
青色的蛇

弄着银色的明珠
桅上的人语
风吹过来
水手问起雨和星辰

从日到夜
从夜到日
我们航不出这圆圈
后一个圆
前一个圆
一个永恒而无涯涘的圆圈

将生命的茫茫
脱卸与茫茫的烟水

【思考】

1、为什么原本仅作为山水画中小小细节的松、石、梅、兰、竹、菊，自宋代始，一直到明清时期，大行其道，成为极具诗情画意的题材呢?

2、结合诗作思考题画诗与画的“神合”。

3、嵇康《送秀才入军》(十四)有句“目送归鸿，手挥五弦”，画家顾恺之说“画‘手挥五弦’易，‘目送归鸿’难”，为什么?

4、试选取几首王维诗作，细细品鉴，以体味“诗中有画”之趣。

后　记

这一读本付梓时，有许多话想说，却不知从何说起。

从四川大学的校内课，到网络视频公开课，再到首批国家精品慕课、国家级一流本科课程，为了建设一门为非中文专业学生量身定做的诗歌通识课，我们用了二十八年时间。2004年，“中国诗歌艺术”课程的同名教材由高等教育出版社出版；二十年后，《中国诗歌艺术》在商务印书馆国际有限公司鼎力支持下修订再版，调整结构，更新内容，润色文字，以适应广大读者的需求，定名为《中国诗歌艺术十五讲》。资深编辑张立晓女史为此付出大量心力与时间。

如此“高投入，低产出”，意义何在？

翻检多年来与校内外学生、朋友往来的书信、电邮、短信息，一些记忆浮出水面：

毕业多年的轻纺学院学生在校报发文回忆母校：“每当我对自己遭遇的挫折感到沮丧时，每当我对一些人和事感到愤怒时，每当我对这个光怪陆离的世界感到困惑时，在繁华都市的喧嚣长夜里，我会偶然想起，许多年前川大江安的雨夜，我和自己喜欢的女生去听王红老师的课，下课后在滂沱大雨中一起撑伞走过长桥，那是多么的浪漫和温馨！”偶然成为学生青春记忆的细节，支撑他们用浪漫温馨抵御走进社会注定会遭遇的冷硬处境，幸何如哉！

二十年前选修“中国诗歌艺术”课的两位川大机械学院学生，毕业后结为夫妻。从2014年开始，他们每到教师节必发一短信给我，从回忆成都冬天阴冷的早晨我们师生共同感受诗歌魅力，到分享他们平实愉快的生活：勤奋工作，一点点改善父母与自己的经济条件；做了父母，活泼好动的女儿与爱笑的儿子先后出生；努力克服内心的浮躁与焦虑，珍惜平凡生活的幸福；决心教孩子们“宽阔、仁爱、悲悯”，将在诗歌课上领悟到的珍贵精神传递下去……整整十年，我这个仅仅给他们上过一学期通识课的老师不间断地分享着他们成长的快乐。

2011年冬，“中国诗歌艺术”视频公开课初次在网上开讲后，我收到一封来自安徽铜陵的挂号信，写信者是一位60岁的农民大哥。他说自己小学五年级就被迫辍学，但求知欲强烈，平时见到书报就要拿起来看，读到诗歌尤其喜欢。如今生活好了，子女孝顺，买了电脑教老父上网。这位大哥在网上看到了我的课，特别高兴，反复听了几遍。后设法找到我学校的地址，写信感谢我。随信还附上了他学写的几首诗，诗写得极认真极用力，显然花了不少功夫。阴寒的夜晚，我读着这些在粗糙信纸上一笔一画端端正正写下的文字，竟如沐浴于冬日暖阳，温馨的涟漪一波一波地漾开去。世事翻覆，白云苍狗，大地上歌声如风，中国人对诗的挚爱，深植于骨血中，千年不变。

身处变化纷繁的时代，地理上的故乡在变异、在沦陷，心灵的故乡就比任何时候都重要。此心没个安顿处，是超越生存困苦的终极痛苦。忙碌，辛劳，追逐“目的”，纠结“意义”，却离“目的”越来越远，为虚幻的“意义”耗尽青春。此时，若能放慢脚步，看看云，看看水，在“草色遥看近却无”时欣赏早春，在孩子的咿呀学语中感受天籁，寻觅友情，体验爱情，享受亲情，让诗的潺湲清流滋润被各类压力挤榨得干涸的心灵，那我们是有福的。

某次课后，我出作业题“以‘乡愁’为主题写一首诗”，一个学生这样结尾：

前方地冻天寒
只那一轮明月旁总会有一颗星
温柔且坚定地
为我照明。

让我借此感谢过去、未来众多学生与爱好诗歌的朋友，感谢你们对这门“无用”课程的爱护、对这本寻常说诗小书的青睐。无论夜黑风高，还是孤月高悬，我们一同执着地向天边寻觅属于自己的微弱星光，在她的烛照下穿行于人生迷宫，消解千古乡愁。

与诗心不泯的朋友们偕行，感恩。

王　红

甲辰年冬月草于蓉城